SOIXANTE-DIX-SEPT FOIS SEPT FOIS

DU MÊME AUTEUR

Le Livre de mon père, 1972.
La Logique des événements, 1972.
Ce combat n'est pas le tien... mais le Mien, Fayard, 1988.
Tels qu'en eux-mêmes, Fayard, 1991.
Laisse-Moi te trouver, Le Sarment-Fayard, 1992.

Sous le pseudonyme de Catherine Detchéa :

La Moisson, 1972.
Jeux de miroir, 1974.
Des demeures et des gens, La Table Ronde, 1975, prix du Livre de l'été.
Personnes publiques, vies privées, La Table Ronde, 1976.
Portrait d'une maison et autres histoires très quotidiennes, L'Âge d'Homme, 1986.

Paulette BOUDET

SOIXANTE-DIX-SEPT FOIS SEPT FOIS

nouvelles

FAYARD

Si vous voulez dialoguer avec l'auteur, vous pouvez le faire par Minitel, en tapant : **3615 code Ephata,** (rubrique : *Des Chrétiens vivent*).

La majorité des Bibles actuelles utilisent la traduction *Soixante-dix fois sept.* Mais il existe dans les manuscrits d'autres leçons qui traduisent *Soixante-dix-sept fois sept fois.* De toute façon, l'expression signifie *indéfiniment.*

Nathan

L'an 609 de la destruction du Temple,
an 15 du gouvernement de Tibère César,
Ponce Pilate étant gouverneur de Judée,
Hérode Antipas tétrarque de Galilée et de Pérée,
dixième jour du premier mois.

Il y avait longtemps que je voulais aller voir de mes yeux ce Jean qui baptise au désert et dont tout le monde parle. Mais j'ai toujours été un homme occupé. Je suis ce qu'on appelle un grand marchand. Mes caravanes sillonnent le monde entier. Mes responsabilités sont lourdes, mes heures comptées, et Béthanie au-delà du Jourdain, ce n'est pas la porte à côté.

Mais, il y a quelque temps, je me suis trouvé libre — ou presque — et j'en ai profité. Je suis parti pour Béthanie de l'autre côté du Jourdain, là où Jean baptise. J'y suis arrivé le troisième jour de la semaine. J'ai toujours été un Israélite de stricte obédience, attendant la venue du Messie et ce Jean dont on disait qu'il criait dans le désert : « Aplanissez le chemin du Seigneur ! » — les paroles mêmes du prophète Isaïe ! — dès le premier jour où j'en ai entendu parler, j'avais senti que ce devait être quelqu'un.

D'habitude, les hommes sont impressionnés par d'autres hommes à cause de la taille de leurs palais, du nombre de leurs serviteurs et de la magnificence de leurs habits. Ce n'est pas mon cas. Depuis longtemps la richesse et ses signes extérieurs ont cessé de m'impressionner : seuls la puissance et le pouvoir, qui se cachent parfois sous ces signes, me fascinent. Je savais que Jean ne serait revêtu ni de pourpre ni de lin et qu'il n'avait ni palais ni serviteurs. Pourtant, même avant de l'avoir vu — étaient-ce les paroles d'Isaïe ou ce que l'on disait de lui ? — je savais que ce Jean était revêtu d'une autre autorité. Oui, il m'en imposait depuis longtemps déjà.

Il m'en a imposé bien plus encore quand je l'ai vu. Grand, maigre, décharné même, en loques, il a le regard brûlant et le visage resplendissant de celui qui regarde vers l'Éternel. Sa voix passe de la douceur de la brise au retentissement du tonnerre. Impossible de le voir sans reconnaître l'homme de Dieu, le Prophète. Sans se demander s'il n'est pas Élie ou le Prophète des derniers temps, ou, qui sait ? — peut-être... peut-être même l'Espoir d'Israël ?

Et d'ailleurs, au moment où, me frayant un passage à travers la foule des pèlerins, je suis enfin arrivé auprès de lui, des frères pharisiens lui demandaient :

« Qui es-tu ? »

Ils ne lui demandaient pas : « Es-tu le Messie ? », mais c'était bien là leur question et Jean l'avait compris, car il protestait qu'il n'était pas le Messie. Et quand ils sont revenus à la charge, lui demandant (comme je me le demandais moi-même) s'il n'était pas Élie ou le Prophète, à chaque question il a répondu :

« Non ! »

Pressé par les deux pharisiens et moi-même de nous dire ce qu'il disait de lui-même, et pourquoi, s'il n'était ni

Élie, ni le Prophète, ni le Messie, il baptisait, il nous a fait cette réponse étrange :

« Je suis le Baptiseur dans l'eau. Au milieu de vous se tient Celui que vous ne connaissez pas. »

J'ai passé l'après-midi à l'écouter, à le regarder. Et pour finir, moi qui sais que je n'ai jamais été un homme pécheur, ni voleur, ni adultère, ni malfaisant, moi qui ai toujours scrupuleusement obéi à la Loi, moi aussi, avec deux ou trois autres pharisiens, je me suis fait baptiser dans l'eau ! Plus à cause de son regard que de ses paroles. Peut-être aussi parce que ce baptême, c'était aussi une manière solennelle de redire en mon nom propre ce que le peuple a dit à Josué à Sichem : « C'est l'Éternel notre Dieu que je veux servir et c'est à sa voix que je veux obéir. »

Quoi qu'il en soit, je suis descendu dans les eaux du Jourdain et Jean m'a baptisé.

Le lendemain, à l'aube, j'ai pris le chemin du retour vers ma ville de Naïm et mes affaires, content d'avoir accompli ce rite de purification et d'avoir pu trouver le temps de voir de mes yeux cet homme extraordinaire. Et voici que, quelques jours plus tard, mon ami le fabricant de tentes est revenu lui aussi de Béthanie. Il y était allé de son côté sans que je le sache et y avait passé une semaine entière. De toute façon je n'aurais pas pu, comme lui, y passer une semaine entière — ni même deux jours ! — je suis un homme beaucoup trop occupé pour cela ! Jacob est un ami d'enfance. Un peu cousin (mais avec qui, à Naïm, ne suis-je pas un peu cousin !). Il n'a pas une très grande envergure, mais c'est un homme plein de bon sens. Autour d'un verre de vin, nous avons parlé du Baptiseur. Je lui ai dit la grosse impression que m'avait faite Jean. Mais lui a surtout parlé d'un curieux incident dont il avait été témoin : pendant qu'il se trouvait un matin à quelques mètres de Jean, un homme est arrivé seul et s'est approché de Jean pour recevoir le baptême, et

Jean a tout d'un coup dit qu'il voyait une colombe (ce qui est plus qu'étonnant, à cet endroit-là !) et que cet homme devant lui était le Fils de Dieu !

Là j'ai arrêté Jacob.

J'avais vu et entendu Jean, moi aussi. J'avais la certitude que Jean ne pouvait pas avoir proféré un pareil blasphème !

Jacob a commencé par s'entêter, disant que c'était vraiment cela que Jean avait dit. Puis, petit à petit, devant mes arguments, il a fini par admettre qu'il se trompait peut-être. C'est d'ailleurs toujours comme ça quand je discute avec Jacob. Il finit toujours par reconnaître que j'ai raison.

« Et toi, lui ai-je dit, est-ce que tu l'as vue, cette colombe ? »

Mais non : lui, il n'avait rien vu.

Et l'homme n'avait rien dit. Mais il n'était pas parti. Il était resté là toute la journée et même le lendemain. (Il n'a sans doute pas des affaires plus florissantes que celles de Jacob, pour pouvoir traîner ainsi !) Et ce jour-là, Jean, en le voyant, avait encore dit à deux de ses disciples qui se tenaient auprès de lui :

« Voici l'Agneau de Dieu. »

... Ce qui est une bien curieuse manière de parler d'un homme pleinement adulte ! Et, chose plus étrange encore, les deux disciples de Jean étaient partis avec l'homme... et sans que Jean les retienne !

« Et il y a des gens maintenant, a dit Jacob, qui murmurent que cet homme est le Messie !

— Pourquoi disent-ils cela ? », lui ai-je demandé.

Mais Jacob ne savait pas.

« Mais il doit y avoir une raison ?, ai-je insisté.

— S'il y en a une, je ne la connais pas. Je te dis seulement ce que j'ai entendu.

— Mais quels signes ont-ils, pour croire une chose pareille ? »

Jacob était incapable de me le dire. Apparemment aucun !

« Et cet homme, à quoi ressemble-t-il ? »

Jacob était incapable de me le décrire. Il disait : « Grand, brun, avec des cheveux longs... »

Des mots qui peuvent convenir aux trois quarts d'Israël et à la moitié du monde...

Je me disais que c'était dommage de ne pas avoir été à Béthanie ces deux jours-là — ou au moins un des deux ! J'aurais pu entendre les paroles de Jean moi-même de première main, et voir l'homme de mes yeux. Jacob est un brave homme, mais il n'a jamais rien su voir. Je me demande souvent comment il fait pour fabriquer ses tentes ! Et surtout pour les vendre !

Les affaires sont les affaires, et ne souffrent aucun retard, aucune interruption. C'est un fait qui ne m'a jamais pesé. Mais pour une fois, j'ai regretté que mes affaires ne me laissent jamais maître de mon temps. Il n'y a rien de tel que de voir et d'entendre soi-même. Il devait tout de même avoir quelque chose de spécial, cet homme, pour que quelqu'un comme le Baptiseur en parle de cette manière ! Et pour que deux disciples de Jean quittent un homme comme Jean pour le suivre !

Toutes ces choses tellement étrangères à mon négoce ont dû me frapper plus que je ne pensais, car en me rendant deux jours plus tard à Cana pour le mariage d'une de mes jeunes cousines — la fille d'une cousine issue de germaine de ma mère —, au lieu de penser à mes affaires comme je le fais d'habitude en voyage (c'est souvent sur les routes, au pas de ma monture, que je trouve les meilleures combinaisons et que je vois enfin clair dans les problèmes les plus difficiles), je me suis mis à penser à Jean et à cet homme que je n'avais pas vu.

Évidemment Jean avait dû dire « Agneau de Dieu » à cause de la prophétie d'Isaïe. Mais, tout de même, c'était aller un peu vite en besogne ! Cependant, évidemment, les prophètes vont plus vite que nous. Lorsqu'ils ne se trompent pas. Le mot « agneau » est un mot étrange. Je me suis souvenu que le vieux rabbin de ma synagogue m'avait fait remarquer un jour — un jour lointain, du temps où je n'étais pas encore monté à Jérusalem — que ce mot était formé de deux syllabes, « petit » et « feu ». C'était peut-être l'explication de ce que Jacob avait rapporté en parlant de « Fils de Dieu ». Jean avait déjà dit une première fois « Agneau de Dieu ». Jacob avait entendu « petit de Dieu » et traduit « Fils de Dieu ». Ce genre de chose arrive souvent, même en affaires, où l'on essaye pourtant d'être clair et précis. (Sauf lorsque l'on essaye au contraire de l'être aussi peu que possible !) Cependant, même sans les mots « Fils de Dieu » (un blasphème que Jean n'a, de toute évidence, pu prononcer), « Agneau de Dieu » et les deux disciples qui avaient quitté leur Maître pour suivre cet homme... il y avait de quoi réfléchir et s'interroger !

Chemin faisant, je me disais qu'il serait intéressant de voir cet homme, que je n'étais pas comme Jacob, que j'avais l'oreille précise, et des yeux dans ma tête et que je savais regarder et que le Tout-Puissant m'avait de surcroît doté d'un jugement sûr. Je savais que si je voyais cet homme, je verrais les signes qui me feraient comprendre ce qu'il fallait penser de tout cela. De sorte que lorsque je suis arrivé à la noce et qu'un de mes frères, après avoir pris des nouvelles de ma famille et de mes affaires et m'en avoir donné des siennes, m'a montré un homme en me disant :

« C'est Jésus, le charpentier de Nazareth, là-bas, avec les disciples de Jean. Il revient de Béthanie au-delà du Jourdain, et il paraît que Jean a l'air de dire qu'il est le Messie, figure-toi, ou quelque chose comme ça ! Mais le Messie peut-il sortir de Nazareth, je te le demande, à toi qui es savant ? Sa mère est là aussi. Voyons... là. C'est elle qui parle avec notre cousine, la mère de la mariée... »

... Toute mon attention s'est concentrée sur cet homme.

À mon frère j'ai dit seulement : « Ah, oui ? » sans avoir l'air d'être vraiment intéressé. Aussi loin que je peux me souvenir, notre père m'a toujours dit : « Nathan, ne va jamais trop vite en besogne ! » Pour la même raison, je ne suis pas allé aussitôt vers l'homme pour lui parler. Je voulais d'abord l'observer à son insu. Essayer de comprendre, en le regardant, ce que Jean avait pu voir en lui. Je sais bien que, même si j'ai toujours eu de la perspicacité à revendre, je ne suis pas Jean, mais j'étais conscient aussi de ce que je suis tout de même un homme de Dieu, priant, connaissant les Écritures et gardant la Loi en toutes choses. Si ce Jésus était le Messie, je le reconnaîtrais, je ne pourrais pas ne pas le reconnaître !

Cet homme, il n'était pas, c'est vrai, très différent des hommes qui l'entouraient. Plutôt grand. C'est vrai qu'on ne pouvait pas dire beaucoup plus de lui que ce que Jacob m'en avait dit. Il n'est pas différent des autres. Enfin, pas vraiment. Pas comme Jean. On riait beaucoup autour de lui. Et lui aussi riait. Peut-être était-ce cela qui était différent chez lui : son rire. Mais je suis incapable de dire en quoi. En tout cas, le petit groupe, là-bas, avait l'air très gai. Je me sentais à la fois attiré et éloigné par cette gaieté. Si je n'avais rien su de ce que Jean avait dit de cet homme, je me serais à coup sûr joint à leur petit groupe. Il n'y a rien que j'aime mieux qu'une occasion de détente — de bon aloi, bien entendu. Mais après ce que Jean avait dit, les choses ne se présentaient plus de la même manière.

Si Jean avait raison, ce Jésus aurait dû avoir un comportement différent — plus digne. Il aurait dû se tenir un peu en dehors et au-dessus de cette gaieté au lieu d'en être le centre. On n'aurait dû parler que de choses sérieuses autour de lui.

Je ne suis donc pas allé rejoindre le groupe

d'hommes autour de lui, mais, tout en parlant aux uns et aux autres, j'ai continué à l'observer de loin. De temps à autre je le perdais de vue, mais aussitôt je le recherchais du regard — et je le retrouvais facilement. Quand le repas a commencé, je me suis arrangé pour me trouver à peu de distance de l'homme et de ses compagnons. Le repas touchait à sa fin, quand j'ai vu la mère de l'homme quitter le groupe des femmes et traverser toute la longueur de la tente, comme si elle venait vers moi. Évidemment, c'est vers son fils qu'elle venait et non vers moi ! C'est une femme encore jeune de port. Ce Jésus doit être son premier-né — et, elle, elle a vraiment quelque chose de différent. C'est dans le visage. Quelque chose qu'aucune des autres femmes présentes n'avait. Une douceur ? Plutôt une lumière. En la regardant traverser la tente, les versets du psaume me sont revenus à la mémoire : « Ceux qui regardent vers Adonaï, leur visage irradie. » Mais, plus qu'une irradiation, c'était une lumière — oui, je ne trouve aucun autre mot : une lumière — discrète, tout en douceur.

Elle ne venait, comme je l'ai dit, évidemment pas vers moi, mais vers son fils et ses amis, à quelques mètres de moi, auprès des jarres de purification. Elle s'est approchée de son fils et lui a dit quelques mots. Je n'ai pas pu entendre ce qu'elle disait, à cause du bruit des voix et des chants. Mais la voix de l'homme portait davantage. Il a répondu à sa mère que ce n'était pas encore l'heure. Sans doute lui avait-elle proposé de partir pour être rentrés avant la tombée de la nuit. Avant de retourner du côté des femmes, elle a dit quelques mots à un des serviteurs qui se tenaient près des jarres de purification et, peu après, son fils s'est levé et a lui aussi parlé à ce serviteur.

Ce qui est arrivé ensuite m'a fait penser qu'il avait réclamé du vin pour lui et ses amis, car presque aussitôt, les serviteurs se sont mis à circuler parmi nous en servant de nouveau du vin — et grand temps, d'ailleurs, car depuis plus d'une demi-heure, il n'en avait pas été servi ! Mais, si c'est bien cela qui s'est passé, c'est plutôt inattendu qu'un « Agneau de Dieu » s'occupe de ces choses-là ! Je me suis demandé ce que Jean en aurait pensé, s'il avait été là, lui qui jeûne à longueur d'année. Moi, je ne vois vraiment pas le Messie s'intéressant à des questions de vin ! Soit dit en passant, ce vin que l'on a servi à ce moment-là était tout à fait extraordinaire — un vin de grande classe. Ce qu'on nous avait servi jusqu'alors avait été un bon petit vin franc et loyal, mais celui-là, c'était tout à fait autre chose ! Je me suis dit qu'il faudrait essayer de savoir d'où il venait, car un vin de cette qualité pourrait être commercialisé avec un bon bénéfice, n'importe où. J'ai fait une note là-dessus et je vais m'en occuper dès cette semaine. Le maître du repas a d'ailleurs commenté la qualité du vin à haute voix. Il a demandé le silence pour féliciter le marié. Il lui a dit :

« Tu n'es pas comme les autres : tu gardes le bon vin pour la fin. C'est une riche idée ! »

Le marié n'a pas répondu. Il n'avait même pas l'air d'avoir compris. Je doute même qu'il ait vraiment entendu : il n'avait d'yeux que dans la direction de la mariée ! Un serviteur a parlé incongrûment d'eau mais personne ne désirait boire de l'eau, surtout avec un vin pareil en circulation !

Il ne s'est rien passé d'autre. J'ai eu beau continuer à observer l'homme : rien. Je n'ai rien vu en lui qui pourrait me faire croire que Jean a eu raison de parler de lui en ces termes. Mais peut-être est-ce à un autre homme que Jean a dit ces paroles ? Mon frère a pu se tromper sur l'identité de l'homme que j'ai vu à Cana, à cause de la présence des cinq disciples de Jean... Ça devait les changer, ceux-là, d'être là !

Cela a donc été un mariage comme les autres. Gai.

Banal. Finalement, je ne suis pas allé parler à l'homme. Il n'était visiblement pas celui qu'Israël attend. Je me suis retiré aussi tôt que possible, car je devais reprendre la route à l'aube le lendemain matin.

L'an 609 de la destruction du Temple,
quatorzième jour de Sivan.

En rentrant de Cana je pensais que j'en avais fini avec cet homme, mais ces derniers mois, les gens se sont mis à parler de plus en plus de ce Jésus. Depuis que je suis rentré de mon dernier voyage, j'entends de tous les côtés les bruits les plus contradictoires à son sujet. Les uns disent qu'il viole le sabbat systématiquement, qu'il se permet de pardonner les péchés — comme si un homme pouvait faire une pareille chose ! — et qu'il mange et boit avec tous les pécheurs du pays, avec des gens de la pire espèce. Mais on dit aussi qu'il guérit tous ceux qui le lui demandent, qu'il a ouvert les yeux d'un aveugle de naissance et qu'il connaît les Écritures mieux que le grand prêtre. Il y en a qui demandent si le Messie, quand il viendra, fera plus de miracles que cet homme n'en fait. Certains disent qu'il est un prophète. D'autres, qu'il est le Fils de David !

Mais le Messie peut-il venir de Galilée ? ou violer le sabbat ? Et il ne semble pas y avoir un seul des chefs des pharisiens pour croire en lui. Mais si ces miracles sont réels — et il semble bien que l'on ne peut en tout cas pas tout nier en bloc — et même si la moitié seulement des miracles qu'on lui attribue sont réels... comment un homme pécheur peut-il accomplir de pareils signes ?

Tous ces bruits me perturbent, d'autant plus que ce Jésus, je l'ai vu à Cana, et que je sais ce que mes yeux m'ont dit de lui... si du moins évidemment c'est bien lui que j'ai vu à Cana — et je commence à en douter sérieusement.

Il faudrait que je trouve le temps d'aller y voir par moi-même, d'aller écouter l'enseignement de cet homme — car il enseigne, dit-on, dans les synagogues des villes où il passe. Malheureusement, je ne suis pas maître de mon temps. Mais ma décision est prise : Aussitôt après mon voyage en Arabie, je trouverai le temps nécessaire : le temps de me rendre compte si c'est vraiment ce Jésus que j'ai vu à Cana, ou non. Je regrette maintenant de ne pas avoir été parler à l'homme que m'a montré mon frère, aux noces de notre cousine. Cette fois, que ce Jésus soit l'homme que j'ai vu à Cana ou non, et quelles que soient les circonstances, je lui parlerai. Il faut que je sache à quoi m'en tenir.

L'an 610 de la destruction du Temple,
dix-neuvième jour de Tishri.

Mon voyage en Arabie a été plus long que je ne l'avais prévu. L'homme propose et Dieu dispose. Les autres hommes, et les clients ou fournisseurs disposent aussi ! Zerah ben Hadad m'a fait attendre six jours de suite avant de me recevoir. Comme c'est mon client le plus important en Arabie, j'ai attendu — et, par-dessus le marché, je l'ai remercié de son accueil quand il m'a enfin reçu ! Les affaires sont les affaires ! Au retour, nous avons échappé, par la grâce du Seigneur, à de grands dangers. Deux fois, nos avant-coureurs ont repéré des bandes d'assassins et nous avons pu faire dévier la caravane à temps. Je suis rentré à Naïm deux mois plus tard que prévu, et fatigué pour la première fois de ma vie.

Nous avons trouvé Naïm en ébullition : l'homme y était passé en mon absence. Un homme après l'autre me racontait que le jeune Joël (il a le même âge que Reuben, mon cadet) était mort la veille du passage de l'homme. Joël est le petit cousin de mon cousin Simon. C'est un fils unique et d'une mère veuve. Et ce fils unique, un homme après l'autre me disait que l'homme l'avait ressuscité! Ressuscité! Rien que ça! Une chose cependant semblait certaine, dans tout ça : le cousin de mon cousin était vivant. Mais avait-il vraiment été mort? Tout fatigué que j'étais, et malgré les protestations de ma femme Sara, je suis parti voir Joël avant même de faire mes ablutions et de changer mes habits de voyage.

Joël et sa mère m'ont dit les mêmes choses que les gens de la rue et que Sara : il avait été mort, et bien mort. On était en train de le porter hors de la ville pour l'enterrer. Sa mère suivait en se lamentant et en déchirant ses vêtements. Et l'homme est passé par là — que faisait-il là? et juste pendant que moi, j'étais absent de Naïm! —, près des portes de la ville. Il entrait au moment où la procession funéraire sortait. Il a touché la civière et a dit :

« Jeune homme, je te l'ordonne, réveille-toi! »

Et Joël s'est réveillé « comme d'un sommeil », dit-il.

Lui et sa mère soutiennent qu'il a bel et bien été mort. Moi, je reste sceptique. Comment croire une histoire pareille? Il y a des sommeils qui ressemblent à la mort.

Enfin, mort ou pas mort, résurrection ou pas résurrection, tout cela s'est passé il y a déjà deux mois et, dans la ville, on ne parle toujours que de ça. Mais plus j'y pense (et j'y pense beaucoup trop pour le bien de mes affaires!), plus je reste sceptique sur la mort de Joël... et... plus j'y pense.

Les affaires battent leur plein. De nouveaux marchés s'ouvrent pour moi en Égypte et en Sicile. J'ai envoyé Isaac là-bas, et nous organisons un nouveau trafic par mer. Ce n'est pas de sitôt que je pourrai me libérer pour essayer de savoir qui j'ai vu à Cana.

L'an 611 de la destruction du Temple,
sixième jour du mois de Sivan.

J'ai profité d'un rendez-vous d'affaires à Jérusalem la semaine dernière pour aller parler à mon ami Joseph d'Arimathie de ce Jésus dont tout le monde parle de plus en plus et qui m'occupe au-delà de ce qui est raisonnable.

Je ne connais pas de meilleur pharisien que Joseph, ni de plus instruit dans les Écritures et la Tradition. Je lui ai demandé ce que pensent les Maîtres. Joseph m'a répondu qu'ils ne mettaient pas en doute les miracles faits par l'homme ! Mais il a ajouté que beaucoup pensent que c'est par Béelzéboul qu'il agit, et bon nombre des autres que, même si ceci n'est pas le cas, l'homme met en danger toute la nation par les espoirs qu'il réveille dans le peuple.

Je vois évidemment ce qu'ils veulent dire par là et le danger est réel, mais l'essentiel de la question, la vraie question, est-elle là ?

« Si ce n'est pas par Béelzéboul qu'il fait ces miracles, ai-je demandé à Joseph, alors, alors qui est-il ? »

Joseph m'a répondu que lui-même est tourmenté par

cette même question, mais qu'il n'est encore arrivé à aucune certitude à son sujet.

Je suis rentré à Naïm avec un excellent contrat en poche mais sans que ma visite à Joseph ait mis une certitude quelconque dans mes idées. En revanche, je suis rentré avec une autre certitude. Je connais Joseph. Il est évident qu'il est très attiré par ce Jésus. Tôt ou tard il se joindra à ceux qui le suivent. Moi-même je commence à croire que Jean a eu raison — ce pauvre Jean qu'Hérode a fait décapiter peu avant la Pâque, cette année ! Par contre, je crois de plus en plus que Jésus et l'homme que j'ai vu à Cana, il y a plus d'un an maintenant — un an !... comme le temps passe ! il vous file entre les doigts, surtout lorsque l'on est pris par des affaires aussi passionnantes que les miennes... —, oui, que Jésus et cet homme sont deux hommes différents. Je n'aurais pas pu me tromper à ce point sur lui, si c'était bien lui que j'avais vu là-bas. Mon frère a dû se tromper. Sara m'a souvent fait remarquer qu'il est une véritable mine de fausses informations. Il faudra tout de même que j'arrive un jour à trouver le temps... Je laisserai mes affaires entre les mains de Reuben, mon cadet — l'aîné est un brave garçon mais il ne pourra jamais faire autre chose qu'un bon commis — mais il me faudrait au moins un mois pour me faire une opinion fondée au sujet de ce Jésus en le suivant dans ses voyages — car il voyage continuellement.

Un mois ! Quand ? Impossible de remettre mon prochain voyage. Il est très important. Surtout maintenant que j'ai décroché ce contrat de fournitures à Jérusalem. J'emmène Reuben avec moi. Ce sera pour lui un voyage de formation à de plus grandes responsabilités. Je compte aussi lui laisser le premier rôle dans toutes les négociations et les arrangements. J'interviendrai seulement quand ce sera nécessaire, ou pour lui expliquer certains secrets, certains rouages... Et, au retour, c'est Reuben qui assurera lui-même le suivi du voyage, et moi je partirai à la recherche de Jésus. Au retour de ce voyage ? Ou peut-être du suivant. Malgré toutes les qualités et les aptitudes de Reuben, il a tout de même encore besoin d'au moins deux voyages dans une position de responsabilité pour pouvoir porter seul pendant un mois tout le poids de mes affaires. Deux ou peut-être même trois... Enfin, nous verrons !

L'an 611 de la destruction du Temple,
neuvième jour de Kislev.

Jamais voyage ne s'est déroulé aussi conformément à ce que j'avais prévu que le dernier voyage que j'ai fait avec Reuben — le deuxième où je lui laisse la direction de tout. Sur le chemin du retour, il n'y avait pas homme plus heureux et plus fier que moi. Plus tranquille aussi. Je n'ai jamais fait voyage plus réussi. Et je me demandais s'il n'y avait pas une relation entre cette réussite et ma décision d'abandonner mes affaires pour un mois et de me consacrer à la recherche du Maître. Je rentre sachant que le jour où je le veux, je peux partir tranquille. Reuben s'est avéré vraiment le sang de mon sang. Et un grand négociateur. A quinze ans, il *est* déjà un grand marchand ! Que sera-t-il à trente ! Il a eu pendant ce voyage des idées, des inventions, que je n'ai jamais eues. Et il a la manière, avec clients et fournisseurs. Pas la même manière que moi — je suis plus froid, apparemment plus dur, dans les discussions. Lui est chaleureux, réservé, apparemment expansif, et ne disant jamais un mot de plus qu'il n'en faut. Simple. Ne donnant jamais à personne le sentiment qu'il lui est supérieur. Et tirant pour finir les meilleurs prix de chaque discussion. Parfois meilleurs que ceux que j'aurais pu obtenir. Le Seigneur m'a vraiment béni en lui. Je pourrais même partir dès demain à la recherche de Jésus. Mais j'ai encore certaines affaires à mettre en ordre. Je partirai sans faute — ma décision est maintenant irrévocablement prise — au retour de notre prochain voyage. En ce moment j'ai encore certaines vieilles affaires que Reuben connaît mal ou pas du tout, et qui sont pendantes. Il m'est vraiment impossible, malgré tout le désir que j'en ai, de partir à la recherche de Jésus avant de les avoir mises en ordre. Mais c'est une question de peu de temps. Tout ce qui traîne ici peut se régler avant le prochain départ de notre caravane principale, et le reste, au cours de ce voyage. Ce sera mon dernier voyage avant de tout laisser entre les mains de Reuben pendant un mois. Au retour, je partirai trouver l'homme. Et je saurai si c'est lui que j'ai vu à Cana.

L'an 612 de la destruction du Temple,
vingt-neuvième jour du mois de Pesah.

Nous sommes arrivés à Hébron tard dans la nuit, le jeudi avant la Pâque. J'ai laissé Reuben et la caravane à Hébron et je suis parti pour Jérusalem à l'aurore, le vendredi matin, sans avoir vu personne. Presque sans avoir dormi. Moi qui ai eu tout mon temps devant moi pendant ces trois dernières années ! Oui, trois ans ! — tout d'un coup, je ne pouvais plus différer ma rencontre avec lui d'une heure. À la veille de la Pâque, je savais que c'était à Jérusalem que je le trouverais. Il fallait donc que j'y sois avant le sabbat. Le temps me pressait de le retrouver, et je ne comprenais pas pourquoi il y avait tout d'un coup en moi cette hâte fébrile. Je voulais le trouver au plus vite. Je voulais manger cette Pâque avec lui.

Je suis arrivé à Jérusalem le vendredi, vers la troisième heure. Un peu après. Il régnait une grande agitation dans les rues. Rien n'était comme d'habitude. Partout il y avait beaucoup de monde et des soldats qui circulaient à pied et à cheval. Pour un peu je me serais cru à la veille d'une insurrection. Il y avait un peu ce genre d'atmosphère, très spéciale. Et pourtant je sentais que ce n'était pas ça. J'ai arrêté un homme et je lui ai demandé si on savait si Jésus le Nazaréen était à Jérusalem. L'homme m'a regardé un instant en silence d'une manière étrange, puis il s'est mis à rire à gorge déployée. Enfin, il m'a dit :

« Tu es bien le seul à Jérusalem à ne pas savoir... Si tu veux le trouver, va au Golgotha ! »

Au Golgotha ?

Je suis monté au Golgotha. Maintenant je ne voyais plus rien, ni personne, de ce qui m'entourait, tellement le temps me pressait maintenant de le trouver. Et puis, il y avait une peur en moi. Oui, une peur. Pourquoi ? Maintenant, je sais. Mais alors je ne comprenais pas. Je courais presque.

Au Golgotha, j'ai vu les trois croix romaines. J'ai regardé ces trois croix et les hommes pendus à leur bois. Au-dessus de la tête de l'un d'entre eux était écrit :

« Jésus le Nazaréen, roi des Juifs. »

Il ne ressemblait à rien, ni à personne. Il ne ressemblait à rien. À rien d'autre qu'aux paroles d'Isaïe : « Homme de douleur et possédé par la souffrance... rebut de l'humanité... » À ce point détruite, son apparence n'était plus celle d'un homme...

Je suis resté là pendant des heures. Je ne voyais que lui. Je savais que c'était lui, celui que j'avais vu à Cana. Comment est-ce que je pouvais savoir cela ? Mais je savais. Je sais. C'est une chose terrible que de voir mourir sur la croix. C'est une chose que je n'avais jamais vue auparavant. Cela n'appartient pas à mon univers. Je suis resté là pendant des heures. Il y avait un vacarme terrible. Des cris, des huées. Une fois, il a dit :

« Père, pardonne-leur, ils ne savent pas ce qu'ils font. »

Une autre fois, il a dit :

« Aujourd'hui même tu seras avec moi... »

Mais je ne sais pas à qui il parlait. Et puis il s'est dressé sur ses pieds ensanglantés et il a crié d'une voix forte. Que criait-il ? Il y avait tellement de bruit. Sans compter le bruit dans ma tête. « *Eli ata*[1] » ou « *Eli ta*[2] ? » Quelqu'un près de moi a dit : « Il appelle Élie. » Moi, je me demandais s'il avait crié : « Élie, viens ! » ou « Mon Dieu, c'est toi ! », ou s'il ne prononçait pas les premiers mots du psaume : « Mon Dieu, mon Dieu, pourquoi m'as-tu abandonné ? »

Un homme m'a bousculé — il portait une éponge au bout d'un roseau et il l'a présentée à Jésus, mais Jésus a poussé un grand cri et tout le poids de son corps est retombé sur l'appui de ses pieds cloués. D'un coup, comme ça, tendant ses bras à les rompre. Il était mort. Je ne comprends pas pourquoi c'était si visible que ça. C'était visible. Il était mort. J'ai entendu une voix crier : « Vraiment, cet homme était le Fils de Dieu. » Oui, moi aussi je le savais. Je le sais. C'est cela qui est terrible. Je suis resté cloué sur place, vide, mort, jusqu'au fond de moi-même. Je ne pouvais quitter des yeux ce qui restait de l'homme. Toutes les paroles d'Isaïe se pressaient en moi.

« Il n'avait ni aspect, ni prestance… Tel celui devant qui l'on cache son visage… méprisé… compté parmi les pécheurs… broyé par la souffrance… accablé de nos perversités… »

Je ne le quittais pas des yeux, et pourtant je ne sais pas comment on l'a enlevé de cette croix. Je n'ai rien vu. Tout d'un coup, je me suis rendu compte qu'il n'était plus là. À la nuit, je suis parti.

Je sais, je sais comme si l'ange du Seigneur me l'avait dit, que cet homme était le Messie, et que c'était l'homme de Cana à côté duquel je suis passé sans le reconnaître, sans le voir, sans trouver de temps pour lui… Il m'a été

1. Eli ata : Élie, viens !
2. Eli ta : Mon Dieu, c'est toi !

donné de le voir de mes yeux. J'aurais pu le toucher de mes mains. L'entendre de mes oreilles. Et, tout occupé par mes affaires, j'ai laissé passer les semaines, les mois, les années. Que dit encore Isaïe ? « Dans ses plaies se trouve notre guérison... Si son être se met en coulpe, il voit la semence, il justifie la multitude... » Trop tard ! Je suis passé à côté du Roi sans le voir. Sans le reconnaître.

Je me suis endormi cette nuit-là en sanglotant comme un enfant. Je devais avoir cinq ans, la dernière fois que j'avais pleuré. Je suis rentré à Naïm le lendemain, recru de fatigue, malade. Rien ne m'intéresse plus Jamais je ne pourrai m'occuper de mes affaires de nouveau. Heureusement que Reuben est là. Et, maintenant, il y a des gens qui disent qu'il est ressuscité, que beaucoup l'ont vu ! Cinq cents, plus de cinq cents, dit-on !

Ce matin, Joseph d'Arimathie est venu me voir. Il retourne à Jérusalem demain matin. Il veut m'emmener avec lui retrouver les disciples de Jésus. Prier avec eux. Il m'a dit :

« Jésus est venu plusieurs fois quand nous étions en train de prier. Il nous a donné rendez-vous sur la montagne, en Galilée. Viens avec nous. »

Mais l'homme est mort. Je le sais. Je l'ai vu. Comment croire qu'il est vivant ? Je ne suis pas un illuminé ni un docteur de la Loi. Je sais ce que mes yeux ont vu. Comment croire qu'il est vivant, qu'il a donné un rendez-vous sur une montagne ? C'est de la folie, du délire.

Oui, c'est de la folie, du délire. Comment croire qu'il y a encore un espoir ? Que je pourrais encore maintenant, après l'avoir vu mort, le rencontrer ? Peut-on vivre encore quand on est mort ? Et, s'il était le Messie, comment a-t-il pu mourir ? Mourir de cette manière-là ? Le Royaume d'Israël ne doit-il pas être rétabli ?

Le Fils de Dieu. Le Fils de Dieu ? Comment ai-je pu

penser, comment puis-je croire que la voix que j'ai entendue a raison ? Moi, un Israélite. Moi qui sais que le Seigneur est UN. Et pourtant je le crois. Oui, encore maintenant, ici, je le crois.

Est-ce que j'irai ? Je n'ai pas donné de réponse à Joseph. Comment risquer encore d'avoir pu le rencontrer et de ne l'avoir pas fait ? Pourquoi ne pas partir avec Joseph ? Qu'ai-je à y perdre ? Que faire ? Que décider ? Pourquoi est-il si difficile de dire à Joseph : « J'irai avec toi » ou : « Je n'irai pas » ? C'est comme si je n'étais plus capable de prendre une décision, moi qui ai passé ma vie à en prendre.

Allons, il faut dormir. Demain. Demain, avant que Joseph ne parte, à tête reposée, je déciderai de ce que je dois faire.

Le pardon

Les moins anciens, nourris par une documentation pléthorique, changeaient de millésime d'album en album.

Les plus anciens, reliés en maroquin vert par la propre mère de Robert d'Ardel, abritaient chacun, sans difficulté, toutes les images (un peu passées) d'une demi-génération.

Dans l'album des années 1899 à 1910, un bébé blond et nu, exposé dans la forêt tropicale d'un jardin d'hiver, occupait, sur un châle de dentelle, la moitié d'une page. Sous la photographie jaunie, une écriture haute et pointue avait inscrit : « Robert à trois mois. »

C'était ce prénom qu'Henriette suivait de page en page dans les albums reliés : Robert à trois ans avec de grandes boucles blondes et un visage tout rond. Robert, tout rond, cinq ans, en culottes courtes avec des bas au genou et une frange. Robert, huit ans, neuf ans, douze ans... à cheval, à côté d'un cheval, jouant au croquet, lisant un livre... Robert, quinze ans, en pantalons longs avec un haut col à coins cassés, 1914, un bandeau noir au bras, le visage encore presque rond, la stature encore courte, à côté d'une longue forme maigre, drapée dans des voiles de deuil des pieds à la tête. Deux ans plus loin, en uniforme de soldat de seconde classe, il dépassait de la tête et des épaules trois autres conscrits.

Mais c'étaient les photos des premières pages, celles qui ressemblaient si peu à son père, sur lesquelles elle s'attardait : le petit garçon dodu au visage si rond, souriant, ouvert, les yeux écarquillés. Le soldat qui dépassait de la tête et des épaules ses compagnons était déjà maigre, avait déjà le front allongé, déjà le regard distant et sévère. Celui-là, elle ne le connaissait que trop !

L'autre — le modèle agrandi du petit garçon rond — était celui qu'elle aurait voulu connaître.

Le pas un peu lourd de sa mère allait et venait dans le salon contigu. Ses frères et sœurs étaient en pension, au service militaire, à l'école. Son père, au bureau.

À côté de chaque photo, elle reportait son image actuelle.

Comment, pourquoi un petit garçon rond et doré, tout doux, tout sourire, toute transparence, devient-il un quinquagénaire opaque, maigre et sévère, qui ne sourit jamais ?

« Ton père est un saint, disait sa mère !

— Alors pourquoi ne peut-il pas nous aimer un peu s'il est un saint ? protestait Henriette. J'aimerais mieux qu'il ne soit pas un saint et qu'il nous aime !

— Chut ! Veux-tu bien ne pas parler ainsi ! Il vous aime. Mais son premier devoir est de vous élever et de faire de vous des hommes et des femmes de devoir. »

Henriette changea d'album.

1930. La photo de mariage. À la sortie de l'église. Le dernier album relié. Lui, grand, maigre, le regard froid. Déguisé en capitaine — alors qu'il n'était qu'officier de réserve ! Avec sa croix de guerre et ses sept palmes sur la poitrine, bien entendu. Et Maman, déjà boulotte, toute jeune, toute petite à côté de lui, toute fraîche avec son merveilleux sourire, la main sur son bras, radieuse. « Mariage de Robert. Saint-Louis des Invalides. »

Henriette, sautant sur ses deux pieds, referma l'album des deux mains et courut au salon :

« Maman, maman, chanta-t-elle en l'embrassant, c'est vous qui êtes une sainte !

— Qu'est-ce qui te prend, Henriette ? Voyons, Henriette ! Voyons ! Qu'est-ce qu'il y a ? Tu me décoiffes. Cesse de faire la folle, et dis-moi si tu crois que ton père aimera la manière dont j'ai arrangé les fleurs ?

— Vos fleurs sont merveilleuses, Maman ! Je ne peux pas vous décoiffer parce que vous n'êtes jamais coiffée — et de toute manière, Papa ne verra même pas vos fleurs parce qu'il ne regarde jamais rien. On peut se donner tout le mal qu'on veut, il ne voit rien !

— Henriette ! Ton père est un saint. Il est évident que quand il rentre du bureau, fatigué par ses affaires...

— ... et par sa messe !

— Henriette !

— Bon, bon, Maman chérie. Ne vous fâchez pas ! Je ne dis plus rien. Je vous adore. Est-ce que vous savez que je vous adore ? Vous êtes la mère la plus merveilleuse qu'on puisse avoir. Heureusement que je vous ai ! Vous êtes la plus belle, la plus jolie, la plus gentille, la plus intelligente...

— La plus grosse et la moins bien habillée, et ton langage, Henriette !

— Et personne ne fait des bouquets aussi beaux que les vôtres !

— Alors tu crois qu'il plaira à ton père ? »

Henriette se redressa de toute sa courte taille, gagnant au moins deux centimètres, pinça les lèvres, glissa, entre des paupières mi-closes, un regard invisible en direction du bouquet et laissa tomber d'une voix aseptisée :

« Je constate que vous avez acheté des fleurs, mon amie. »

Elle reprit son élasticité et sa voix normales :

« Ah, vous voyez ! Vous riez ! Vous riez ! Vous ne pouvez pas vous empêcher de rire ! » cria-t-elle en sautant de nouveau au cou de sa mère.

« Henriette, laisse-moi ! Ce n'est pas bien ! Tu es un vrai clown ! On ne parle pas comme ça de son père !

— Mais Maman, je ne parlais pas *de* lui, je parlais *comme...* »

Sa mère la coupa :

« Assez Henriette ! Je t'ai déjà dit... d'ailleurs : que fais-tu encore ici ? et tes résultats ? Sûrement, tu devrais déjà être partie pour aller les chercher ?

— Ciel ! Vous avez raison, Maman !

— J'espère que tu vas faire une bonne surprise à ton père. J'en suis sûre, d'ailleurs !

— Le troisième bac ! Il doit être blasé ! Pas ? Venez avec moi, Maman chérie, ça me ferait tellement plaisir ! C'est vous qui regarderez, ça me portera chance, et j'aurai une mention époustouflante !

— Mais voyons, Henriette, tu dis de ces choses ! Tout est déjà joué ! J'aimerais t'accompagner, ma biquette, mais les petits vont arriver. Ça m'ennuie de te laisser y aller seule...

— Vous tracassez pas, Maman : j'y cours, j'y vole, je reviens sur les ailes de la victoire et c'est vous qui savez, la première de tous, tous, tous, que j'ai une mention... Très Bien !

— Voyons Henriette ! Ne te fais pas des idées tout de même, tu ne sais même pas si tu es reçue, je ne voudrais pas...

— ... que tu sois déçue, ma pauvre biquette ! Vous tracassez pas, Maman, je serai reçue, sûr. La mention Très Bien, c'est autre chose ! Mais c'est ça qui en boucherait un coin à Papa, hein !

— Henriette !

— Il dirait peut-être même — de nouveau elle se

redressa et se pinça les lèvres : “ Je constate que vous avez, pour une fois, fait honneur aux Ardel. ”

— Henriette !

— Je pars, Maman chérie, je pars ! »

L'homme est debout. Grand, maigre, raide. Le rectangle étroit du visage accentué par une barbe grise coupée carrée et des cheveux blancs taillés en brosse. Les bras croisés sur la poitrine. Le regard au garde-à-vous. Le menton haut.

« Je vous invite à vous donner la paix du Seigneur », dit l'officiant !

D'un mouvement conjugué de rotation autour de son axe vertical et d'inclinaison du chef, il obtempère à l'invitation, les yeux étroitement fermés, les bras étroitement croisés, laissant sa voisine en porte à faux, la main offerte dans le vide et le sourire à une façade aveugle. Puis il reprend sa position de face, ouvre les yeux et pose son regard sur la ligne horizontale de l'autel.

Demain il se tournera vers la gauche.

S'il avait prié avec ses propres mots, sa prière aurait ressemblé à la fois à celle du pharisien et à celle du publicain. Il se serait reconnu pécheur, tout en remerciant le Seigneur de ce qu'il n'était pas comme le reste des hommes, mais un homme de devoir et de service, qui savait ce qu'il devait à son Dieu et ce que son Dieu attendait de lui, et qui, le sachant, le faisait. Mais il n'avait pas l'impertinence de prier avec ses propres paroles. L'Église lui donnait à réciter les paroles de la liturgie et celles de prières adaptées aux besoins des fidèles. Il ne concevait même pas que l'on pût prier autrement. En dehors de ces prières, il ne parlait pas directement à Dieu. Il parlait de Lui. Il n'aurait pas eu l'outrecuidance de converser avec le Tout-Puissant à la deuxième personne — même pas à la deuxième personne du pluriel, même pas à une troisième personne de politesse. Son penchant naturel l'aurait entraîné vers l'intégrisme. Son sens du devoir et de l'obéissance à l'Église l'en avait préservé.

L'officiant disperse ses ouailles. L'homme reprend son chapeau, posé sur la chaise devant lui, s'incline devant l'autel, quitte la chapelle, émerge dans la rue, se recoiffe.

Le jour où mon histoire commence était un jour radieux de fin d'hiver...

Le jour où mon histoire commence... Mais où commence-t-elle vraiment ?

À la naissance de mon héros ? Pendant ses études chez les jésuites ? Au début de son adolescence, quand il commence à s'éloigner de ce petit garçon qu'il a été : blond et rose et doux, au visage transparent qu'un sourire rare pouvait illuminer, quand le rond devient ovale, l'ovale un long rectangle, la mâchoire carrée, et qu'il commence à ressembler, contre toute vraisemblance, à l'homme qu'il devient ? Pendant sa brillante première guerre ? Quand il entre à l'usine familiale ? Quand il commence à y prendre des responsabilités et à y introduire des idées nouvelles ? Quand l'usine est « absorbée » et qu'il devient, quelque glorieux que soit son titre, un simple salarié dans une multinationale ?

Ou à une de ces morts qui jalonnent son histoire ? Celle de son père ? celle de sa mère ? celle de son fils aîné ? Ou le jour de l'enterrement de ce fils, tué en Algérie, au moment où il enjoint à Henriette de se comporter comme une Ardel, et de cesser de pleurnicher sur un héros mort au champ d'honneur ? Ou, beaucoup plus tard, le jour de sa propre mort ?

Ou, longtemps avant sa naissance, dans cette très petite bourgade du Moyen-Orient qui a pour nom Bethléem ?

Ou lorsque sa femme rassembla assez de courage pour lui apprendre que le sixième étage n'avait que cent cinquante mètres carrés de surface et était libre, et qu'il lui répondit qu'elle était si bonne maîtresse de maison qu'il ne songerait pas un instant à limiter son domaine ?

Ou, au moment de sa retraite, quand il congédia l'employée de maison et que sa femme trouva de nouveau le courage d'aborder la question de l'opportunité de passer de trois cents à cent cinquante mètres carrés, et qu'il lui répondit : « Si vous cessiez de ne penser qu'à vous, vous ne me parleriez pas d'un tel bouleversement dans mes habitudes de vie à un tel moment » ?

Ou, pour remonter de nouveau dans le temps, le jour où Henriette, sa deuxième fille et son troisième enfant, lui a tenu tête pour la première fois ? ... Mais quelle première fois ? Cette fille avait été pour lui un problème depuis le jour où elle avait su parler.

Dans une famille disciplinée, elle avait été la seule personne à ne pas plier devant son autorité, enfreignant l'un après l'autre tous les ordres du règlement, depuis la permission à demander à table pour parler jusqu'aux heures de couvre-feu, en passant par le choix des amis, de l'habillement et des études, et en n'hésitant jamais à proclamer ses opinions, et même à contredire ouvertement celles de son père.

Elle lui avait toujours tenu tête.

Les éclats de leurs disputes avaient terrifié sa mère et rempli d'admiration ses frères et sœurs.

Quand elle s'était fiancée, à vingt-deux ans, avec un cousin éloigné, il s'était dit que bon sang ne peut mentir et lui avait témoigné sa satisfaction. Le regardant droit dans les yeux, elle avait déclaré :

« Je n'ai que faire de votre satisfaction ! »

Six mois plus tard, elle avait rompu ces fiançailles providentielles et annoncé dans la foulée, au cours d'une dernière scène (« Je n'admets pas qu'une fille qui habite sous mon toit se comporte de cette façon déloyale », etc.) son départ de la maison paternelle : « Ça tombe bien : je comptais ne vous le dire que demain, mais, puisque vous m'en offrez l'occasion, je vous annonce aussi que je ne vais justement plus habiter sous votre toit ! » Et, quand il lui avait demandé de quel droit elle se croyait autorisée à prendre pareille décision, elle avait eu le front de lui annoncer qu'elle quittait le toit paternel pour aller vivre avec un divorcé ! (« Je vous interdis formellement d'épouser un divorcé ! — Je ne vous ai jamais dit que j'allais l'épouser, mon père, je vais aller vivre avec lui, point final. »)

Il lui avait interdit la maison (« Je n'admettrai jamais qu'une fille perdue franchisse mon seuil ! — Ça tombe bien ! je ne comptais de toute manière pas y remettre les pieds ! ») et avait, à partir de ce jour, porté devant le Seigneur le poids de cet échec et prié journellement pour la conversion de cette fille, seule de ses enfants dont il n'avait pas réussi à faire une chrétienne.

Six mois plus tard, il avait appris son mariage civil. Enceinte jusqu'aux dents. Il avait déclaré : « Henriette est morte pour moi. » Et interdit à sa femme tout commerce avec elle.

Et qui sera le héros de mon histoire ?

Pour la première fois de sa vie, Mme d'Ardel avait enfreint les ordres de son époux. Dans le plus grand secret, elle avait continué à communiquer avec Henriette, lui téléphonant plusieurs fois par semaine, tantôt d'un téléphone public, tantôt de la boulangerie. Bien plus, pour la première fois de sa vie, elle avait menti à son mari. Pas d'un petit mensonge occasionnel : d'un mensonge organisé. Elle qui ne s'y était jamais rendue de sa vie avait inventé un rendez-vous hebdomadaire de coiffeur pour couvrir les heures passées chez Henriette.

« Surtout, avait-elle recommandé à Henriette, n'en parle pas à tes frères et sœurs, ni à des amis communs. Ton père m'a interdit de te voir. C'est la première fois que je lui cache quelque chose. Je ne voudrais pas... »

Oui, j'aurais pu choisir Mme d'Ardel comme héros de son histoire. Une histoire si secrète, si discrète, si insignifiante, que nul ne pensait qu'elle en avait une. Joies, tendresse, attentes, patiences. Trente ans d'écrasement, trente ans de soumission, toute une vie de droiture rigoureuse glissant sans à-coups — sans effort ? — du jour au lendemain, dans la désobéissance et le mensonge quotidiens ; glissant, glissant... jusqu'à ce jour où elle a dit à Robert d'Ardel...

Ou j'aurais pu choisir Henriette.

« N'ayez pas peur, Maman, lui avait dit Henriette. De toute manière, je ne les vois pas : il le leur a défendu. Et je ne vois personne qui pourrait le voir : il a mis tout le monde en garde contre moi. »

Elle, elle avait déclaré qu'un monde sans son père était un monde meilleur, et que tout était ainsi pour le mieux, puisque de toute manière son père ne l'avait jamais aimée — pas plus d'ailleurs que qui que ce fût, sa femme comprise — son seul mode de communication étant celui de la dictature...

Elle le disait au moins une fois par mois à sa mère (qui l'arrêtait en lui disant qu'on ne parlait pas de son père ainsi, et qu'elle ne pouvait écouter de pareilles choses), le répétait régulièrement à son mari et, grattant inlassablement la croûte de cette absence de plaie, elle ne laissait passer aucune occasion de revenir sur le sujet avec ses amis ou ses collègues de bureau : son père n'existait plus pour elle.

Oui, j'aurais pu choisir Henriette. Me perdre dans les méandres de ses profondeurs où une voix étouffée quémande un amour que son père ne lui a jamais donné, et une autre clame contre lui les accusations qui tuent, où la soif d'amour est devenue haine, où l'image du père et l'idée de Dieu se sont confondues, réduites toutes deux à la Loi. Une loi sans amour. La loi du talion.

Elle disait de Dieu : « Je ne le connais pas », et pourtant, quand la première femme de son mari avait eu la bonne idée de mourir, elle avait vu dans cet événement la réponse à une prière non formulée (Robert d'Ardel avait, lui, attribué cette mort qui rendait possible la régularisation de la situation de sa fille à ses intercessions pour son salut), et elle avait proposé à son mari un mariage à l'église (Robert d'Ardel avait attendu journellement la nouvelle de ce mariage pendant près d'un an), à condition qu'il eût lieu dans le secret le plus absolu. Personne, même pas sa propre mère, ne devait le savoir. Car, par ce mariage, elle condamnait elle-même tout ce qui l'avait précédé. Permettre à son père de l'apprendre eût été un aveu. Le lui tenir secret était une vengeance journalière.

Quand elle s'était confessée, la veille de la cérémonie, le prêtre lui avait d'abord dit :

« Je vous appelle à reconnaître l'amour de Dieu. Il vous aime et vous reçoit comme un Père.

— Mon père me déteste, avait-elle dit.

— Alors, pensez qu'il vous aime comme la plus tendre mère, plus que la plus tendre mère n'aime son enfant ! »

Mais cela non plus ne voulait rien dire pour elle. L'image de Dieu était pour elle une image masculine. Le père. Son père.

Elle avait confessé sa vie hors mariage et son mariage civil avec un divorcé. Il n'y avait eu aucune raison de confesser un ressentiment aussi légitime que celui que son père avait construit en elle. Elle n'était jamais allée à la messe quotidiennement, elle, et elle ne lisait pas les Évangiles. Son père lui avait, à leur double insu, transmis sa religion : elle s'était mise en règle.

Les trois histoires sont inséparables, me direz-vous. Oui, inséparables dans le temps et l'interaction. Mais elles sont si distinctes, si séparées — se croisant seulement à intervalles irréguliers — le ressort de chacune, le dessin — et le dessein — de chacune sont si personnels qu'il serait impossible de raconter ces histoires inséparables d'un récit unique. Et quelle complication supplémentaire pour choisir le jour où commencerait mon récit !

Ce jour (pour ne pas remonter au déluge, pour ne pas vous fatiguer et vous perdre dans les méandres de trop de vies entrecroisées sur la toile de fond des petites blessures et des grandes, des incompréhensions et des jugements meurtriers, pour ne pas risquer que ce que je veux raconter passe inaperçu dans une accumulation d'incidents, le foisonnement de la vie, parce que je n'aurai pas su le mettre en relief — ou de crainte que vous ne sachiez le reconnaître !), ce jour que j'ai choisi arbitrairement était un jour radieux de fin d'hiver. Ou de début de printemps. Il faisait un froid vif. Le ciel était parfaitement et uniformément bleu. La journée était pâlement ensoleillée.

Toutes choses qui ne comptent en rien dans cette histoire parce que Robert d'Ardel n'était pas tributaire des fluctuations du temps.

L'officiant avait donc dispersé ses ouailles, Robert d'Ardel avait repris son chapeau posé sur la chaise devant lui, s'était incliné devant l'autel et avait quitté la chapelle. Il émergea dans la rue, sentit le froid vif sur ses mains, se recoiffa.

Depuis qu'il était à la retraite, il avait pris sur lui d'alléger la tâche de son épouse en faisant les courses de la maison. Il se dirigea vers la boucherie. Il marchait à grandes enjambées, sans hâte, dominant de son mètre quatre-vingt-six la plupart des passants tranquilles et des passantes affairées de la rue de Passy, sans un regard, ni à droite, ni à gauche. Le fait que le jour était un jeudi ne conférait aucune distinction spéciale à la journée autre que celle du dîner familial hebdomadaire. Il sortit de sa poche un filet à provisions et prit place dans une file d'attente déjà longue. Presque aussitôt un homme prit place derrière lui. Le nouveau venu devait avoir environ le même âge que Robert d'Ardel. Il avait des cheveux blancs taillés en brosse, une barbe grise, un gabarit voisin du sien. Là s'arrêtait la ressemblance : à la place de la rosette de Robert d'Ardel, il n'arborait qu'un mince ruban rouge.

La queue avançait lentement. Robert d'Ardel pensait au déroulement de sa journée. Il n'était plus séparé de son tour que par une seule cliente, quand la voix de l'homme qui le suivait interrompit le fil de sa pensée :

« Je suis confus, Monsieur, de vous demander une chose pareille, mais je suis excessivement pressé par le temps : accepteriez-vous de me laisser passer devant vous ?

— C'est tout ? dit le boucher. Et il se mit à additionner sur sa machine le billet de caisse.

— Croyez bien que c'est réellement un cas d'urgence », insista l'homme.

Si l'homme avait été plus petit que lui, plus jeune, moins courtois, peut-être ne lui aurait-il pas cédé sa place. Mais les paroles et le ton étaient d'une extrême courtoisie, il était plus grand que lui, guère plus jeune. Robert d'Ardel jeta un regard sur sa montre, et s'effaça pour le laisser passer.

« Je vous en prie, Monsieur. »

L'homme, se confondant en excuses et en remerciements, passa devant lui. Le boucher tendit à sa cliente le ticket de caisse et se mit à empaqueter les différents morceaux de son choix. Il retourna le paquet d'une main experte, le laissa tomber dans un sac en plastique, et le tendit à la cliente en disant, déjà tourné vers le suivant :

« Et pour Monsieur, ce sera ? »

L'homme qui avait dépassé Robert d'Ardel, qui occupait la place de Robert d'Ardel, plongea tout d'un coup en avant de tout son long, heurta la femme qui venait de recevoir son paquet, et s'effondra dans l'espace libre entre les clients non encore servis et la queue devant la caisse.

Le temps s'arrêta dans la boucherie.

Il faut bien prendre le temps de mourir.

La caissière se dressa, debout derrière sa caisse. La femme bousculée se retourna. Robert d'Artel se pencha sur l'homme qui avait pris sa place. Une femme de l'âge d'Henriette l'écarta en disant : « Je suis médecin », retourna l'homme et déboutonna sa chemise. Le visage était hideusement violet et la mâchoire pendante.

« Appelez une ambulance, ordonna-t-elle. Le cœur est arrêté ! »

Elle s'installa à califourchon sur le corps de l'homme et se mit à masser son cœur, alternant le massage avec des essais de bouche-à-bouche. Dans un temps incroyablement court et incroyablement long, l'ambulance du SAMU s'immobilisa devant la boucherie :

« Je crains qu'il n'y ait rien à faire, dit la jeune femme au médecin de service. Embolie foudroyante. »

Le corps fut soulevé. Emporté. La jeune femme rectifia son accoutrement.

« Je l'ai laissé passer, dit Robert d'Ardel.

— Alors vous devriez être à sa place, dit la jeune femme en récupérant ses sacs et ses paquets.

— Ne soyez pas ridicule, dit Robert d'Ardel.

— Et pour Monsieur, ce sera ? dit le boucher.

— Au suivant », dit la caissière.

Pendant le dîner familial, Robert d'Ardel parla peu et écouta moins. Jusqu'au moment où il interrompit un de ses fils :

« Pendant que je faisais la queue ce matin à la boucherie pour acheter ce gigot, il m'est arrivé une étrange histoire : un homme qui se trouvait directement derrière moi dans la queue m'a prié, avec la plus grande courtoisie, de lui permettre de passer devant moi. N'étant pas pressé par le temps, je me suis effacé pour le laisser passer et je ne l'avais pas aussitôt fait qu'il s'est écroulé. On l'a retourné. Il était mort.

— Il est mort à votre place ! s'écria une de ses brus.

— Ne soyez pas ridicule ! dit-il.

— Je ne voulais pas dire ça, s'excusa la bru, je voulais seulement dire qu'il se trouvait à votre place, que vous...

— En effet. Il me semble que c'est ce que j'ai dit. »

Le ton était glacial. La bru aurait voulu disparaître sous la table. Ou trouver quelque chose à dire. Son mari lui chuchota :

« Tais-toi. N'essaye plus. »

Elle se tut.

« On a essayé de le ranimer, reprit Robert d'Ardel. Le SAMU est venu. Il n'y a rien eu à faire. Il était bien mort. »

Il y eut un silence. Personne autour de la table n'osait aventurer une remarque. Enfin, un courageux s'y risqua :

« Quelle histoire dramatique ! »

Et le cours du dîner reprit.

Le lendemain matin, à son heure habituelle, en rentrant de la messe et des courses, Robert d'Ardel prit place à son bureau, le dos à la fenêtre. Mais, au lieu de se plonger dans la rédaction de ses mémoires de guerre, ou dans le dossier des finances de la paroisse qui devait être prêt pour le conseil paroissial su lendemain, il demeura apparemment inoccupé, devant une surface nette de tout dossier.

Le fil de la scène dans la boucherie repassait devant ses yeux — aboutissant à cette mort brutale et aux paroles de la jeune doctoresse et de sa bru. Sa bru était une sotte. Mais rien ne lui permettait d'en penser autant de cette jeune doctoresse. Au contraire. Et plus il revoyait cette scène, plus il entendait ces paroles, plus il lui semblait entendre, dans ces paroles prononcées par deux voix si différentes, comme un signe.

Le signe qu'il était temps, s'il ne désirait pas mourir comme cet homme, d'une mort animale, de préparer sa mort.

Il n'avait jamais eu l'intention d'avancer à reculons vers cette échéance. Comme tant d'imbéciles. La grande majorité. Des imbéciles qui croyaient supprimer la mort en refusant de la regarder en face. Ou des lâches qui la craignaient. Il avancerait vers elle fermement, et les yeux ouverts, comme il avait vécu... Mais comment prépare-t-on sa mort ?

Comment prépare-t-on sa mort ?

Il balaya sa vie d'un regard intérieur.

Il avait été un bon chrétien, allant à la messe tous les jours, sauf impossibilité absolue, se confessant une fois par mois, versant sa dîme à l'Église. Il avait épousé une bonne chrétienne. Il n'y avait jamais eu entre eux le moindre problème. Il avait été un époux fidèle et irréprochable. Il avait été généreux dans la procréation et avait élevé les six enfants que sa femme lui avait donnés dans le devoir, la religion et le vouvoiement.

Dans une famille de six enfants, il était regrettable mais normal qu'il y eût une brebis galeuse. Lorsque c'est celle qui a le plus de caractère et d'étoffe, c'est d'autant plus regrettable...

Il ne se faisait pas d'illusion, il n'était pas un saint. Mais il n'avait jamais eu cette ambition. Il était un homme de devoir. Il avait obéi à sa conscience et à l'Église. Il avait fait ce qu'il avait pu, et il avait été un homme intègre. Mais...

Deux coups discrets frappés à la porte interrompirent le fil de sa réflexion.

« Entrez ! » cria-t-il agacé par l'interruption.

La porte s'ouvrit, sa femme se glissa dans la pièce et referma la porte derrière elle.

« J'espère que je ne vous dérange pas ?, dit-elle, sans avancer dans la pièce.

— Je présume que vous avez quelque chose d'important à me dire ? dit-il.

— Oui, Robert.

— Eh bien, dans ce cas-là, entrez et dites-le. »

Elle avança et s'assit en face de lui, de l'autre côté du bureau, sur le bord de la chaise.

« Eh bien ? dit-il.

— Je pensais ce matin qu'à nos âges nous devrions

commencer à mettre de l'ordre dans nos affaires, dit-elle tout d'une traite, vous comme moi, Robert. Nous pouvons mourir d'un jour à l'autre ».

Elle s'arrêta.

« Très juste, ma chère », dit Robert d'Ardel, sans lui faire part de ses propres pensées à ce sujet.

— À nos âges, reprit-elle après un court silence, nous devrions peut-être commencer à mettre de l'ordre dans nos affaires avec le Bon Dieu.

— Si ce sont des miennes que vous voulez parler, elles sont parfaitement en ordre, dit Robert d'Ardel sans relever l'expression triviale dont sa femme s'entêtait à se servir pour parler de son Créateur.

— À votre place..., commença sa femme.

— Comment pourriez-vous savoir ce que vous feriez à ma place ? » demanda-t-il.

Au fil des ans, à Pâques ou à Noël, le jour de son anniversaire ou de celui d'Henriette, chaque fois qu'elle était revenue d'une visite à un nouveau venu au foyer de celle-ci, elle avait essayé de prononcer devant lui, en passant, le mot de pardon. Il lui avait chaque fois rappelé son autorité de père de famille et qu'il lui revenait, en tant que tel, de juger de ce qu'il devait lier ou délier. Il n'avait d'ailleurs jamais réellement entendu ce que disait sa femme qui parlait peu — de sorte qu'il lui était d'autant plus difficile d'entendre ce qu'elle se hasardait à glisser, à mi-mot et à mi-voix, aux occasions qui lui semblaient propices.

Les ans passant, elle avait ajouté à ses rappels les mots « à votre âge ». Comme elle commençait toujours ses timides interventions en disant :

« Je ne comprends pas qu'un aussi bon catholique que vous... »

Il avait toujours conclu sa réponse en disant :

« Il y a beaucoup de choses que vous ne comprenez

pas, ma chère. Il n'est d'ailleurs pas nécessaire que vous les compreniez. »

Il n'avait jamais ajouté : « puisque vous n'avez qu'à obéir », comme il l'aurait et l'avait fait avec leurs enfants, mais elle avait facilement suppléé à ce que la courtoisie lui interdisait de préciser et s'était tue. Mais ce jour-là, elle n'était pas en train de glisser deux mots entre deux phrases comme par hasard (ce jour-là, qui aurait pu être le point d'aboutissement de sa propre histoire ; ou le moment clé où les choses se renversent ; ou encore celui qui prépare et amène le dénouement...), ce jour-là, elle faisait une véritable démarche dont elle se sentait investie comme d'un ordre divin. Elle ne se laissa pas arrêter. Elle posa un livre ouvert sur la table :

« Je lisais l'Évangile de Luc ce matin, dit-elle d'une voix intrépide.

— De saint Luc, rectifia-t-il. Vous lisez tellement la Bible, ma chère, qu'on pourrait vous prendre pour une huguenote ! Vous feriez mieux de m'accompagner à la messe le matin !

— Oh Robert ! dit-elle, je croyais que vous aimiez mieux y aller seul ! »

Comme c'était la vérité, il ne répondit pas.

« J'irais volontiers avec vous », ajouta-t-elle.

Sa phrase n'éveillant aucun écho, elle poussa le Nouveau Testament vers lui.

« Je voudrais que vous lisiez ce passage, Robert », dit-elle.

Et, sans lui laisser le temps de refuser, elle se leva et sortit de la pièce.

Robert d'Ardel eut un geste d'agacement. Puis il haussa les épaules : il fallait être patient avec les femmes. Mais un signe de plus : elle aussi avait vu dans la scène de la boucherie l'annonce de sa mort. Il posa la main sur l'Évangile pour le refermer et l'écarter. Se ravisa. Le ramena ouvert devant lui. Un verset était encadré d'un mince trait de crayon rouge : « Si ton frère vient à t'offenser, reprends-le, et s'il se repent, pardonne-lui. Et si sept fois le jour, il t'offense et que sept fois il revienne à toi en disant : “ Je me repens ”, tu lui pardonneras. » De nouveau il haussa les épaules. Il était évident que si Henriette se repentait et se mettait en règle avec l'Église, il se verrait dans l'obligation de lui pardonner. Malheureusement, elle était un cas désespéré.

De nouveau il haussa les épaules.

Il avait entendu ce texte cinquante fois au moins ! Cette pauvre Marcelle croyait lui faire faire une découverte peut-être ? Et qu'avait-il à voir avec lui, ce texte ? Ce n'était pas lui qu'Henriette avait offensé.

Il repoussa le livre sans le refermer et essaya de renouer le fil de sa méditation. Non, il n'était pas un saint. Il n'avait d'ailleurs jamais eu cette ambition... Ou alors, il y avait bien longtemps. Les responsabilités d'un chef d'entreprise et d'un chef de famille rendaient la sainteté difficile. Pour être honnête, il y avait surtout son fichu caractère — et sa nature profonde. Accomplir son devoir était une tâche suffisamment ardue pour n'importe qui — dans la maîtrise continuelle de soi. En y regardant bien, il avait souffert du manque d'intelligence et du manque de caractère de Marcelle. Oui, il était dur. Sans son sens du devoir et son obéissance à l'Église, il aurait pu être mauvais. Il en avait bien conscience. « Si elle me demande pardon, je lui pardonnerai pour ma part ce en quoi elle m'a offensé. (“ Je n'ai que faire de votre satisfaction ”, avait-elle dit.) Le reste ne me regarde pas. Si elle se repent, il faudra que je lui pardonne. Ce n'est pas moi qu'elle a offensé. »

Plusieurs fois ce matin-là, il revint au texte encadré de rouge. Mais chaque fois qu'il le lisait, il se sentait conforté dans la certitude que ce texte, au fond, ne le concernait pas.

Le lendemain, comme chaque jour, à huit heures du matin, il ferma derrière lui la porte de l'appartement de trois cents mètres carrés pour se rendre à l'église. Il aurait pu parcourir ce trajet en aveugle — et le faisait en effet.

Il plaça son chapeau à sa place habituelle : sur la troisième chaise du deuxième rang, et prit place derrière lui, debout, au troisième rang. Aussitôt terminée la première oraison, il avança vers le lutrin. Les bras croisés sur la poitrine, sans lever les yeux vers les fidèles, il lut la lecture du jour et le psaume d'une voix ferme et objective. Il se sentait *en paix*. Sans problèmes. Ses quatre lectures du texte posé sur son bureau par sa femme avaient confirmé sa première opinion : le texte ne le regardait pas. Il retourna à sa place. Le prêtre avança à son tour vers le lutrin pour lire l'Évangile du jour. Il s'agissait de celui que sa femme lui avait tendu. Seulement, ce n'était pas exactement le même. Parce que c'était celui de saint Matthieu. Et il n'y était pas question de repentir préalable ni de demande de pardon :

« Quand mon frère commet une faute à mon égard, demandait l'Apôtre, combien de fois lui pardonnerai-je ?

— Je ne te dis pas jusqu'à sept fois, répondait le Seigneur, mais jusqu'à septante fois sept fois. »

Et la chose étrange était que ces paroles qu'il avait entendues au moins annuellement à la messe devenaient tout à coup vivantes : des paroles qui s'adressaient à lui, Robert d'Ardel. Il n'avait jamais vécu cette expérience avec aucune des paroles entendues à la messe —qu'il s'agît de lectures ou de sermons — de savoir qu'une parole s'adressait à lui, à lui personnellement.

Les paroles entendues avaient jusque-là fait partie d'un rituel en l'honneur du Seigneur.

Mais si cette parole s'adressait à lui, pourquoi ? Il y était toujours question de faute à son égard. Et il ne s'agissait pas de faute à son égard. Le problème d'Henriette n'avait rien d'une faute à son égard. Le problème d'Henriette était qu'Henriette vivait dans le péché. La voix insistait : Êtes-vous sûr qu'il ne s'agit pas de faute à votre égard ? En ce qui concernait la faute d'Henriette à son égard, dès qu'elle se repentirait, il lui pardonnerait. Tout cela avait été réglé la veille. Il n'avait aucun pouvoir pour le reste. En tant que chef de famille, il lui revenait de juger, non son frère, mais sa fille. Bien entendu, il ne lui revenait pas de juger son frère. Mais il lui incombait de juger sa fille. Ne juge pas. Comme tu jugeras... Il ne s'agissait ni de faute, ni de frère, mais de péché. Il n'avait aucun pouvoir pour lui pardonner le reste. Dès qu'Henriette lui demanderait pardon de ses nombreuses fautes à son égard, il les lui pardonnerait.

Mais aujourd'hui, le prêtre ne disait pas :

« Monsieur d'Ardel, si votre fille vient vous demander pardon, vous devez lui pardonner. »

Il lui disait :

« Monsieur d'Ardel, vous pardonnerez jusqu'à septante fois sept fois. »

Ces paroles qui ne le regardaient pas — celles que sa femme avait encadrées d'un trait rouge — avaient été imprimées sur une page d'un livre. Les paroles que le prêtre avait prononcées lui avaient été adressées personnellement.

Le prêtre prononça les paroles rituelles :

« Nous osons dire : Notre Père... »

Machinalement, Robert d'Ardel joignit sa voix à celle des fidèles. Mais il n'alla pas plus loin que la quatrième demande. Avant même que l'assemblée n'eût commencé à dire : « Pardonne-nous nos offenses... », la deuxième partie de la demande s'était dressée devant lui comme une interdiction.

Pendant les quinze jours qui suivirent, tous les textes des Évangiles, et même certaines lectures, semblèrent ne souligner qu'une seule chose : l'obligation impérieuse de pardonner.

« Si vous ne pardonnez pas, votre Père ne vous pardonnera pas... Tout péché sera pardonné... Ne vous posez pas en juge afin de n'être pas jugé... Acquittez et on vous acquittera... Dieu vous traitera ainsi si chacun de vous ne pardonne à son frère du fond de son cœur... »

Journellement, une de ces paroles lui était adressée personnellement. Une à une, rentré dans son bureau, il les démontait et se prouvait qu'aucune ne le concernait. Dès qu'il avait fini sa démonstration, elle se retrouvait devant lui, entière, inaltérée.

Jour après jour, il reprenait les mêmes arguments : elle n'était pas son frère, elle était sa fille. Son autorité de père... Il n'avait pas été offensé, quand elle viendrait lui demander pardon, il lui pardonnerait ses transgressions vis-à-vis de lui... L'obligation de juger lui avait été, en tant que détenteur de l'autorité paternelle, conférée... voire imposée.

Pour la première fois de sa vie, il cessa de communier. Il cessa même de se diriger vers le lutrin pour faire les lectures de peur de s'entendre prononcer de sa propre bouche les paroles d'appel au pardon.

A presque soixante-dix ans, quelque chose lui arrivait qui ne lui était jamais arrivé de sa vie.

« Qu'avez-vous, Robert, vous ne vous sentez pas bien ? lui demanda sa femme vers la fin de la première semaine.

— Je n'ai rien, répondit-il, et je me sens extrêmement bien. »

Quand elle lui posa la question pour la troisième fois en trois jours, il s'emporta avec une violence débridée, déversant sur sa tête un amoncellement de griefs et d'accusations, dont il ne s'était même pas su dépositaire, contre elle, ses enfants et leur vie.

« Et je vous serais reconnaissant de vous abstenir à

l'avenir de tout souci au sujet de mon état de santé », termina-t-il sur un ton subitement détaché.

Elle l'avait écouté déverser sur elle cette colère sans justification immédiate, accablée et prête à se laisser écraser. Mais, quand il se tut, elle se reprit tout d'un coup et, lui faisant le premier reproche de leur vie, elle dit :

« Qu'est-ce qui vous prend, Robert ? Vous ne pouvez pas vraiment penser toutes ces choses. A quoi cela vous sert-il d'aller à la messe tous les jours, si c'est pour vous comporter ainsi et me blesser gratuitement de cette manière ? Je ne vous reconnais pas.

— Ma chère, dit-il, vous ne m'avez jamais connu, pas plus que vous ne connaissez vos enfants. Je suis foncièrement mauvais et si je n'allais pas à la messe tous les jours, je serais pire encore. Allez-vous-en, je vous en prie. J'ai besoin d'être seul. Et, encore une fois, faites-moi la grâce de vous abstenir à l'avenir de vous enquérir de mon état de santé. Quand j'aurai besoin de vos soins, je vous le ferai savoir. »

Ce jour-là, il prit sur son rayon la Bible de son père et relut tous les textes qui lui avaient été adressés pendant les dix derniers jours — revenant encore et encore au texte rassurant de saint Luc : « ... si ton frère vient te demander pardon... »

La veille de ses soixante-dix ans, la lecture de l'Évangile du jour marqua le point culminant de la campagne dont il se sentait l'objet. Et pourtant, quand le prêtre avait commencé à lire l'Évangile de Marc : « ... en passant le matin, ils virent le figuier desséché jusqu'aux racines... » — Robert d'Ardel avait été envahi par un sentiment de soulagement : aujourd'hui, l'Évangile ne le concernait pas. Il ne s'agissait que de foi.

Il ne s'était pas senti pour autant aussitôt libéré de toute inquiétude quant à la suite du texte. La démarche des Évangélistes est parfois surprenante. Mais la suite parlait de foi, puis de demandes accordées. Il se sentait enfin sauvé pour la journée, quand le prêtre avait ajouté :

« Et quand vous êtes debout en prière, si vous avez quoi que ce soit contre qui que ce soit, pardonnez pour que votre Père qui est aux cieux vous pardonne aussi. »

Cela venait comme des cheveux sur la soupe.

Cela s'adressait directement à lui.

Ce soir-là, il fit un rêve. Chose étrange, car il ne rêvait jamais.

Il se trouvait, non dans une boucherie, mais dans le hall d'entrée d'un de ces grands hôtels internationaux qu'il avait, du temps de sa vie active, fréquentés en voyage d'affaires. Il ne voyait pas le hall d'entrée, mais il en distinguait chaque détail, distinctement. C'était celui du Pierre à New York, avant qu'il n'eût été rénové.

Deux hommes faisaient la queue devant un comptoir. Ce n'était pas un étal de boucherie, c'était un comptoir de réception. Il ne voyait pas leurs visages mais il connaissait trop bien la silhouette du premier pour avoir besoin de voir son visage. Il y avait beaucoup de monde dans la queue. Le comptoir était en acajou. Derrière le comptoir, le chef de réception portait un tablier de boucher. Il y avait beaucoup de monde. Il savait qu'il y avait beaucoup de monde, et pourtant il ne voyait que les deux hommes. Il savait qu'il y avait un deuxième homme derrière lui. Il n'était pas à une, mais à trois places du bureau de réception, quand le second homme se pencha par-dessus son épaule. Un brouillard épais se déplaçait en vagues sur l'espace de champ visuel — à droite, à gauche, montant, descendant — mais il voyait très nettement les deux hommes et, en même temps, le premier des deux hommes, c'était lui-même. Tout le monde était pressé. Le second homme se pencha par-dessus l'épaule du premier (il avait une tête de plus que le premier), et dit à voix basse :

« Je suis affreusement pressé, pourriez-vous me laisser passer ? »

La voix était très basse, rauque, il ne l'entendait pas avec ses oreilles, et elle résonnait comme un gong, comme un glas. Elle disait : « Je suis affreusement pressé, pourriez-vous me laisser passer ? Et en même temps : « Je suis affreusement pressé, pourriez-vous me pardonner ?... »

Il ouvrit la bouche pour dire : « Mais je vous en prie, Monsieur », mais aucun son ne sortit. Il s'effaça et cria :

« Mais je vous en prie, Monsieur ! »

L'homme qu'il ne voyait pas mais qui était grand et maigre se rejeta en arrière et cria :

« Mais non, mais non, après tout, je ne suis pas si pressé ! »

Un homme en tête de file se dégagea, muni de la clé de sa chambre. La queue avança d'un cran, et Robert d'Ardel s'écroula.

Il se vit tomber, s'écroulant, mort, au ralenti. Tombant, s'écroulant, mort. Et, pendant qu'il tombait, lentement, lentement, une voix cotonneuse bourdonnait à ses oreilles : « Tu n'as pas pardonné, tu ne seras pas pardonné. » L'autre homme, qui n'était pas passé, qui lui ressemblait — mais ce n'était pas lui —, se penchait sur lui et criait dans son oreille : « Tu n'as pas pardonné, tu ne seras pas pardonné... »

« Un médecin, cria une voix, un médecin ! »

Les hommes et les femmes qui formaient la queue se pressaient en avant, complètement absorbés dans la quête — essentielle, vitale — d'une clé et d'une chambre, complètement insensibles à ce qui se passait à leurs pieds.

L'homme qui le suivait enjamba son corps. Un

garçon en livrée le tira de la queue. Un médecin se pencha sur lui.

« Il est mort », dit le médecin.

Et une autre voix répétait inlassablement en contrepoint :

« Il est mort, mort, mort, il ne sera pas pardonné, pas pardonné, pas pardonné... »

Et une main de fer se refermait sur son cœur.

Il s'arracha au sommeil, en sueur, une douleur poignante dans la région du cœur, étouffant.

Il ne s'était pas entendu, mais il s'était réveillé avec un cri.

Déjà sa femme avait allumé, inquiète :

« Qu'avez-vous ? Vous êtes souffrant ?

— Ce n'est rien. Vous vous affolez pour rien. J'ai eu un cauchemar. Je me suis réveillé.

— Vous n'avez jamais de cauchemar.

— En effet, dit-il.

— Vous êtes tout blanc, et en nage. »

Il ne répondit pas, occupé à maîtriser la douleur thoracique. Elle s'apaisa comme une vague.

« Eh bien, qu'attendez-vous pour éteindre ? dit-il. Nous n'allons pas passer la nuit à commenter mon cauchemar !

— J'attendais que vous ayez l'air moins pâle.

— Eh bien, voilà qui est fait, mon amie. »

Le lendemain après la messe, qui ne parlait étrangement ni de pardon, ni de jugement, il s'enferma dans son bureau, et passa le reste de la matinée dans une profonde réflexion.

Sa femme avait raison. Le temps le pressait et il ne pouvait plus attendre pour pardonner à sa fille, une repentance qui pourrait trop tarder. Il ne ressentait plus aucune douleur thoracique mais une espèce de nausée s'était installée en lui. D'ailleurs peut-être avait-il mal lu saint Matthieu. Son rôle de père ne lui conférait peut-être pas le jugement, ne le soustrayait peut-être pas, même en ce qui concernait sa fille, au devoir de pardonner. Si saint Luc soulignait la repentance et la demande de pardon du frère fautif, saint Matthieu parlait de pardon sans poser de condition préalable. Et saint Marc disait les paroles les plus radicales :

« Si tu as quoi que ce soit contre qui que ce soit... »

S'il avait été un de ces illuminés... ce qui était arrivé dans la boucherie — ce rêve — les paroles de la jeune doctoresse, celles de sa bru... oui : c'était l'écriture sur le mur, l'avertissement. Il y avait un ordre de pardonner. Sans être un de ces illuminés, il pouvait presque croire que le Seigneur lui ordonnait personnellement d'accorder son pardon à Henriette.

En fin de journée, il prit deux décisions : voir un cardiologue et pardonner à sa fille.

Au dîner, il dit à sa femme :

« Vous voyez Henriette demain après-midi.

— Mais non, dit-elle, effrayée, vous savez bien que vous... »

Il l'interrompit :

« En effet. Mais ne me prenez pas pour plus bête, ni pour plus aveugle que je ne le suis, mon amie : vous la voyez. Si vous aviez voulu que je croie à la fable de votre coiffeur, vous auriez dû au moins vous donner la peine de vous faire donner un coup de peigne ! Eh bien, ma chère, après mûre réflexion, j'accepte votre conseil : dites-lui de venir me voir. J'ai décidé de lui pardonner.

— Robert ! comme je suis heureuse !

— Je vous dispense de toute manifestation. Je vous demande simplement de lui dire de venir me voir. Demain après-midi, à seize heures.

— Oui, Robert. Oui... Mais, voilà... eh bien, je ne sais pas, je ne crois pas que demain sera possible. Vous comprenez, Henriette travaille tous les jours, sauf le mercredi après-midi...

— Elle travaille tous les jours, avec trois enfants ? dit-il — la surprenant par sa connaissance de la situation familiale d'Henriette, et l'effrayant parce qu'elle connaissait bien ses principes sur le rôle de la mère au foyer.

Mais il dit simplement :

« Eh bien, vous la convoquerez pour samedi, si vous pensez qu'elle ne peut pas quitter une demi-heure, le mercredi, des enfants qu'elle abandonne toute la semaine.

— Robert, dit sa femme après un moment de silence, croyez-vous qu'elle acceptera de venir ?

— Je ne comprends pas ce que vous voulez dire, dit Robert d'Ardel. Faites-la venir. Je tiens à lui pardonner. »

Le lendemain à la messe, il lut les lectures au lutrin, communia et récita le Notre Père.

Mais le jeudi après déjeuner, en lui servant son café au salon, sa femme lui dit :

« Robert, il faut que je vous dise : elle ne viendra pas.

— Elle ne viendra pas ?

— Non.

— Vous lui avez expliqué pourquoi je désirais qu'elle vienne ?

— Oui », dit Mme d'Ardel.

Elle ne crut pas nécessaire de lui rapporter les paroles d'Henriette : « Encore un truc de Papa pour libérer sa conscience et m'écrabouiller ! Il a peur de mourir. »

Quand elle avait insisté, Henriette avait dit :

« Ne me le demandez plus, Maman. Je n'irai jamais. Jamais. Il m'a fait trop de mal. »

... Une chose était de rappeler à Robert qu'il fallait pardonner, une autre de rapporter des paroles qui le mettaient en accusation. Elle ne pouvait accompagner sa fille sur ce terrain. Elle ne pouvait pas rapporter une accusation qu'elle rejetait — que tout ce qui était conscient en elle rejetait. Il lui avait toujours été impossible d'amener Henriette à comprendre que son père faisait son devoir. Elle n'avait pas voulu se laisser séparer de sa fille. Ce n'était pas pour autant qu'elle ne comprenait pas Robert. Elle comprenait aussi Henriette. En ce moment précis, elle aurait donné beaucoup pour ne comprendre ni l'un ni l'autre. Elle avait même été jusqu'à demander à Henriette de se rendre à l'invitation de son père par amour pour elle, sa mère.

« Jamais, avait dit Henriette. Vous savez que je ferais presque n'importe quoi pour vous, Maman, mais pas ça. Parlons d'autre chose. »

« Oui, dit Mme d'Ardel à son mari, je lui ai expliqué pourquoi vous désiriez la voir.

— Vous ne lui aurez pas bien expliqué.

— Je crains que si, Robert.

— Eh bien, dit Robert d'Ardel, j'aurai fait mon devoir. »

En se rendant à la messe, le lendemain, il se mit, sans le savoir, à parler au Seigneur : il avait fait ce qu'il avait pu. Il était en règle. On ne pouvait pas enfourner le pardon dans une gorge récalcitrante comme on gavait une oie. Il se sentait toujours barbouillé par cette nausée qui s'était installée en lui. Une nausée accompagnée d'une espèce de fatigue intérieure localisée autour de son cœur. Cela n'avait rien à voir avec Henriette. Le cardiologue y mettrait bon ordre. En ce qui concernait Henriette, il n'avait plus rien à se reprocher.

Et cependant, jour après jour maintenant, une fois rentré dans le silence de son bureau, il reprenait dans la Bible de son père les textes de pardon. Et, quoiqu'il n'eût pas employé ce mot, il les méditait. A sa manière. Se justifiant, phrase par phrase, mot par mot. Il décida qu'il devait peut-être reprendre ses prières pour Henriette. Les paroles liturgiques qu'il avait utilisées jadis pour demander son salut ne lui parurent plus adéquates. Il formula la première prière personnelle de sa vie et ce n'était pas une prière de salut : « Seigneur, accordez-moi de revoir Henriette et de pouvoir lui exprimer mon pardon. »

Comme il était de ceux qui croient que l'injonction « Aide-toi, le ciel t'aidera » était, non de La Fontaine, mais de Jésus-Christ, il essaya d'écrire à Henriette. Pendant plus de huit jours, chaque matin, il essaya de rédiger une lettre appropriée. Chaque matin, les brouillons de ses lettres finissaient dans la corbeille. Il renonça à son entreprise. Après tout, il avait vraiment fait tout ce que le Seigneur pouvait attendre de lui.

Mais, matin après matin, une main invisible le ramenait au même débat.

« Mais puisque je suis prêt à lui pardonner et que je le lui ai fait dire, que puis-je faire de plus ? » s'écria-t-il un matin en se rendant à la messe.

La réponse lui fut donnée, claire et simple, dans l'Évangile du jour :

« Si lorsque tu pries, tu te souviens que ton frère a quelque chose contre toi, va, laisse ton offrande sur l'autel, et réconcilie-toi d'abord avec ton frère. »

Il savait maintenant que frère et fille étaient les mêmes mots. Mais de là à se rendre chez sa fille lui-même, pour lui exprimer son pardon... Il ne l'accepta pas du jour au lendemain.

Il rappela au Seigneur sa propre loi : « Honore tes père et mère. » Et le Seigneur lui montra le père de famille courant vers le fils prodigue, du plus loin qu'il l'avait aperçu, pour lui pardonner. Il lui rappela que ce n'était pas à l'offensé de se déranger. Et le Seigneur lui montra son propre Fils, envoyé pour sauver les hommes.

La nausée ne le quittait plus. Heureusement il n'était plus qu'à quelques jours de son rendez-vous avec son cardiologue. Il aurait presque désiré discuter avec sa femme de certains textes. Mais Marcelle ne lui parlait plus ni de pardon, ni d'Henriette.

Et, un jour, au moment où il se levait pour aller

communier, Robert d'Ardel, polytechnicien, homme d'affaires, homme de devoir et de tête, entendit clairement en lui une voix qui lui disait :

« Tu sais où elle habite. Laisse là ton offrande sur l'autel et va la retrouver. »

C'était le jour du rendez-vous de coiffeur de Mme d'Ardel.

Il attendit la fin du déjeuner. S'offrit, à sa propre surprise, à aider sa femme à débarrasser la table. Au milieu de la cuisine, il lui dit :

« Marcelle, je vous accompagnerai chez Henriette tout à l'heure. Je tiens à lui dire que je lui pardonne. »

Mme d'Ardel manqua laisser tomber le plateau qu'elle apportait. Et que faire ? Que dire ? Henriette ? Robert ? Une fois de plus, elle se sentait prise entre ces deux monolithes. Pour un peu elle aurait regretté d'avoir jamais parlé à Robert de pardon. Pas vraiment, bien sûr. Elle n'aurait pas pu ne pas le faire. Elle aurait dû être heureuse de ce que Robert lui disait. Ah, mon Dieu, mon Dieu !

« M'avez-vous entendu, mon amie ?

— Oui, Robert.

— À quelle heure exactement voulez-vous que je sois prêt ?

— Écoutez, Robert... »

Lui dire de ne pas venir ? Impossible ! Le laisser arriver avec elle ? Impossible ! Dieu seul savait de quoi Henriette serait capable !

« Je vous écoute, mon amie.

— Écoutez, Robert... eh bien, ne croyez-vous pas, je pense, il me semble que je devrais peut-être arriver la première... la préparer... lui dire que vous... vous comprenez...

— Soit, ma chère, si vous croyez. Je vous rejoindrai donc chez Henriette. J'attendrai dix minutes dans l'entrée de l'immeuble pour que vous ayez le temps de la préparer. Quand partons-nous ?

— Dans... dans dix minutes, Robert. »

Mais dans l'entrée de l'immeuble, il dit :

« Marcelle, je ne vais pas attendre ici. C'est ridicule. Je monte avec vous. »

Ils sonnèrent à la porte. Une femme de ménage ouvrit. Marcelle ôta son manteau, son chapeau. Il posa son chapeau sur un fauteuil. Marcelle se dirigea vers la porte du living. Il la suivit. Elle aurait voulu être à cent lieues de la scène du drame. Elle poussa la porte. Henriette était assise sur un canapé, en train de lire une histoire à deux enfants. M. et Mme d'Ardel s'encadrèrent dans l'embrasure de la porte.

« Ton père a tenu à m'accompagner, Henriette », dit Mme d'Ardel d'une voix tremblante et suppliante.

Henriette se leva. Froide, distante, étonnée d'abord. Puis dure.

« Bonjour, Maman, dit-elle sans avancer vers elle.

— Ton Père, Henriette », dit Mme d'Ardel.

Henriette le regarda et fit trois pas vers lui. Elle ouvrait la bouche pour lui dire : « Je n'ai que faire de votre pardon et je vous interdis de venir gâcher ma vie de nouveau », quand son père lui dit :

« Henriette, je suis venu pour vous demander pardon, ma petite fille. »

Et, au moment où il s'entendit dire ces paroles extraordinaires, quelque chose d'encore plus extraordinaire se passa en lui. C'était comme si des murailles s'écroulaient, comme si des taies tombaient de ses yeux, lui révélant une nouvelle lumière.

« Oui, Henriette, pardonnez-moi », répéta-t-il. Il fit trois pas vers elle et l'embrassa. Puis il dit :

« Présentez-moi mes petits-fils, ma chérie. »

Comme dans un rêve, Henriette obéit. Tout en parlant, tout en jouant avec les enfants, elle le regardait à la dérobée, suspicieuse, sur ses gardes. Il l'embrassa encore au moment de partir. Il la regardait avec tendresse mais elle ne pouvait pas répondre à cette tendresse. Les remparts de protection qu'elle avait érigés contre lui étaient trop hauts. Elle dit poliment :

« Au revoir, mon père. Merci d'être venu. »

Elle allait fermer la porte sur eux, l'avait déjà presque refermée, quand elle la rouvrit et dit :

« Nous nous sommes mariés à l'Église six mois après la mort de la femme d'André. »

Puis elle referma la porte sur eux sans leur laisser le temps de dire un mot.

Robert d'Ardel prit le bras de sa femme.

« Mon amie, dit-il, voilà qui est pour moi une grande joie.

— Pour moi aussi, Robert. Je n'en savais rien sinon je vous en aurais fait part.

— Je n'en doute pas, ma chère. »

Puis il ajouta :

« Il faut que je vous remercie pour votre patience et que je vous demande pardon, à vous aussi, me semble-t-il.

— Oh, Robert ! dit-elle.

— Vous me ferez un grand plaisir en m'accompagnant à la messe de temps à autre. »

Et il ajouta, après un court silence :

« Si cela vous convient, bien entendu. Et vous aurez la bonté de me faire l'achat d'un exemplaire de votre Bible. La traduction en est bien meilleure que celle de mon père. »

Toute trace de nausée avait disparu, il marchait avec la légèreté d'un homme de vingt-cinq ans.

L'impair

D'un geste mal coordonné, je renversai la carafe d'eau sur la table.

« Oh, cela n'a aucune importance, s'écria Nicole Martin, surtout ne vous excusez pas ! »

Elle épongeait. J'épongeais. Je m'excusai de nouveau. Elle répéta :

« Cela n'a vraiment aucune importance — d'ailleurs ce n'est que de l'eau. »

Nous nous rassîmes toutes les deux. Elle répéta une troisième fois, mais en mettant l'accent sur le mot « vraiment » :

« Cela n'a *vraiment* aucune importance, vous savez. Je sais bien : on dit toujours cela ! Mais vraiment, cela n'en a pas. Ce n'est pas comme une fois... J'étais très jeune. D'ailleurs, il ne s'agissait pas d'eau. Et... vous savez que ma mère est devenue catholique au moment de son mariage ? Non, vous ne saviez pas ? Nous vivions dans ce que les Anglais appellent une pauvreté décente. »

Quand sa mère l'avait menée dans sa famille, il lui était arrivé, oui, il lui était arrivé, de regretter cette conversion.

Non pas que ces visites aient été bien fréquentes — et pour ainsi dire absentes de sa petite enfance : par son mariage et sa conversion, sa mère s'était mise au ban de la société brillante qui gravitait autour des Bernard Lévy. Bernard Lévy n'avait jamais accepté de revoir sa fille. Jamais accepté de rencontrer son gendre.

Après la mort de son grand-père — la même année que celle de son père —, l'un à soixante-quinze ans et l'autre à quarante, tous deux d'un infarctus, l'année où Nicole avait eu douze ans — sa mère les avait emmenées déjeuner une fois par mois chez Mme Bernard Lévy, elle et sa sœur, et elles avaient été invitées trois ou quatre fois par an chez l'un ou l'autre des frères et sœurs de leur mère.

Dans de vastes appartements, pleins d'une domesticité stylée, de tapis épais, de parquets à carreaux ou à losanges, de salons en enfilade, de tables somptueuses. Leurs enfants, toujours suivis par des gouvernantes ou des institutrices, faisaient du cheval, se déplaçaient dans des voitures conduites par des chauffeurs en livrée, patinaient, partaient skier, allaient au théâtre et à des goûters, avaient leur langage, leurs mots de passe, leurs plaisanteries, se connaissaient tous, et connaissaient tout Paris. À partir de quinze ans, les garçons jouaient au polo et les filles étaient habillées chez Heim Jeune Fille.

Chez Nicole, il y avait une bonne à tout faire, ses robes venaient du Printemps ou étaient confectionnées par une petite couturière à la journée, et ce n'était pas qu'il n'y avait pas de chauffeur : il n'y avait même pas de voiture.

Nicole avait désiré et redouté ces invitations. Elle les avait désirées de tout son désir de tout ce luxe ; de tout son désir de faire partie de cette jeunesse dorée qui lui paraissait ce qu'il y avait de plus désirable et de plus parfait au monde ; de tout son désir de connaître la sécurité d'un clan — désir d'autant plus grand que son père avait été le fils unique de deux enfants uniques.

Elle les avait redoutées. Quand elle se rendait à une de ces invitations, sa robe des grands jours devenait moche, démodée, vieille. Elle souffrait de ne pas comprendre les plaisanteries maison. De devoir toujours répondre par la négative quand on lui demandait si elle allait skier cette année, si elle patinait, si elle montait à cheval, si elle avait vu *L'Auberge du Cheval blanc* ou *Cyrano*, si elle apprenait à danser, si elle faisait partie d'un rallye bridge...

Elle avait essayé de les épater avec sa connaissance des musées et des monuments de Paris. Mais eux aussi connaissaient tous les musées et les monuments de Paris, et mieux qu'elle et sa sœur : un éminent historien de l'art avait été loué chaque année par le clan pour conduire des visites hebdomadaires pour les quatorze-quinze ans.

Nicole en avait presque dix-huit quand sa mère l'avait un jour appelée au salon.

Sa grand-mère et une des tantes juives y étaient avec elle.

« Nicole, avait dit sa mère, après les révérences et les baisers d'usage, tante Mathilde donne une grande soirée pour Annie, et tu es invitée. »

Nicole était devenue pâle, puis rose de plaisir.

« Est-ce que cela te plairait d'y aller ? Tu es vraiment encore un peu jeune pour une grande sortie comme celle-là, mais je pense que c'est une occasion.

— Oh, Maman ! Oh, merci, tante Mathilde ! Oh, merci Maman ! Oh, j'aimerais tellement !

— Mais il faut que cette petite ait une robe convenable pour l'occasion, dit tante Mathilde. Écoute, chérie, Annie a quatre robes du soir et je lui en fais faire une exprès pour cette soirée. Je la fais faire chez Molyneux...

— Tu as tort, intervint Mme Lévy, il n'y a rien de mieux pour une jeune fille que Heim.

— Heim, c'est très bien pour le courant, mais pour un bal de dix-huit ans, il faut quelque chose de spécial.

— Tu as tort, répéta sa mère.

— Ce que je voulais dire, c'est que Nicole pourrait

avoir une des quatre robes d'Annie, Rachel. Envoie-la-moi pour les essayer. Je lui donnerai celle qui lui va le mieux. »

La mère de Nicole remerciait, choisissait un jour pour l'essayage. Nicole était passée du rose de joie au rouge de honte. Sa grand-mère ne la quittait pas des yeux. Tante Mathilde avait refermé et rangé son agenda, et entamé les premières mesures du rituel de départ.

« Je ne partirai pas avec toi, dit Mme Lévy. Je vais rester encore un moment. Renvoie-moi le chauffeur d'ici une petite heure. »

Pendant que la mère de Nicole reconduisait sa sœur, Mme Lévy dit à Nicole :

« Eh bien, Nicole, choisiras-tu la robe blanche ou la robe rose d'Annie ?

— Ni l'une, ni l'autre », dit Nicole.

Et, tout d'un coup, elle se mit à crier :

« Je mourrai plutôt que de prendre une de ses vieilles robes ! Je n'irai pas ! Je m'en fiche ! Je n'irai pas, c'est tout ! Je n'irai pas ! »

Elle fondit en larmes.

« Et je vous déteste ! cria-t-elle. Pourquoi m'avez-vous demandé ça ? Vous êtes méchante !

— Allons, allons, Nicole. Calme-toi. Je voulais seulement savoir si nous avions la même idée, toi et moi, sur la question. Mathilde n'a jamais eu de tact, la pauvre. Ce n'est pas sa faute. Viens ici. Assieds-toi là. Calme-toi. »

Elle caressa les cheveux noirs.

« Ce n'est pas comme ta mère ! Prends mon mouchoir et essuie vite tes yeux avant qu'elle ne revienne. Dépêche-toi, elle arrive ! Rachel, dit-elle à sa fille qui entrait, je veux que tu me fasses un plaisir. Quand Gustave va arriver, tu vas me prêter Nicole. Je veux lui offrir et lui choisir moi-même une robe, tout à fait à elle, pour cette occasion. »

Nicole s'était jetée au cou de sa grand-mère avec des pardons passionnés entremêlés de mercis délirants.

Quand elle s'était assise sur le siège arrière de la Talbot, à côté de sa grand-mère, derrière Gustave, celle-ci lui avait demandé :

« Préfères-tu Heim Jeune Fille ou Molyneux ? »

Nicole, qui ne connaissait ni Heim Jeune Fille ni Molyneux, n'avait pas hésité un instant :

« Oh, Heim Jeune Fille, Grand-Mère !

— Chez Heim Jeune Fille, Gustave », avait dit Mme Lévy.

Chez Heim Jeune Fille, elles avaient choisi ensemble une robe de crêpe de chine bleu pâle, avec un décolleté en pointe dans le dos et une boucle de ceinture en strass.

« Elle est merveilleuse, avait dit sa mère le soir où, après deux essayages, elle s'était pavanée devant sa mère et sa sœur. Et indémodable. Tu pourras la mettre pendant des années et la passer à Françoise ensuite. »

Et même l'idée de la mettre pendant des années et de la passer à Françoise ensuite n'avait pas terni sa joie : la robe était si belle, elle était entièrement à elle et elle venait de chez Heim Jeune Fille ! Elle était toute prête à la mettre pendant des années.

Le soir du bal arriva. Elle se trouva tout aussi merveilleuse dans sa robe de conte de fées que le jour où elle l'avait rapportée à la maison.

La première personne qu'elle vit en arrivant chez sa tante, près de la porte, à côté de celle-ci, fut Mme Lévy.

« Tu es la plus belle, lui dit-elle, et la plus élégante ! »

Et Nicole sourit de joie.

Chaque fois qu'elle s'arrêtait de danser, un autre danseur se présentait. La tête lui tournait de plaisir. Et les danseurs revenaient lui demander une deuxième, une troisième danse. Au moment du souper, le frère aîné d'Annie s'approcha d'elle. Il était son cavalier pour le souper. Il l'avait emmenée au buffet et lui avait demandé :

« Que boirez-vous ? Du champagne ? »

Elle s'était dit que cela ferait plus chic, plus « habituée », de demander autre chose que ce qu'on lui proposait.

« Du porto, avait-elle répondu. S'il vous plaît. »

Un serveur avait rempli un verre de baccarat de porto et l'avait tendu à son cavalier. Il avait pris le verre, s'était tourné vers elle et, tout d'un coup, sans qu'elle sût comment — quelqu'un lui avait-il heurté le coude ? — c'était arrivé : tout le porto avait été renversé sur le devant de sa robe !

« Oh, avait-il dit, je ne sais comment m'excuser ! Je suis vraiment trop maladroit ! »

Nicole avait avalé quelque chose qui ne passait pas dans sa gorge, avait respiré profondément et avait réussi à dire :

« Cela n'a aucune importance. »

« C'est arrivé il y a plus de quarante ans, dit Nicole Martin. Je n'ai jamais pu prononcer ces quatre mots depuis sans penser à ma robe ! Je ne l'ai plus jamais remise. On l'a nettoyée deux fois à la teinturerie, mais sans réussir à effacer la tache. Et, pendant des années, j'en ai voulu à ce garçon — peut-être plus encore de ne pas avoir soupçonné le drame que c'était pour moi. Pour lui, cela avait été un petit incident, sans importance, sans conséquences.

— Mais, avec le temps, vous lui avez pardonné ?

— Après la guerre. Quand j'ai appris qu'il était mort à Dachau. Si cela avait été du champagne, le mal n'aurait pas été irréparable. »

Il y eut un petit silence, pendant lequel je mesurai le mal que révélaient ses paroles. Puis elle ajouta :

« C'est terrible n'est-ce pas : il est mort à Dachau, et pourtant, je n'ai pas oublié. »

Jiu-jitsu

Élise avait eu une enfance austère mais heureuse. Elle avait grandi à la campagne entre ses frères et sœurs et des parents attentifs, dans une maison paisible, où chacun savait chaque jour ce qu'il devait faire, et le faisait avec ordre et efficacité.

Le soir, enfants et parents se réunissaient pour une veillée de jeux. Il n'y avait pas à proprement parler de prière du soir, mais, au terme de la veillée, la mère se mettait au piano, le père sortait sa guitare, et tous deux entonnaient le cantique :

Quel ami merveilleux
Nous avons en Jésus...

Il y avait six ou sept strophes. Le rythme était un peu lent. C'était le signal du coucher. Mais c'était pour Élise et ses frères et sœurs ce qu'il y avait de plus beau et de plus précieux au monde.

Pendant cette éternité de temps de l'enfance à l'adolescence, la vie d'Élise et de ses frères et sœurs s'était déroulée dans une uniformité égale et réglée qui aurait pu paraître monotone, mais qui avait été pour eux un univers de stabilité et de certitude. De sorte que, lorsqu'un jour de la seizième année d'Élise, leur mère quitta la maison, sans que le moindre signe avant-coureur eût même ridé la surface de leur bonheur, ce fut comme si une bombe avait fait voler en éclats tout ce qui était leur vie.

Rien n'avait laissé prévoir dans son comportement tranquille qu'elle pourrait faire une chose pareille. Rien n'avait indiqué qu'elle n'était pas elle-même le moteur et l'inspiratrice de cet ordonnancement, ni qu'elle n'était pas une épouse parfaitement heureuse et une mère comblée. Les enfants n'avaient jamais entendu de disputes, ni même de discussions entre leurs parents. Un homme était entré dans cette maison paisible cette seizième année de la vie d'Élise, pendant quelques semaines à peine, et en était sorti, emmenant avec lui leur mère et laissant dans la maison les enfants et le père.

Et Élise, regardant son père, vieilli de dix ans en quelques jours, sut qu'elle ne pardonnerait jamais à sa mère cet abandon, cette trahison.

Quand leur père mourut quelques années plus tard, elle le sut de manière encore plus définitive. Le départ de sa mère lui avait volé son adolescence, sa part de confiance et sa sécurité. Son père était mort dans une tristesse qu'il n'avait pas méritée. Depuis le jour de l'abandon, il n'avait plus jamais ressorti sa guitare. Le départ de Marguerite avait dévasté leur vie familiale et séparé les enfants. Sa désertion avait été une double trahison. À l'égard de son mari, à l'égard de ses enfants. Les deux trahisons, indiscernées l'une de l'autre, remplissaient le cœur d'Élise de rancœur.

Les anges gardiens d'Élise et de Marguerite se retrouvèrent, un jour de l'éternité et du temps, côte à côte, devant le Seigneur. L'ange qui s'occupait d'Élise présenta au Seigneur son cœur rempli de haine. Celui de Marguerite présentait un cœur rempli de défi.

« Que ferons-nous, demanda l'ange d'Élise, pour guérir ce cœur ?

— Nous commencerons, dit le Seigneur, par lui envoyer un homme à aimer.

— Et pour Marguerite ? demanda l'ange de Marguerite.

— Son heure n'est pas encore venue », dit le Seigneur.

C'était une phrase qu'il affectionnait et qu'il avait servie à l'ange d'Élise pendant bien des années, mais l'ange de Marguerite protesta :

« Seigneur, permettez-moi de vous dire que vous n'avez peut-être pas prêté suffisamment d'attention à la question. Il est sûrement plus urgent de s'occuper de Marguerite que d'Élise ! Regardez-moi ce cœur ! Il n'y a pas que du défi là-dedans. Il est plein de rancœur lui aussi, à cause de la réprobation dont Marguerite se sent l'objet. Et puis le péché !...

— À ta place, dit le Seigneur, je regarderais s'il ne se trouve pas quelques mesures d'autoréprobation dans cette rancœur. Chaque chose en son temps. On ne peut pas mettre la faucille à la moisson tant qu'elle n'est pas mûre. Vous êtes libres de retourner à vos occupations, ajouta le Seigneur. Pour cette fois, ce sera tout. »

Quelques mois plus tard, Élise rencontra Jacques. Jacques était un catholique convaincu. Par amour pour lui, Élise se mit en demeure de devenir une « vraie » catholique. Comme, tout au fond, viscéralement, elle était restée une personne d'ordre et de devoir, elle se lança à fond, à la fois dans une vie de catholique pratiquante et engagée, et dans une étude approfondie de sa religion.

La lecture des Évangiles — surtout de certains passages des Évangiles — l'amena à une réflexion sur ses sentiments à l'égard de sa mère. Depuis sa majorité elle ne l'avait plus revue et depuis la mort de son père elle l'avait rayée aussi complètement que possible de sa vie et de sa pensée. Était-ce vraiment là un comportement compatible avec une vie de catholique ?

Pour éclaircir ses idées, elle en parla à Jacques. Elle

lui raconta le départ de sa mère, combien toute la famille avait souffert de cet abandon, comment son père avait vieilli de dix ans en quelques jours, quel ressentiment l'avait envahie...

« Mais tu lui as pardonné maintenant, constata son fiancé.

— Je n'y pense plus, temporisa Élise. Je ne la vois plus depuis que je suis majeure, et je n'y pense plus. C'est de l'histoire ancienne. » Puis elle ajouta : « Elle ne nous a d'ailleurs jamais demandé pardon. La question du pardon ne s'est donc pas posée. »

Mais, comme elle travaillait à devenir une vraie catholique, il lui fallait bien se rendre à l'évidence de l'importance que le Seigneur semblait attacher au pardon. Il était d'autant plus difficile d'échapper à l'évidence que ni chez Matthieu, ni dans le Notre Père, il n'était question de subordination de notre pardon au repentir de notre frère (ou de notre mère). Marc était le plus radical puisqu'il parlait — toujours sans la moindre allusion à un repentir ou à une sollicitation de pardon — de pardonner n'importe quoi à n'importe qui !

Parce qu'elle se rendait compte, maintenant qu'elle avait tiré sa mère des ténèbres extérieures où elle l'avait consignée pendant presque dix ans, à quel point il lui était difficile de lui pardonner, Élise passa beaucoup de temps à réfléchir à cette question de pardon. Comme sa mère n'avait pas sollicité son pardon, elle se demanda si un pardon non sollicité ne risquait pas d'être rejeté comme une injure. Ou traité comme une faiblesse. Ou reçu comme une approbation, voire une complicité. Si la solution était un pardon tacite, uniquement reconnaissable à un changement de comportement, il risquait, dans les cas habituels, de passer inaperçu. Ou, là encore, d'être pris pour une approbation.

À ce point de ses réflexions, Élise se dit qu'un pardon rejeté comme une injure ne pouvait que faire du mal au fameux frère (en l'espèce, sa mère) et qu'un pardon non perçu ou perçu comme une approbation donnée à une vie de péché... à quoi cela pouvait-il servir au frère ? ou à sa mère ?

Cependant, une chose était certaine : l'obligation de pardon. Et une autre claire : dans le cas présent, un changement de comportement ne pouvait absolument pas passer inaperçu.

Élise n'était pas femme à fermer les yeux pour échapper à un problème ou à un devoir. Elle prenait toujours le temps de tirer au clair une question quand celle-ci lui paraissait importante, mais, une fois tirée au clair, elle n'était pas femme non plus à se tourmenter inutilement : puisqu'il fallait pardonner à sa mère pour être une vraie catholique, elle le ferait. Et puisqu'il n'y avait pas demande de pardon, le mieux pour tous serait de le faire tacitement. L'interprétation que tirerait sa mère de ce pardon ne la regardait pas.

Elle se rendit à l'église, confessa sa haine et son ressentiment à l'égard de sa mère et, devant son confesseur, en accord avec les principes enseignés dans les Évangiles, lui pardonna solennellement. Sortie du bureau d'accueil du prêtre, elle ressentit un grand soulagement et, comme signe visible de son pardon, adressa aussitôt un faire-part de mariage et, même, une invitation au lunch à sa mère.

Les deux femmes se retrouvèrent sur le seuil de l'église. La mère remercia sa fille de l'avoir invitée. Élise lui dit qu'elle n'avait fait que son devoir. Au mépris de la réalité de ses sentiments, les yeux sur son pardon, elle ajouta qu'elle était heureuse que sa mère eût pu venir et qu'elle espérait qu'elles se reverraient régulièrement. De temps à autre.

L'ange d'Élise demanda une audience spéciale au Seigneur le soir même. Il était très agité :

« Je crains, dit-il au Seigneur, qu'elle n'ait finalement pas vraiment compris ce qu'est le pardon.

— Cette remarque me semble constituer un excellent exemple de litote, dit le Seigneur. Pour le moment nous attendrons.

— Ah, oui, dit l'ange d'Élise, son heure n'est sans doute pas encore venue ?

— Exact », dit le Seigneur.

« Qu'en est-il d'Élise ? demanda le Seigneur à l'ange d'Élise, au conseil des anges gardiens, deux ou trois ans plus tard.

— Eh bien, elle croit toujours qu'elle a pardonné, dit l'ange. Elle le croit même de plus en plus. Mais c'est pire qu'avant, car maintenant elle est devenue si sûre de sa justice. Elle est vraiment une catholique engagée accomplie, et elle fait tant de choses pour toi qu'il ne doit certainement pas t'être possible de ne pas être content d'elle et même de ne pas lui être reconnaissant ! Que ferons-nous pour guérir ce cœur ? »

Le Seigneur se fit apporter une mappemonde et la fit doucement tourner devant lui jusqu'à amener les États-Unis sous son regard. Il posa un doigt sur un petit point de l'Illinois et dit :

« C'est là, à Peoria qu'elle comprendra.

— Et Marguerite ? dit l'ange de Marguerite. Elle est pleine de ressentiment à l'égard de son ancien mari, de sa fille, de toi-même.

— Patience, dit le Seigneur, ce n'est pas encore son heure.

— Vous ne croyez pas que nous devrions lui envoyer un prêtre pour lui expliquer qu'avec nous, on peut toujours tout recommencer, et qu'il lui suffit de recevoir le pardon que vous ne cessez de lui offrir ? »

Malgré plusieurs siècles d'expérience, l'ange de Marguerite croyait toujours aux vertus des interventions directes. Le Seigneur lui-même avait abandonné tout espoir de lui en faire comprendre l'inutilité.

« Essaye si tu veux ! » lui dit-il.

Plusieurs années passèrent — mais au regard de l'Éternel mille ans sont comme un jour — et lorsque Jacques fut envoyé en poste pour trois ans dans ce qui semblait sur la carte une bien petite ville des États-Unis, Jacques et Élise étaient les heureux parents de trois filles et d'un fils.

« Où vous envoie-t-on ? demandaient leurs amis, lorsqu'ils annonçaient leur départ.

— À Peoria, dans l'Illinois », répondait Jacques ou Élise.

Mais personne à Lyon ne savait où se trouvait l'Illinois — et encore moins Peoria ! — et il fallait sortir une carte des États-Unis et montrer où se trouvait ce petit point inconnu de l'immensité des États-Unis. On les plaignit beaucoup de quitter une ville comme Lyon pour une ville que personne ne connaissait. Si encore cela avait été pour New York ou Washington ou San Francisco... Mais l'homme propose et le patron de la boîte où il travaille dispose. Toute carrière a ses servitudes.

Élise, Jacques et leurs quatre enfants montèrent à Paris et embarquèrent dans un avion. Le déménagement suivit. Le Seigneur commençait à agir, mais Élise ne le savait pas. Elle était une femme très heureuse, agréable à voir, respirant l'équilibre, la bonne organisation et la femme sans problèmes. Et, en effet, elle était très satisfaite de sa vie sur tous les plans : une vie active et engagée dans toutes sortes de bonnes œuvres dans lesquelles le rôle de locomotive lui revenait automatiquement. Quand elle faisait partie d'un groupe, elle n'avait pas à attendre longtemps pour qu'on lui en proposât la direction ou la présidence. Elle ne craignait pas ce déménagement. Même pour une petite ville inconnue.

Avec Jacques elle saurait se faire une vie intéressante et utile n'importe où. Et, n'en déplaise aux amis de Lyon, quelque petite qu'elle parût sur la carte, Peoria n'avait rien d'un trou ! Et quelle chance d'être bilingue, et quelle chance pour ses enfants de le devenir !

À Peoria, dès la première semaine, elle se rendit à la réunion des Femmes Catholiques. Elle fut atterrée de constater que cette réunion n'avait de catholique que le nom, et se réduisait à un gentil papotage autour de tasses de café aqueux et de gâteaux maison. Elle le dit au curé de leur nouvelle paroisse dès le dimanche. La présidente du groupe, lui dit le curé, quittait la ville. Puisqu'elle avait des idées sur la manière dont le groupe devrait fonctionner, pourquoi ne lui succéderait-elle pas ? Élise accepta. Comment faire autrement ?

« Qui, demanda l'ange d'Élise, Élise va-t-elle rencontrer à Peoria ? J'ai passé la ville au peigne fin et je ne vois vraiment personne qui puisse la faire bouger d'un pas.

— Nous allons lui faire rencontrer Agnès, dit le Seigneur.

— Agnès ? » dit l'ange. (Il avait tout de suite compris que le Seigneur parlait de cette petite Agnès qui habitait à l'autre bout du monde, à Talangatta — une petite ville d'Australie dont *vous* n'avez probablement jamais entendu parler.) « Pourquoi Agnès ? »

S'il fallait vraiment faire venir quelqu'un de l'autre bout du monde (avec une bonne organisation, il avait pensé qu'il eût été possible de faire transférer Jacques dans la ville voulue, plutôt que d'orchestrer *deux* déménagements — vraiment pas très économique !) il aurait plutôt penché pour une Catherine qui habitait Bergen, et qui avait eu de gros problèmes de pardon — justement avec sa mère, elle aussi.

« Agnès, dit le Seigneur. Comme Catherine, elle a eu de gros problèmes de pardon, même si ce n'était pas avec sa mère. Comme Élise, elle a passé une grande partie de sa vie de chrétienne à la concevoir comme une suite de bonnes œuvres et de réflexions intellectuelles, et à croire que c'était elle qui devait faire des choses pour moi. Rappelle-toi le temps qu'elle a mis à cesser de vouloir mériter ce que je voulais lui donner tout à fait gratuitement !

— Comment vont-elles se rencontrer ? demanda l'ange.

— Eh bien, c'est simple : nous allons évidemment la faire venir, elle et son mari, à Peoria, dit le Seigneur.

— Exactement ce que je pensais : pas très économique tout ça ! Mais, même à Peoria, elles peuvent rester longtemps sans se rencontrer. Ce n'est pas aussi petit que cela en a l'air sur une mappemonde !

— Combien de fois faudra-t-il que je te rappelle à la patience et à la confiance ? » demanda le Seigneur.

En temps voulu, Agnès, son mari et leurs enfants arrivèrent à Peoria. Eux aussi étaient persuadés que c'était la vie professionnelle du chef de famille qui les amenait dans cette ville. Quand on leur demandait ce qui les avait amenés là, Agnès disait :

« Ce sont les affaires de mon mari. »

Et son mari, ne croyant pas si bien dire, répondait : « C'est mon Big Boss [1] qui m'a envoyé ici. »

Agnès ne se rendit pas, en arrivant à Peoria, au groupe de Femmes Catholiques, mais à un groupe interconfessionnel de lecture de la Bible. A vrai dire, elle cherchait un groupe de prière charismatique. Mais elle avait trouvé ce groupe de lecture de la Bible de manière tellement rapide, si indépendante de sa volonté, que cela lui avait paru providentiel. Dans ce groupe, se trouvaient

1. Mon Grand Patron.

autant de femmes catholiques que diversement protestantes et, parmi elles, une jeune femme répondant au nom de Joyce qui était aussi secrétaire du groupe de Femmes Catholiques.

Quinze mois après son arrivée à Peoria et six mois seulement après celle d'Agnès, Élise décida un beau jour que ce qu'il fallait à son groupe de Femmes Catholiques était une journée de récollection. Le plan du Seigneur était en marche. Mais ni Élise ni son ange ne le savaient.

Le Seigneur avertit l'ange d'Élise :

« L'heure de la rencontre est proche, lui dit-il.

— Ah, dit l'ange, comprenant aussitôt, à l'occasion de cette récollection !

— Exact, dit le Seigneur.

— Ah, dit l'ange, Agnès va participer à la récollection !

— Elle va la diriger, dit le Seigneur.

— Elle n'a jamais fait ça de sa vie, lui rappela l'ange. D'ailleurs une récollection, c'est dirigé par un prêtre, en général, que je sache.

— Pas celle-ci », dit le Seigneur.

À la réunion suivante du groupe de Femmes Catholiques de Peoria, Élise parla d'une récollection qu'elle avait suivie près de Lyon, puis de récollections en général. Elle laissa parler le groupe. Elle veilla à ce que chacune des femmes présentes exprimât une opinion — même celles qui n'en avaient aucune — et, comme elle était passée maître dans la non-directivité directive, la nécessité d'une journée de récollection fut reconnue et décidée à l'unanimité et elle fut, à l'unanimité, chargée de l'organiser.

Elle rendit compte au curé du projet et, parce qu'il était chroniquement surchargé, elle n'eut pas de mal à le persuader que, s'agissant d'un groupe laïc de femmes, ce serait une bonne chose de faire appel pour la direction de la journée à une laïque engagée. Confier cette journée à une femme et à une laïque responsabiliserait davantage le groupe. C'était une approche vraiment moderne de la question.

Car, avant même de penser à cette récollection, Élise avait choisi la personne qui la dirigerait : Mme Ptskva, le professeur de théologie psychanalytique de la Faculté Catholique de Peoria et la conférencière bien connue. Élise avait suivi ses cours pendant six mois et avait lu deux de ses livres — un peu difficiles mais extraordinairement stimulants.

Le lundi suivant, à la sortie de son cours, Élise approcha Mme Ptskva et lui demanda si elle accepterait de conduire une journée de récollection pour le groupe de Femmes Catholiques de Peoria, un mercredi à son choix, de neuf heures à dix-sept heures.

Mme Ptskva entra avec enthousiasme dans les vues d'Élise : responsabiliser le groupe par une journée par et pour des femmes en vue d'une prise de conscience de ce qu'était un engagement conscient actif personnel. Dans un premier enseignement, elle révélerait à ces jeunes femmes la réalité de l'Évangile à la lumière de la psychanalyse et, dans un second, leur réalité de femmes chrétiennes à la lumière de la Parole telle qu'en elle-même la psychanalyse la rétablit. Et après cela...

... L'ange d'Élise s'agita :

« Seigneur, Seigneur, cria-t-il, prenez garde ! Votre plan est en train d'échouer. Mme Ptskva est en train d'accepter. Elle va trouver un mercredi de libre, j'en suis sûr !

— Tu crois vraiment que je ne vois pas ce qui se passe ? demanda le Seigneur. Quand me feras-tu enfin vraiment confiance ? Ne t'inquiète donc pas, tu auras tes instructions en temps utile. »

... Mme Ptsvka feuilleta son agenda :

« Le 22 mars, dit-elle. C'est un peu loin, mais je ne

dispose d'aucune autre journée libre avant le mois de juin. »

Elle allait ajouter : « Nous disons donc de neuf heures à dix-sept heures », quand elle s'entendit dire : « Il m'est malheureusement impossible de commencer avant dix heures trente. »

Elle fut très étonnée de s'entendre dire ces mots, mais, en personne habituée au commerce du subconscient, elle imputa son lapsus à une impulsion subliminaire qu'il était opportun de respecter. Elle avait en effet parfaitement raison : mis au parfum par l'ange d'Élise, l'ange de Mme Ptskva venait de libérer en elle une impulsion subliminaire d'origine supraterrestre.

Mme Ptskva et Élise se séparèrent enchantées l'une de l'autre. Pour Élise, l'essentiel — et la partie la plus difficile — de son rôle dans l'organisation de la journée de récollection était maintenant fait : elle avait obtenu le concours de Mme Ptskva. L'organisation matérielle — retenir un lieu de réunion, prévoir les repas, les chants, se mettre d'accord avec le curé pour la messe qui clôturerait la journée — tout cela était un jeu d'enfant.

Restait l'espace de temps compris entre neuf heures et dix heures trente.

Fallait-il commencer la journée à dix heures trente et la terminer à dix-huit heures trente ? Mais cela ne changerait rien au problème ! Mme Ptskva avait dit : dix heures trente à dix-sept heures. Il fallait donc trouver autre chose, un genre de prélude à la récollection pour occuper le temps de neuf heures à dix heures trente.

Elle en parla à la secrétaire du groupe : Joyce.

Joyce avait accepté avec enthousiasme un rôle effacé depuis l'arrivée d'Élise. Or, Joyce se révéla tout d'un coup pleine d'initiative et d'enthousiasme : elle connaissait quelqu'un — une jeune femme qui était à Peoria depuis environ six mois — qui faisait partie de son groupe de lecture de la Bible, ce qui était absolument « le pied », et qui pourrait parler facilement pendant une heure et demie, de façon très chouette, sur sa vie avec le Seigneur — un genre de témoignage, quoi ! Elle accepterait sûrement si on le lui demandait...

Ces groupes de lecture de la Bible, Élise n'aimait pas tellement : des groupes d'inspiration protestante avec des participantes de toutes les dénominations chrétiennes. Elle ne comprenait pas pourquoi Joyce en faisait partie : les catholiques finissaient par oublier ce qu'elles étaient vraiment et par ne plus se considérer que comme « chrétiennes ». Les protestantes aussi sans doute, mais, ça, ce n'était pas son problème. Élise ne rejetait évidemment pas l'œcuménisme — mais chacun à sa place : c'était une affaire à traiter au plus haut niveau de la hiérarchie. Il n'y avait pas lieu de précéder les hiérarchies et cela était même dangereux. Elle était donc plutôt sur la réserve, mais Joyce, habituellement si réservée et effacée, se montrait très enthousiaste au sujet de cette Agnès et, de toute manière, la rencontrer n'engageait à rien :

« Est-elle catholique ? » demanda-t-elle.

Les trois femmes se réunirent à l'américaine : dans la cuisine de Joyce à onze heures du matin, autour d'une tasse de café clair.

Cette première entrevue ne fut pas un succès sans mélange. Élise était sur ses gardes. En tant que catholique et responsable du groupe de Femmes Catholiques de Peoria, elle avait un devoir de discernement. Quelle que fût la pression de la planification de la journée, elle ne pouvait pas confier un enseignement à n'importe qui.

Comme elle l'avait craint, cette femme du groupe de lecture de la Bible parlait « chrétien ». Dès le départ, il était évident qu'elles ne se servaient pas vraiment toutes deux du même langage. Et cette Agnès semblait en même temps croire — sans le dire — qu'elle-même avait quelque chose qui lui manquait à elle, Élise. Quoiqu'elle n'eût pas dit un mot qui pût impliquer ce jugement, Élise le sentait bien. Et, quoique rien non plus dans les paroles ou le ton de voix d'Agnès ne jusfifiât son impression, Élise se sentait jugée. C'était une chose dont elle n'avait pas l'habitude et qu'elle n'aimait pas (mais qui aime ça ?). Ces impressions étaient-elles vraiment — ou partiellement — fondées, ou étaient-elles un sous-produit de l'enthousiasme de Joyce pour la jeune femme ou de la tranquillité souriante (l'aura de paix heureuse, aurait dit Mme Ptskva) qui rayonnait d'Agnès ? Je ne saurais trancher la question, et Élise, toute à la décision qu'elle devait prendre, ne se la posait pas.

Elle exposa brièvement ce qu'était le groupe de Femmes Catholiques de Peoria. Elle expliqua dans quel état elle l'avait trouvé, ce qu'elle y faisait et comment il se faisait qu'elle en avait la charge. En passant, elle dit deux mots de sa conversion au moment de son mariage, revint au groupe de Femmes Catholiques de Peoria et souligna avec insistance qu'il s'agissait d'un groupe catholique.

Elle avait un ton de voix sûr, un peu péremptoire. Elle s'exprimait en catégories « œuvres », en « faire pour le Seigneur ». Elle rappelait à Agnès la femme qu'elle-même avait été avant son baptême dans l'Esprit Saint — ce n'était pas un compliment.

Élise termina son petit topo en demandant à Agnès comment elle concevait sa collaboration. Agnès commença par la rassurer sur le fait qu'elle-même était catholique (ce qu'Élise savait déjà par Joyce), mais de manière si appuyée qu'Élise ressentit cette profession de religion comme un jugement de plus. Elle était catholique, poursuivit Agnès, mais sa manière de l'être était passée par une conversion.

Au fur et à mesure qu'Agnès parlait de cette

conversion, il devenait clair qu'elle faisait partie de ce qu'on appelait le *Renouveau charismatique*. Elle parlait d'une « effusion de l'Esprit » qui avait changé toute sa vie. Élise était encore plus réservée au sujet du Renouveau charismatique que de l'œcuménisme par la base. Agnès revint plusieurs fois sur le fait que notre relation au Seigneur devait conditionner notre action, au point que notre action devait avoir pour origine une volonté du Seigneur, et non notre volonté propre. Elle parlait tout à fait comme si on pouvait vraiment savoir exactement ce que le Seigneur voulait que l'on fasse pour lui. Comme s'il était vivant et toujours prêt à faire connaître ses ordres ! Élise ne comprenait pas très bien ce qu'Agnès était en train de dire (et Agnès en était très consciente car toutes les reformulations d'Élise le lui prouvaient), mais ce qu'elle comprenait était une condamnation — ou tout au moins une critique — de sa propre manière d'être catholique. Agnès disait maintenant qu'avant sa conversion (comme elle appelait sa découverte du Renouveau charismatique), elle avait conçu sa vie de catholique comme une suite de bonnes œuvres et de réflexions « intellecto-spirituelles ». Elle le racontait avec beaucoup d'humour, se moquant d'elle-même et de tout ce qu'elle avait fait pour le Seigneur qui devait lui en être bien reconnaissant, mais ses paroles étaient un jugement sur Élise. Élise le sentait bien, malgré tout l'humour que l'autre y mettait ! Agnès se méfiait apparemment de ce qu'elle appelait *trop d'intellectualisation* et revenait toujours au fait qu'il s'agissait de *développer une relation*. Cet humour aussi, cette façon de rire, de plaisanter, en parlant de choses aussi sérieuses, n'étaient vraiment pas de mise. Agnès conclut :

« Si je participe à cette journée, je verrais plutôt ma participation sous la forme d'un témoignage de ce que ma rencontre avec le Christ a changé dans ma vie personnelle que sous la forme d'un enseignement. »

Elle pensait aussi qu'il serait bon dans ce cas d'organiser une rencontre avec Mme Ptskva, de manière à ce qu'il y eût une certaine unité dans la journée. Elle pouvait en effet choisir tel ou tel angle pour raconter son expérience de relation au Seigneur.

Au fur et à mesure qu'elle avait écouté Agnès, les doutes d'Élise, au sujet de l'opportunité de lui faire confiance, avaient grandi. Au moment où elle se demandait comment elle pourrait se dégager sans blesser Agnès, celle-ci ajouta :

« Voilà. Il se peut très bien que vous pensiez que je ne suis pas la personne qu'il vous faut pour occuper cette heure. Réfléchissez-y tranquillement. Vous n'êtes pas du tout engagée avec moi, vous savez. Téléphonez-moi dans quelques jours pour me dire ce que vous aurez décidé. »

Élise pensait en effet qu'Agnès n'était pas la personne qu'elle cherchait, aussi lui dit-elle :

« J'aimerais beaucoup que vous vous chargiez de cette heure. »

« Ce n'est pas tout, dit l'ange d'Élise au Seigneur. Nous ne pouvons tout de même pas laisser le soin de cette récollection à Mme Ptskva. Une coupeuse de sexe d'ange en quatre !

— Ne juge pas, dit le Seigneur. Il faudra un jour que nous nous occupions d'elle aussi. Ce n'est, en effet, pas possible de laisser quelqu'un qui s'occupe tellement de nous le faire de cette façon !

— Oh, elle n'est ni la première, ni la dernière ! dit l'ange.

— C'est vrai, dit le Seigneur tristement. Mais pour revenir à l'affaire en question, nous n'allons en effet pas laisser Mme Ptskva diriger cette journée : nous allons l'envoyer dans une autre ville. Mais pas tout de suite. Quelques jours avant la récollection. Je ne tiens pas à laisser trop de temps à Élise pour se retourner : elle pourrait faire échouer mon plan.

— Et Marguerite ? » réclama l'ange de Marguerite qui se trouvait par hasard là.

Le Seigneur fit semblant de ne pas avoir entendu.

Dix jours avant la date de la récollection, Élise et Joyce se trouvaient dans le living-room d'Élise, assises à une table de salle à manger couverte de feuilles de chants ronéotypées, d'où émergeaient un thermos de café à la française et deux tasses. Les feuilles de chants étaient prêtes, il n'y avait plus qu'à les agrafer. Élise et Joyce mettaient la dernière main à la rédaction du programme de la journée, qui serait lui aussi ronéotypé le lendemain par les soins du mari de Joyce, lorsque le téléphone sonna.

C'était Mme Ptskva : elle était appelée à Boston pour une conférence importante, elle partait dans trois jours, il lui serait malheureusement impossible de tenir ses engagements, elle était sûre qu'Élise comprendrait et trouverait facilement quelqu'un pour la remplacer. Sa voix puissante, habituée à atteindre sans micro et sans effort les oreilles des étudiants les plus éloignés de sa chaire dans l'amphithéâtre où elle enseignait, résonnait dans le téléphone et dans les oreilles d'Élise, et Joyce ne perdait pas un mot de la conversation, ou plutôt du monologue.

Élise parvint à proférer quelques mots polis, posa le récepteur et revint vers la table. Elle était envahie par un sentiment, non seulement de découragement, mais de panique. Tout ce travail ! Toute son organisation ! Et que faire, à dix jours de la date fixée ? Aller trouver le curé ? Annuler ? Trouver une remplaçante au pied levé ? Mais qui ? Et que penseraient les jeunes femmes du groupe ? Et le curé ? Elle se laissa tomber sur sa chaise :

« Elle ne peut pas venir », soupira-t-elle.

Joyce ne manifesta aucun signe de panique :

« J'ai entendu, dit-elle. Avec une voix comme la sienne, c'est impossible de ne pas entendre ! Mais il n'y a aucun problème : il n'y a qu'à demander à Agnès de faire toute la journée, ce sera formidable ! »

Apparemment, elle voyait dans ce contretemps catastrophique l'action directe de la Providence ! Ce n'était pas du tout l'opinion d'Élise qui y aurait plutôt vu une intervention directe du Malin pour ruiner une œuvre du Seigneur !

Élise se redressa, reprit une attitude extérieure moins anormale pour elle, et une attitude intérieure plus convenable :

« Il faut que nous réfléchissions », dit-elle.

Elle ne savait pas que l'organisation de la journée lui avait été retirée, mais elle se rendait bien compte que ses limites d'action étaient très restreintes. Elle n'avait vraiment pas le choix... Avec un peu plus de temps, elle aurait pu se retourner, trouver quelqu'un d'aussi compétent que Mme Ptskva, faire éventuellement venir quelqu'un de New York, de Washington, voire de Boston — mais avec dix jours de préavis, Agnès était évidemment la solution la plus réaliste. En cherchant plus loin, elle risquait de se retrouver à la veille de la récollection dans la même situation qu'aujourd'hui — trop tard pour solliciter Agnès. Agnès était la solution réaliste. Si elle acceptait. Si elle était vraiment capable d'assurer l'enseignement de toute une journée.

« Crois-tu vraiment qu'elle est capable d'assurer toute la journée ? demanda-t-elle à Joyce.

— J'en suis certaine, affirma Joyce.

— Tu as raison, finit par dire Élise. Il n'y a pas d'autre solution. Mais il faut que nous la contactions le plus vite possible, que nous nous réunissions toutes les trois et que nous élaborions ensemble les enseignements.

— Elle acceptera, dit Joyce. J'en suis sûre. »

Mais Agnès était introuvable. Son ange l'avait envoyée passer une semaine chez une amie à New York. C'est là que Joyce finit par l'atteindre, l'avant-veille de son retour, et cinq jours seulement avant la récollection.

Il n'y eut pas de conférence à trois, ni à deux, pour déterminer comment la journée serait organisée, ou pour élaborer ensemble les enseignements. La conférence eut lieu par téléphone *long distance* entre Élise et Agnès : à si bref délai, il n'y avait pas d'autre solution que d'accepter ce que proposerait Agnès. Agnès proposa la prière, parce qu'elle était préparée pour en parler, et parce que, de toute manière, c'était un cadre très large, qui touchait à tous les aspects de la vie chrétienne et à tous les aspects de son dada : une relation personnelle au Seigneur. Sans précisément poser de condition, elle demanda à Élise de la laisser libre pour le déroulement de la journée, et lui vendit l'idée (comme on dit aux États-Unis) — toujours au téléphone — de commencer la journée par quelques témoignages sur des rencontres personnelles avec le Seigneur, et ce que ces rencontres avaient changé dans la vie des témoins qui parleraient : en quelque sorte, élargir tout simplement ce qui avait d'abord été prévu, en passant d'un à quatre témoignages. Agnès amènerait deux personnes du groupe de lecture de la Bible qui avaient des témoignages intéressants de conversion, et Élise elle-même pourrait peut-être être le premier témoin ? (Agnès se demandait si la conversion d'Élise ne tenait pas plutôt d'une entrée dans l'Église que d'une rencontre personnelle avec le Seigneur, mais comment faire autrement que lui offrir de faire partie des témoins ?) Elle s'occuperait elle-même du programme de chants, ajouta-t-elle, éliminant d'une phrase tout le programme de cantiques préparé par Élise et ronéotypés par le mari de Joyce.

Élise était heureuse du choix du thème de la prière, plus dubitative au sujet d'une série de témoignages personnels, franchement contrariée par l'élimination de son programme de chants. Cependant elle accepta tout ce qu'Agnès lui demandait, sans soulever d'objections : lui ayant confié — le couteau sur la gorge — la responsabilité de la journée, elle était bien obligée de s'en remettre à Agnès, comme elle aurait elle-même entendu que l'on s'en remît à elle dans des circonstances semblables. Et au moins, Agnès semblait avoir une idée claire de ce qu'elle comptait faire. C'était déjà quelque chose ! Elle accepta d'être, comme Agnès, une des quatre femmes à raconter son expérience personnelle de conversion.

Élise avait pensé consacrer une heure, de neuf à dix, le lundi matin, à la préparation de son témoignage. Elle avait envisagé avec plaisir de le donner, et même de le préparer méthodiquement : comme une occasion de faire le point sur sa vie spirituelle. À sa surprise, la préparation en fut difficile, décousue et douloureuse.

Assise à la table de la salle à manger devant un bloc-notes pour découvrir ce que sa conversion avait changé dans sa vie, il avait bien fallu considérer ce qu'avait été sa vie « avant ». Elle s'était retrouvée devant une série de portes fermées. Toutes les portes qu'elle avait refermées, à différents moments de sa vie, sur différents moments de sa vie : son enfance avec ses souvenirs merveilleux ; sa vie paisible et connue, les veillées, le départ de leur mère ; leur désarroi d'enfants ; la souffrance de leur père ; sa mort ; son ressentiment à l'égard de sa mère. Il fallait rouvrir toutes ces portes barricadées, fermées avec des serrures de sûreté.

Elle les rouvrit une à une, et se retrouva revivant ces soirées d'avant le départ de leur mère, quand leur père chantait son cantique préféré chaque soir, en s'accompagnant sur sa guitare.

Elle se leva et alla s'agenouiller devant un petit placard au bas de la bibliothèque de bois blanc. Tout était bien rangé, dans des dossiers de couleurs différentes. Mais elle en ouvrit trois avant de trouver ce qu'elle cherchait : le cantique de son paradis perdu : « *Quel ami merveilleux nous avons en Jésus.* » Assise sur ses talons, elle le relut de la première à la dernière ligne. Puis, d'une voix mal assurée, elle le chanta — aux sons de la guitare de son père. Elle revint à la table de la salle à manger, la feuille à la main, et se retrouva en train de tremper son bloc-notes de ses larmes. La veille de ses seize ans, leur mère les avait quittés. Quels sentiments de haine l'avaient remplie si longtemps ! Heureusement, maintenant tout cela était du passé. Elle s'essuya les yeux. Elle avait pardonné. Oublié. Elle arracha deux feuilles devenues inutilisables. Elle supposait que ce pardon était une des choses que sa rencontre avec le Seigneur avait apportées dans sa vie. Entre autres. Rencontre avec le Seigneur ! Voilà qu'elle parlait comme Agnès ! Il y avait eu tout un changement d'échelle de valeurs. Et tout son engagement actif de vie de catholique.

Elle commença à noter sur sa feuille de papier blanc les idées maîtresses dont elle voulait parler. Quand elle eut terminé elle s'aperçut qu'il était déjà midi. Bon. Tout étant en ordre, elle réunit les deux feuilles de notes « au propre » avec un trombone, et se leva pour ranger la feuille de chant dans sa chemise bleue au bas du placard. Mais, au moment de refermer le placard, elle la ressortit... Ce soir-là, elle téléphona à Agnès pour lui demander de réserver dans son programme de chants une place à un cantique, qu'elle apporterait en trente exemplaires, le matin de la récollection.

Agnès avait préparé un programme de chants alertes, débordants de joie et de confiance et pleins d'alléluias.

« Il sera un peu lent et triste », pensa Agnès.

Mais il était tout aussi impossible de refuser la demande d'Élise qu'il l'avait été de ne pas lui demander de faire partie des « témoins ». Pour le neutraliser, elle le placerait entre deux chants charismatiques particulièrement joyeux… et vers la fin de la journée, quand la note de la journée aurait déjà été bien établie.

Élise fut la première à donner son témoignage. Elle ne parla pas de ce pardon qui avait été la première conséquence de sa conversion.

Mais, en dehors de son témoignage, tout dans cette journée sembla tourner autour du pardon.

Agnès avait construit dans la prière, pour son témoignage, un exposé bien équilibré sur sa rencontre avec le Seigneur, et un exposé encore mieux équilibré et plus construit pour ses deux enseignements sur la prière. Or, chose étrange, une distorsion sérieuse se produisit, aussi bien dans le premier que dans ces derniers, tant à cause de sa propre présentation que des réactions et des questions des participantes : la question du pardon prit une place envahissante. On ne pouvait pas prier sans pardonner parce que rien ne nous séparait autant de Dieu que le refus de pardonner. Comment se trouver dans la prière, proche du Seigneur et capable de se faire entendre de Lui, ou de L'entendre, si on était séparé de Lui par ce véritable mur de Berlin que constituait le refus de pardonner ? Pardonner, ce n'était pas une déclaration de pardon, mais une réconciliation profonde qui supposait une véritable guérison intérieure. Ce n'était pas oublier. Ce n'était pas renoncer à se venger. Ce n'était pas une absence de réactions hostiles. Cela rejoignait l'amour.

« Mais il y a des choses qu'on ne peut vraiment pas pardonner ! objecta quelqu'un. Et ne nous donnez pas l'exemple de Jésus-Christ ! Quand on est Dieu, ce n'est pas pareil ! »

Agnès proposa l'exemple de Marie. Marie n'était pas Dieu. Elle était une simple femme comme nous. Elle avait dû pardonner à ces douze hommes, si proches de son Fils, qui l'avaient abandonné, « donné » ou renié. À ces hommes qui l'avaient traîné en jugement. À ces hommes qui l'avaient jugé. À ces hommes qui s'étaient moqués de lui, qui avaient craché sur lui, qui l'avaient insulté, bafoué, couronné d'épines, frappé, battu. Aux hommes qui l'avaient crucifié. Et elle avait été au pied de la croix. Aux premières loges. Elle avait tout vu, tout vécu. Qui disait mieux dans l'impardonnable ? Et, au pied de la croix, elle était devenue la Mère de tous les hommes. Un « tous » qui incluait tous ceux-là auxquels elle avait pardonné...

L'envolée d'Agnès fut suivie d'un silence.

« Mais comment *arrive-t-on* à pardonner ? demanda enfin une autre femme. Il y a quelqu'un à qui j'ai essayé tant de fois de pardonner vraiment, et je n'y arrive pas. Je ne sais même pas comment on arrive à *vouloir* pardonner ! »

Agnès revint au témoignage personnel pour parler de ce pardon si difficile qu'elle-même avait eu à donner, et dire comment elle avait, en effet, constaté que, par ses propres forces, il lui était impossible d'arriver à autre chose qu'un pardon de surface. Ce pardon, il n'avait d'abord, en quelque sorte, touché que les fanes de la carotte de son ressentiment, laissant intacte la carotte. Puis, lorsque la carotte avait été atteinte, elle s'était rendu compte qu'il laissait intactes des milliers de radicelles qui partaient de la carotte dans toutes les directions au fond de tout son être. Et puis, un jour, elle avait commencé à prier journellement le Seigneur de bénir en toutes choses, et sur tous les plans, la personne qu'elle voulait tant pardonner. Et elle se portait garante du résultat. Cela pouvait prendre du temps, mais cela marchait. Il suffisait de prendre la décision de prier ainsi, de commencer à le faire, et de persévérer. C'était là aussi un des aspects du pouvoir de changement de la prière, sur lequel elle voulait maintenant attirer leur attention...

Elle revint à son enseignement.

Pendant la semaine suivante, faisant le bilan de cette journée, Élise se félicita d'avoir fait confiance à Agnès. La récollection avait bien marché. Les femmes du groupe téléphonaient pour le lui dire. Elle-même était contente de la manière dont tout s'était déroulé. Elle avait relu ses notes. Le problème du pardon avait pris beaucoup de place. Peut-être trop ? Elle ne s'était pas sentie tellement concernée par cette partie de l'enseignement. Il y avait longtemps maintenant qu'elle avait pardonné à sa mère. Mais, apparemment, il y avait plusieurs participantes pour lesquelles cet aspect de la récollection avait eu une grande importance. Au moins cinq ou six. Finalement, elle avait beaucoup apprécié la démarche d'Agnès. Agnès avait... « oui, s'avoua-t-elle en riant, quelque chose de plus ». Et la décision avait été prise de donner une suite à la récollection, sous forme d'un groupe de prière hebdomadaire.

Dès la fin de la première réunion du groupe de prière, il y eut... une discussion sur le pardon. Presque tout ce qui avait été dit à la récollection fut repris. Rien de nouveau ne fut dit, à un détail près : Élise apporta son témoignage sur la nécessité et la possibilité de pardonner : elle raconta comment sa mère les avait quittées, elle et sa famille, quand elle avait seize ans. Combien elle lui en avait voulu et comment, lorsqu'elle était vraiment devenue catholique, elle avait compris qu'il fallait lui pardonner et l'avait fait.

« Elle croit toujours qu'elle lui a pardonné ! s'inquiéta son ange gardien.

— Combien de fois devrai-je te recommander de me faire confiance ? demanda le Seigneur.

— Et Marguerite ? demanda l'ange gardien de Marguerite.

— Je m'en occupe, dit le Seigneur.

— Vous ne vous occupez que d'Élise, protesta l'ange de Marguerite. Je me demande bien pourquoi ! Ce n'est pas la même chose. Et Marguerite prend de l'âge. Elle n'est pas éternelle. Sûrement, elle devrait venir en premier ! »

« Vous voyez, conclut Élise, on doit et on peut toujours pardonner ».

Seulement, tout en témoignant de son pardon, elle s'était de nouveau retrouvée vivant ces soirées d'avant le départ de sa mère, et avait senti de nouveau remonter en elle tous ces sentiments meurtriers qui avaient soulevé son cœur au moment où leur mère les avait abandonnés. Et pendant tant d'années après.

En rentrant chez elle, elle entendit, pour la première fois, ce que la voix de son ange répétait depuis des années à côté d'elle, sans qu'elle l'eût perçu :

« Tu ne lui as pas vraiment pardonné. Tu ne lui as pardonné que des lèvres, et non du fond du cœur. »

Et pourtant elle avait pardonné à sa mère ! En France, depuis le jour de son mariage, elle lui avait régulièrement rendu visite, à jour fixe, une fois par mois. Ces visites, elle ne pouvait pas dire qu'elles avaient été très heureuses pour elle. Elle s'était toujours sentie barbouillée, des jours à l'avance, à l'idée de se trouver avec sa mère. Et encore plus mal à l'aise lorsqu'elle se trouvait avec elle — sur la réserve, évitant de rencontrer son regard. Elle avait fait ces visites par devoir, sans amour. Il n'y avait eu en elle aucune indulgence, aucune suspension de jugement.

Cependant, elle lui avait pardonné. Elle l'avait vue régulièrement. Elle lui avait amené les enfants. Quand ils s'étaient tous rendus en France, l'été précédent, pour les vacances, elle avait même consacré trois jours à une visite chez sa mère. L'appréhension qui l'avait remplie, sous forme de nausée, pendant tout le mois qui avait précédé ce séjour de trois jours chez sa mère, remonta en elle.

Mais elle lui écrivait une fois par mois !

Et le séjour chez Marguerite ne s'était finalement pas si mal passé que ça.

Elle lui avait pardonné. Elle la voyait. Elle lui

écrivait. Elle la tenait au courant de tout ce que faisaient les enfants.

Oui. Mais elle ne pouvait pas la regarder en face, il lui était insupportable de rencontrer son regard. « N'importe quoi à n'importe qui. » « Du fond du cœur. » Elle se retrouva de nouveau vivant ces soirées de leur enfance, quand leur père chantait avec leur mère « *Quel ami merveilleux nous avons en Jésus...* », le soprano léger de leur mère marié à la voix profonde de leur père... et elle sentit de nouveau revivre en elle les sentiments de rancune qui l'avaient si longtemps habitée. Qui n'avaient jamais cessé de l'habiter. Qu'elle avait ensevelis sous un matelas étiqueté « pardon ».

Tout ce malaise qui la remplissait jusqu'à la nausée chaque fois qu'elle devait aller voir sa mère — et même pendant qu'elle lui écrivait sa lettre mensuelle — c'était cela, l'absence de son pardon, le signe de l'irréalité de son pardon.

Ce soir-là, elle prit la décision d'essayer la méthode d'Agnès. Elle prierait chaque jour le Seigneur de bénir sa mère en toutes choses. « En toutes choses », c'est-à-dire aussi dans sa vie conjugale avec l'homme pour lequel elle avait quitté le père d'Élise, et qu'elle avait même pu, suprême injustice, épouser à l'église à la mort de celui-ci. Pour lequel elle avait abandonné ses enfants. Pour lequel elle l'avait elle-même abandonnée, elle, Élise. Pour la première fois de sa vie, elle reconnut tout le poids de son propre abandon dans son ressentiment.

Ce soir-là aussi, devançant de quelques jours sa date habituelle, elle écrivit à sa mère sa lettre mensuelle. Elle ne parla pas de la récollection autrement que pour dire qu'elle avait eu lieu et que tout avait très bien marché. Mais, au dernier moment, elle ajouta dans l'enveloppe une des feuilles du chant de son père, photocopiées pour l'occasion. Dans le coin gauche, elle avait seulement écrit : « Nous l'avons chanté à la récollection. »

« Ça y est, jubila l'ange d'Élise à la réunion des anges, c'est en marche ! Nous n'avons plus besoin de nous en occuper !

— Affaire tout de même à suivre, dit le Seigneur. Attention à la régularité et à la persévérance ! »

Pendant dix-sept mois, Élise demanda journellement au Seigneur, avec assiduité, régularité, patience et persévérance, de bénir sa mère en toutes choses. Et, peu à peu, comme l'avait dit Agnès, le pardon descendit de ses lèvres et de sa volonté au fond de son cœur, et sa prière devint de plus en plus pleine d'amour et de tendresse et, même, d'une certaine compassion pour sa mère. Il lui semblait qu'elle la connaissait autrement. Et elle-même se sentait de plus en plus libre. Libre avec elle-même et, lorsqu'elle écrivait à sa mère, libre avec elle. Et un jour vint où elle sut, jusqu'au fond d'elle-même, que le pardon avait été parfait en elle et qu'elle ne ressentirait plus jamais ce malaise lié à sa mère.

« Vous devriez voir Élise ! dit son ange au Seigneur. Elle devient libre, libre comme l'air, légère et pleine de joie et de paix ! Il n'y a plus en elle la moindre petite radicelle de rancœur !

— J'en suis heureux, dit le Seigneur, comblé. Et comment va Marguerite ? demanda-t-il à l'ange de Marguerite.

— C'est curieux, dit l'ange de Marguerite : il y a des choses qui changent en elle. Je ne comprends pas ce qui se passe, ni pourquoi, ni même exactement ce que c'est.

Mais ça semblerait bien être dans le bon sens... J'espère pouvoir en rendre mieux compte à la prochaine réunion. »

Le dix-huitième mois, sans qu'Élise eût jamais dit un mot à sa mère, ni de sa prière de bénédiction, ni de ce pardon vrai en elle, elle reçut une lettre de celle-ci qui commençait par les mots :

« Aujourd'hui, pour la première fois depuis vingt-sept ans, je me suis mise au piano, et j'ai pu chanter le cantique de ton père que tu m'avais envoyé. »

Élise regarda la date de la lettre. Elle était datée de ce jour où elle avait su que, cette fois, elle avait vraiment pardonné à sa mère et que tout le champ intérieur de sa rancune avait été transformé en champ d'amour. Elle se souvint d'un autre passage de l'Évangile sur le pardon : « Tout ce que vous délierez sur terre sera délié au ciel. » ... Et sur terre aussi bien qu'au ciel, apparemment !

C'était comme si — non, ce n'était pas comme si, *c'était* son pardon du fond du cœur qui avait libéré sa mère, l'avait déliée, lui avait donné la possibilité de recevoir le pardon de Dieu...

« Je ne comprends pas comment c'est arrivé, dit l'ange de Marguerite au Seigneur. Cela ressemble à du jiu-jitsu.

— C'est du jiu-jitsu », dit le Seigneur.

La plate-bande

Je ne retourne pas souvent à Sèche-Mouille, mais quand j'y vais, ma première visite est pour Mme Chalois.

Mme Chalois habite dans ce qu'elle appelle « une jolie p'tit' ferme ». Pour y arriver, on prend, derrière l'église, le chemin qui mène vers les bois. La jolie p'tit' ferme de Mme Chalois est tout au bout de la route, la dernière avant les bois. C'est aussi la dernière maison sans salle d'eau du village, parce que la maison de Justin, de l'autre côté de la route, ce n'est pas vraiment une maison : un genre de grange tout au plus (Justin est le frère de Mme Chalois).

Malgré les longues années d'amitié qui nous lient, je ne connais de la maison de Mme Chalois que la salle : trois mètres sur trois, basse de plafond, murs et plafond noirs de suie, entièrement emplie par l'évier, le fourneau, un antique réfrigérateur, une table poussée contre un mur et quatre chaises. Il reste tout juste assez de place pour passer autour de la table.

En un mot, la jolie p'tit' ferme a tout d'une masure, extérieur comme intérieur. Mais son délabrement est, depuis longtemps déjà, installé dans un état de permanence : depuis plus de trente ans que je la connais, elle n'a pas pris une ride de plus. Et Mme Chalois, avec ses mèches grises mal tenues, sa bouche édentée, ses petits yeux vifs et malins, sa vieille jupe grise pendouillante, ses bas de coton avachis et ses chaussures d'homme craquelées, Mme Chalois non plus. Telles elles étaient il y a trente ans quand je passais toutes mes vacances à Sèche-Mouille, telles elles sont toutes deux maintenant.

Je laisse toujours ma voiture devant l'église, même s'il pleut, parce que j'aime refaire à pied ce chemin, dont chaque maison réveille en moi un nom, une histoire, des morts.

S'il fait beau, la porte vitrée qui sépare la cour de la salle est ouverte. Je passe devant le chien, je franchis la marche qui isole la salle du sol de terre battue de la cour, et j'entre.

S'il fait mauvais, le chien sera à l'intérieur, sous la table. Je franchis la marche qui isole la salle de la boue de la cour, et je fais semblant de frapper à la vitre. Je ne peux pas voir ce qui se passe à l'intérieur, parce que la vitre est sale et l'intérieur sombre, mais je sais que, jusqu'au jour où je ne la trouverai plus du tout, je trouverai toujours Mme Chalois chez elle, identique à elle-même, debout dans sa salle, entre la table, l'évier et le fourneau. Elle doit bien aller se coucher de temps à autre avec son vieux, dans la chambre qui est derrière l'évier — mais ceci est un simple article de foi. Et il lui est arrivé de s'asseoir avec moi à la table — mais, le plus souvent, après avoir débarrassé une des chaises de ce qui l'encombre pour que je puisse m'asseoir, et poussé vers le mur tout le fouillis accumulé sur la table, pour dégager une petite clairière, où elle pourra disposer de quoi m'offrir une tasse de café. (« J' sais bien qu' vous prenez plutôt du thé ! Faudrait tout d' même qu' j'en aie pour quand vous venez ! » Ce n'est pas que je préfère le thé mais, pour elle, le thé, c'est plus distingué que le café.) Elle reste debout, une main sur l'évier et, comme jadis, nous parlons pendant des heures. Ou plutôt : comme jadis, Mme Chalois cause et j'écoute. Parce que Mme Chalois a de la conversation et pour savoir tout ce qui se passe au village, il n'y a pas mieux que de passer chez elle : je ne sais pas comment elle fait, elle qui ne sort pour ainsi dire jamais de son unique pièce, là-bas, tout au bout du village, mais elle en sait tout. Tout ce qui se passe sous les toits, tout ce qui se passe dans les cœurs, tout ce qui se passe dans les têtes, tout ce qu'on y dit. Et même tout ce qu'on n'y dit pas.

Quand j'arrive chez Mme Chalois, je l'embrasse, et nous nous demandons des nouvelles de nos enfants, pendant que l'eau de mon café chauffe dans une casserole marquée par le temps et l'usage. Tout en causant, Mme Chalois pose un bol, une cuillère, un pot de Nescafé et une boîte de sucre devant moi, sur la toile cirée. Et, quand j'ai versé mon eau chaude sur mon café en poudre, elle commence à me dire ce qui s'est passé au village depuis ma dernière visite.

Malgré un temps radieux, le chien n'est pas au pied de la marche. Je ne le remarque pas consciemment, parce que je suis tout entière occupée par la première maison après l'église, la maison du père Roué.

À ma dernière visite (y a-t-il deux ans ou trois ans déjà ? Quatre ! Comme le temps passe !), avec sa cour ouverte, son mazot, sa grande carcasse grise carrée, avare de fenêtres, ses poutres et son toit de vieilles ardoises, elle était en harmonie avec l'église et les vieilles maisons savoyardes qui l'entourent.

Et voilà que m'éclate aux yeux et me saisit à la gorge un grand cube mauve, dont la toiture est en fausses tuiles vertes en matière plastique, et dont l'enduit, se prenant peut-être pour un Senneh ou un Kirman, fait étalage sur toute sa surface, dans un ton légèrement plus soutenu, d'un motif récurrent, strié et en relief, en forme de cône de pin !

Le mazot a disparu.

La cour de ferme est devenue un espace bien propre,

entièrement asphalté, et le tout est enclos d'un grillage rutilant et fermé d'un portail en fer forgé artistique !

J'entre chez Mme Chalois encore sous le choc, une question sur l'horreur mauve aux lèvres. Mais, à peine entrée, je vois que Mme Chalois n'est pas comme d'habitude. Enfin, pas vraiment. Extérieurement, on pourrait croire qu'elle est exactement comme d'habitude — et pourtant ce n'est pas ça. Au lieu de lui parler de la maison du père Roué, je lui demande :

« Comment va Julie, Mme Chalois ? »

Julie est la fille de Mme Chalois. L'homme de la ferme, c'est elle. Le père Chalois s'intitulait pompeusement garde-chasse du temps de « M. le Comte » parce qu'il avait un droit de braconnage exclusif dans les forêts du Comte. Depuis la mort de M. le Comte et la vente de la propriété, il y a bien trente ans, il n'y braconne plus que pour son plaisir et il n'a jamais fait grand-chose d'autre de sa vie.

« Julie est au docteur, dit Mme Chalois.

— Elle s'est blessée ? » (Impossible d'imaginer Julie malade.)

Mme Chalois me regarde, les yeux secs. Elle n'est pas une pour pleurer, mais son menton tremble.

« Si c'était qu' ça ! C'est bien pire. C'est qu' ça va pas dans sa tête. Alle dort plus, alle a plus l' cœur à rien. »

Mme Chalois explose :

« J' vais vous raconter. C'est la faute à ces nouveaux qu'ont pris la maison à Gustave quand Gustave est parti chez lui. Vous vous souvenez du père Gustave, c'était encore d' vot' temps. Lui qu'avait les deux ânes et qu'allait aux foins avec ? Le père Roué, quoi ! D'abord qu'ils ont commencé par toute la peindre en couleur, la maison à Gustave, ces étrangers, qu' ça fait mal aux yeux et qu' vous pouvez pas l'avoir pas vue, hein, comme si qu' nos maisons de par ici elles étaient pas assez bien pour eux, et puis par toute l'enfermer dans un grillage, comme si qu'ils étaient d' la volaille, mais ça c'est leur affaire, hein ! Moi j'y mets pas mon nez dans les affaires des aut', et qu' personne y vienne l'y mettre dans les miennes, et tout l' monde s' porterait mieux, hein ? Mais vous savez pas quoi ? Ys ont enlevé les bornes ! Tout l' monde sait qu'y faut pas enlever les bornes, on leur a dit, mais c'est comme si qu'on avait rien fait.

« Puis, dehors de leur grillage, ys y ont fait une plate-bande de fleurs qu'ys appellent ça. Sur la route qu' j'appelle ça ! En dehors d' leurs bornes qu'ys y ont enlevées ! Et pour la faire, leur plate-bande, ys y ont enlevé le drain qu'était en dessous ! Un drain de trente centimètres. Et ys y ont mis un drain d' cinq centimètres, et ys ont couvert ça avec d' la terre et leur plate-bande de fleurs, qu'ys y appellent, et vous savez bien comme c'est not' chemin quand y pleut ! Même qu'avant vot' temps, quand y avait pas d' drain, c'était si pas passable quand y pleuvait que Chalois y l'avait dit à M'sieu l' Comte qu'il lui gardait ses bois, à M'sieur l' Comte, du temps de M'sieu l' Comte, et après, M'sieur l' Comte y y versait une pleine charrette de cailloux dessus tous les hivers à la Toussaint.

« Et quand il a plu — c'était écrit, hein ? — le drain y s'a montré trop petit, quoi, et toute l'eau a inondé l' jardin d' Justin, qu'est d' l'aut' côté d' la route, et l' nôt' qu'est d' ce côté-ci. Et on a eu beau leur dire, à ces gens-là, qu' c'était la faute à leur p'tit drain d' rien du tout, c'était comme si qu'on avait rien dit, et il a fallu y faire venir les gendarmes ! — des histoires et des histoires à n'en plus finir ! — pour qu'ys y mettent un drain plus gros, ces gens-là. Alors ys y m'ont mis un drain de dix centimètres, et c'est pas assez, vous pensez bien, et par-dessus ys y ont arrangé d' nouveau leur plate-bande, qu'ys appellent ça.

« Et quand Julie et Abel qu'étaient venus donner un coup d' main à sa sœur pour les foins, y sont passés avec la charrette à foin, et tout l' chemin il est à tout l' monde, pas ? et y'a quelques bottes de foin qui sont tombées sur la plate-bande comme ys y appellent, moi j'appelle ça la route, hein, et alors ys ont dit qu'ys y avaient fait exprès et qu' si Julie et Abel y repassaient avec la charrette à foin et bien y prendraient la carabine !

« Alors Julie — vous la connaissez pas, vous : c'est tout l' portrait d' ma mère, une vraie soupe au lait ! Quand alle s' fâche, alle s' fâche et alle sort tout son paquet, et alors ça sort et alle est capable d' vous jeter tout c' qu'alle a dans les mains à la tête et alle s'est fâchée et alle y a dit : " Ah, c'est comme ça ! eh bien, je vais chercher les gendarmes ! " et alle a été chercher les gendarmes et les gendarmes sont venus d' nouveau, rapport à c' qu'on les connaît bien, vous pensez, et ys y ont expliqué à c'te femme qu' la route elle est à tout le monde, et qu'on passe quand on veut, et cette femme-là, elle a rien à faire, hein, passeque les bottes de foin qu'étaient tombées dans sa plate-bande — la route, hein, moi j'ai toujours appelé ça la route, pas la plate-bande —, eh bien, vous croirez pas, mais alle est venue et alle y a jeté dans not' jardin, p'tit bout par p'tit bout, hein, à croire qu'alle a rien d'autre à faire, et puis trois jours après, vous pouvez demander à la Coopérative à Gavard, alle y a attrapé Justin, passeque Justin il y porte son lait et puis l' nôtre, et alle, alle y prend le sien et alle y a dit des sottises, tellement qu' l' père Gavard il l'a fait taire. Mais alle est rentrée derrière Justin, à travers tout l' village, en lui criant des sottises sur nous et sur lui.

« Et alle lui a dit qu' Julie, alle en avait rien à foutre. Julie, alle est à Sèche-Mouille dans l' village depuis trente-cinq ans qu'alle est née, et Justin y lui a dit, tandis qu'eux y sont là depuis trois ans. Ce sont des gens d' Lyon. Le mari, y en a point, il est resté à Lyon qu'alle dit, et ya qu' son fils qu'est avec elle. Alle dit qu'il a fait des études et qu'y travaille dans une banque à la ville, mais il est tout l' temps là. Moi j' veux y voir si y travaille à la ville ! Et la fille alle a eu été là aussi au début, la première année, et y a eu des histoires et des histoires avec sa mère, et puis alle est partie, à preuve qu' personne y peut vivre avec c'te femme-là ! Et Justin y lui a dit qu' quand on est des étrangers, on parle pas des gens du pays.

« Et quand Justin y lui a raconté, à Julie, comment qu'alle l'avait suivi depuis les Gavard jusqu'ici, à travers tout l' village, en criant qu' Julie alle était une salope et une rien du tout, à preuve que pas un homme y avait voulu d'alle — des choses qu' personne y doit dire, hein ! Moi j' sais c' que c'est d' vivre, hein, rapport aux Bouvard passequ'avant d' marier Chalois j'ai eu été placée chez Mme Bouvard qu'était une dame, une vraie, comme vous. Et il fallait pas la manquer d' respect, hein, passequ'elle savait son dû, hein. Mais bonne. C'était à plus d' trente kilomètres d'ici, où qu'on m'avait envoyée, et moi, une étrangère chez eux, qu'y m' traitaient comme si qu' j'étais d' la famille. C'est pour vous dire — et Julie alle a pris la carabine à son père — quand j' vous disais qu'alle est tout l' portrait d' ma mère, mais vous l'avez pas connue, vous — et alle a dit qu'alle allait lui montrer si alle était une bonne à rien avec la carabine.

« Avec Justin on l'a empêchée. J' sais c' que c'est d' vivre, hein. Des choses comme ça, on peut plus faire ça. Ça mène où, hein ? Tout droit à la prison. On l'a empêchée, nous deux, Justin. Mais après ça, ça l'a travaillée, ça l'a travaillée, jusqu'à perdre la tête. Pendant des jours, et même des semaines, alle en a plus parlé et alle faisait tout comme toujours, costaud au travail qu'alle a toujours été, c'est pas comme son frère, un paresseux fini, tout l' portrait d' son père, lui, et moi j' pensais qu'alle avait tout oublié, et puis un jour, ça lui a tombé d'ssus, comme ça, tout d'un coup. J'avais déjà allumé l'électricité passeque l' tard y s'était mis de bonne heure ce jour-là, et la voilà pas qui s' laisse tomber sur la chaise et qui s' met à pleurer que j' l'avais pas vue pleurer d'puis l'âge de huit ans, quand alle est tombée du mur des voisins et qu'alle s'est ouvert toute la jambe et il a fallu y coudre. Alors j'ai fait ni une ni deux, hein, et l' lendemain, c'était un jeudi, j' l'ai menée tout drouet au docteur, sans attendre, et il a appelé ça une dépression nerveuse, mais j' lui ai dit, moi, à Julie : " Ça, c'est pas une dépression nerveuse, c'est ces gens-là qu'y nous ont pris une partie de not' route et qu'y ont parlé d' toi à travers tout l' village, et qu' t'y as rien pu leur faire, alors maintenant ma fille, tu prends c' qu' l' docteur y t'a donné, ça c'est une chose, mais tu oublies tout ça, passeque tu vois ousque ça t'a menée, hein ? " Alle a reconnu qu' j'avais raison, mais c'était comme si qu'alle y pouvait rien, alle était plus la même.

« Et v'là qu' la semaine suivante, c'te mauvaise femme, passeque j' dis, moi, qu'une femme comme ça c'est une mauvaise femme ou j'en connais pas, hein, alle a fermé l' drouet d' passage à Justin, par vengeance d' c' qu' les gendarmes ys étaient pour nous, sujet à la plate-bande, c'est clair comme tout, hein. Passeque le champ de Justin, j' sais pas si vous savez, il était derrière le jardin à Gustave qu'est à cette femme maintenant, et Justin il a un drouet d' passage tout du long du jardin à Gustave qu'est à cette femme maintenant, depuis 1901, c'est dire, hein ? Et quand un drouet d' passage est ouvert depuis plus d' trente ans, c'est un drouet imprescriptible qu' l' maire il a dit, tout la même chose qu'un drouet d' propriété. Eh bien, alle a planté des arbres et mis d' l'herbe sur l' drouet d' passage et alle a dit qu' personne y passerait plus, et c'est un drouet d' passage qu'est ouvert depuis avant 1901 ! Quand l' maire lui a dit, alle a dit qu'alle connaissait pas d' drouet d' passage et qu'il était pas sur le nouveau cadastre. Et Justin a été y voir à la mairie, et c'était vrai : sur le nouveau cadastre qu'était sorti un an avant, y est pas marqué, mais sur l'ancien, qu'était l' bon quand elle y a ach'té la ferme à Gustave, y est bel et bien, et alle le savait bien, à preuve qu'alle a attendu deux ans pour le fermer, not' drouet d' passage, et qu'alle a tout d' suite parlé du nouveau cadastre. Le “ nouveau ”, vous voyez bien, hein ? Et alle lui a dit, à Justin, qu' si il y tenait, pour l'obliger comme ça (obliger quelqu'un, alle !) alle voulait bien le lui acheter, son champ, vu qu'il peut plus servir à rien, tout enfermé comme ça !

« Justin, c'est pas un à prendre la carabine comme Julie. Il est plus du côté d' not' père. Silencieux, quoi. Il a écrit au maire, et l' maire lui a répondu qu'on avait dû oublier d' transcrire l' drouet sur le nouveau cadastre, qu' ça arrivait souvent, et qu'il fallait qu'il écrive au préfet, et Justin a écrit au préfet, et l' préfet lui a écrit qu'il pouvait rien pour lui sans un jugement du tribunal, et il a été voir un avocat à la ville, qui lui a pris mille francs et qu'a rien fait.

« Alors il a demandé l'aide judiciaire, passeque Justin, il est comme nous, quoi. On est honnêtes mais on a pas des billets d' mille à donner à des paresseux qui font rien. Et au bout d' deux ans, l' juge y a jugé qu' Justin, il avait drouet à son passage, mais alle, alle a fait appel, comme on dit. Et alle a dit qu'alle avait rien à en foutre, ni du maire, ni du juge, et qu' c'était son jardin, et qu'alle avait la vie devant elle pour faire appel tant qu'y faudrait. Et pendant tout c' temps, vous comprenez, Justin pouvait pas y aller, à son champ, et y devait acheter son foin pour les bêtes. Y disait rien, y a jamais été un à dire, mais y' s' dépérissait, une vraie misère, pire qu' Julie, et son visage était d'v'nu tout dur comme un mur, vous croiriez pas. Et on pouvait y parler pendant des heures, c'était comme si qu'il entendait pas. Il allait à l'ouvrage comme quelqu'un qu'est mort. Et fatigué tout l' temps ! Qu'il en faisait pas lourd dans sa journée. Et dès qu'il était pas au travail, y était sur son lit. Et il avait plus goût à manger, ni à boire, ni à rien. S'il avait pu oublier ! Mais c'était d' passer chaque jour devant c'te maison et son champ, où qu'y pouvait pas aller, vous comprenez. J' l'y disais bien : " Justin, faut pas y penser, ça sert à quoi ? ", mais qu'y pouvait rien y faire, ça l' rongeait.

« Il allait si mal qu'un matin j' l'y ai dit : " Mon pauv' Justin, tu vois bien qu' c'est à toi qu' tu fais du mal. Alle, cette femme, alle se porte tout bien, tout bon. Quand c'est qu' tu vas t' décider à oublier ? Tu vois pas qu' c'est à toi qu' tu causes du tort ? " Y m'a juste répondu : " C'est pas ton champ. " Comme ça. Ni plus haut, ni plus bas, sans m' r'garder, passequ'y vous regardait plus depuis des mois, hein. Mais l' soir, au dîner, y m'a dit : " Tu crois qu' c'est juste, toi, qu'alle a fait tout c' mal, c'te femme, à Julie et à moi, et qu'alle s' porte comme tu dis ? " Qu' j'aurais dû m' méfier, passequ'il a jamais été un à causer, et l' lendemain c'est arrivé. C'était un lundi, passeque c'était l' dimanche qu' j' lui ai parlé. Pendant qu'on dormait encore, Chalois et moi, y a pris la carabine à Chalois — passeque lui, il en a jamais eu — et il l'a tuée et y l'a traînée sur l' drouet d' passage et y l'y a laissée là en travers d' son drouet, et il a été s' constituer prisonnier à la gendarmerie, comme on dit.

« Si c'est pas malheureux, hein : v'là Justin qu'est à la prison pour qui sait quand, et Julie qu'en est pas mieux pour ça, toujours à aller au docteur, et en plus de tout ça, not' chien qu' vous connaissez bien, il est parti aux chiennes, l'aut' jour. Quand un chien il part aux chiennes, ça reste quelquefois huit, dix jours, des fois même trois semaines, mais cette fois, il est plus jamais rentré. Ah, on dit bien qu' c' monde c'est une vallée d' larmes, hein ! Et ça prouve qu' tout l' monde, il a ses problèmes, hein. Même nous, qu'on en avait jamais eu avant. »

Le bossu

Les faisceaux convergents de quatre torches électriques plongèrent brutalement Adam dans une nuit de lumière.

Heureusement, Marcel n'était pas encore sorti du bois. Heureusement, Adam n'avait pas encore allumé le signal. Heureusement, il avait prévenu Marcel dès le premier jour :

« Moi, je suis pas un héros. Je suis un paysan. Si je suis pris, tout ce que je sais, je le dis et le plus vite que je pourrai. Le moins j'en sais, le mieux ça vaut, et surtout pas ton vrai nom, ou rien. Si je suis pris, dès que tu sais, vous changez tout et le plus vite que vous pouvez. »

Heureusement, Marcel, il était là, caché en contrebas, à dix mètres, pas plus, assez loin pour pas être pris, assez près pour savoir. Adam avait aussitôt crié tout ce qu'il savait (le rendez-vous, le parachutage, le nom de Marcel — mais c'était pas son vrai nom, et il savait rien de plus) d'une voix forte et claire aux quatre hommes de la milice qui le secouaient et qu'il voyait maintenant de plus en plus distinctement, parce que leurs torches électriques balayaient maintenant les Geots au lieu de brûler son regard.

Il leur criait tout à tue-tête, son regard retrouvant sa vision nocturne, cherchant, l'un après l'autre, chaque homme : un visage, une silhouette, un uniforme. Comment ces étrangers étaient-ils arrivés là ? Parce que c'étaient des étrangers. Quelqu'un avait dû les conduire. Les Geots, c'est pas facile à trouver, même si on cherche. Il ne pensait pas à ce qui allait lui arriver. Il se demandait qui était le salaud. Il se demandait pourquoi il avait fait ça. Sous le coup du danger, sa pensée lente, habituée à ne considérer qu'une seule chose à la fois, fonctionnait à toute vitesse et sur plusieurs plans : tout en criant tout ce qu'il savait, il se demandait comment il avait su, celui qui avait fait ça. Ça ne pouvait être que quelqu'un du pays. Quelqu'un de Vodoz ou de Peillon ou d'Arpinge. Pas plus. Après, c'était trop loin. Quelqu'un qui n'était pas du pays pouvait pas connaître les Geots. Encore moins le trouver. Encore moins de nuit. Les gens du village, c'était facile à en faire le tour. Il devait être d'Arpinge ou de Vodoz. Mais il y en avait que quatre, et tous les quatre en miliciens, et des étrangers.

« Allez, boucle-la ! Tu expliqueras ça au chef de poste, et cesse de crier comme un cochon qu'on égorge !

— On bat les fourrés ?

— Battez, battez... mais avec le bruit que cet abruti a fait, même s'il y avait quelqu'un, y'aura plus personne ! »

C'est alors qu'il l'avait entrevue. Alors qu'un des miliciens le poussait à gauche et qu'un autre le tirait en arrière. Un bref instant. Détachée sur un plan mouvant de lumière — la lumière de la torche électrique d'un milicien qui passait derrière elle. À quelques mètres à l'écart. Une silhouette sombre. Courte. Pas plus d'un mètre soixante de haut. La tête grosse. Ronde. Les bras trop longs pour le corps, même pour un paysan. Il l'avait vue. Un bref instant de trois quarts. Puis un bref instant de profil — sa bosse, énorme, noire, se détachant, un bref instant, sur le fond de lumière, comme l'illustration caricaturale d'un bossu. Et perchée sur deux petites échasses maigres. Une apparition sortie de la nuit. Tout bougeait : le plan de lumière, la silhouette, lui-même sous la poussée des hommes qui le tenaient.

Puis, plus rien.

La silhouette s'était refondue dans la nuit. Sous la poussée d'un des hommes, il avait buté sur une pierre, s'était raccroché à l'autre. Le milicien qui tenait la torche avait changé de place. Ou la torche de direction. Ou le bossu s'était rejeté dans l'ombre.

Il ne le connaissait pas. Il ne connaissait pas de bossu. Il n'était pas de Peillon. Il n'y avait pas de bossu à Peillon. Il devait être d'Arpinge ou de Vodoz. Arpinge était seulement à sept kilomètres de Peillon, et Vodoz à six. Mais dans ces pays de petite montagne et de petites fermes où il n'y avait encore, en 1945 (et même bien après !), aucune motorisation de la culture, et où il n'y avait guère que le château pour posséder une voiture automobile autre qu'un véhicule de livraison, ces distances étaient suffisantes pour que l'on pût arriver à l'âge d'homme — et même au-delà — sans jamais se rencontrer d'un village à l'autre.

Adam ne connaissait personne, ni d'Arpinge ni de Vodoz. Et il n'avait jamais posé les yeux sur le bossu.

« Mais avec cette silhouette-là, se dit-il au mépris de sa situation, je le retrouverai ! »

Adam fut emmené à Lyon.

Ce ne serait pas difficile de le reconnaître quand il reviendrait. « Si je reviens », ajoutait-il maintenant.

Pendant le temps de son incarcération à Lyon, personne de sa famille ne reçut la permission de le voir. Il y passa trente jours, seul, au secret, dans une cellule de deux mètres sur trois.

Les paysans sont habitués à demeurer de longues heures seuls en silence, mais non dans des espaces fermés et étroits. Pourtant, Adam ne connut pas l'emprise du désespoir de l'impuissance, qui porte à se cogner la tête — physiquement et moralement — contre les murs clos et les portes verrouillées. Peut-être parce qu'il était un paysan.

Le paysan est habitué à se trouver aux prises avec un temps et des saisons sur lesquels il n'a aucune emprise. Il a l'habitude d'être confronté à une réalité irréductible. La pluie, le soleil, le sec : il faut « faire avec ».

Les paysans sont habitués à rester de longs temps sans parler. C'est pour cela qu'ils n'oublient rien et qu'ils vous surprennent parfois à vous rappeler, à dix ou vingt ans de distance, un infime incident ou une phrase de six mots dont vous n'avez pas le moindre souvenir. Lorsqu'un problème ou un événement les occupe, le problème ou l'événement a tout le temps de prendre racine en eux, de s'y imprimer de manière indélébile. Ils sont habitués à rester de longs temps sans parler, leurs corps occupés par les gestes quotidiens, et leur être, par ce seul problème ou ce seul événement.

Mais pas enfermés entre quatre murs. Ni assis sur une chaise ou couchés sur une paillasse en plein jour.

Trente jours, c'est long, seul et entre quatre murs. En temps d'occupation, c'est à la fois long et, à chaque instant, potentiellement très court. C'est interminablement long.

Assis sur la chaise ou couché sur la paillasse, Adam, confiné entre ces quatre murs et ce temps sans limite, ruminait ce qui s'était passé aux Geots, et tournait et retournait dans sa tête ces questions qui avaient défilé en lui à une vitesse vertigineuse, la nuit de son arrestation : Comment avait-il su ? Pourquoi avait-il fait ça ?

La scène des Geots et les questions occupaient entièrement sa pensée, ses sens, son temps, de l'heure de son réveil jusqu'à l'heure où il s'endormait. Avec la silhouette du bossu. Cette silhouette, il la revoyait sur l'écran de ses paupières closes. Telle qu'elle lui était apparue aux Geots. Ou dans sa tête. Et puis, de plus en plus souvent, au fur et à mesure du passage de ces jours dont il ne savait pas quel serait le nombre, lorsqu'il regardait le mur en face de lui, elle se mit à apparaître sur sa surface grise et maculée.

« Si j'en reviens, je ne l'oublierai pas », se promettait-il. (Il ne se disait plus : « *quand* je reviendrai ».)

Et, quand il avait fini de regarder la silhouette sur le mur, il se redemandait : « Comment ? Pourquoi ? » Pourquoi cet homme qui ne le connaissait pas, qui n'était pas de Peillon, qu'il n'avait jamais, dans les vingt-quatre ans de sa vie, même vu, pourquoi il l'avait donné, et comment il avait su. Personne ne savait. Ni au village, ni à la ferme. Ni ses parents, ni ses frères.

Trente jours, c'est un temps interminablement long. En temps d'occupation, c'est un temps extraordinairement précaire. N'importe quel moment de ce temps peut être le dernier. Non seulement de ce temps, mais de votre vie.

S'il avait été un intellectuel, il aurait sans doute médité sur l'étrangeté de ce temps dans lequel il vivait : le temps le plus long de sa courte vie — plus long même que celui des années de l'enfance : un temps sans limites, sans bornes, un temps qui avait un début mais qui n'avait aucune fin, dont les journées devenaient des semaines, dont les semaines pouvaient devenir des mois, dont les mois pouvaient devenir des années... — et, en même temps, un temps dont chaque instant avait le moins d'avenir escomptable.

Mais Adam Baud n'était pas un intellectuel. Avec des mains caleuses, déjà marquées par le travail de la terre aux côtés de son père, il avait quitté l'école primaire dès le certificat d'études. Puis il avait quitté la ferme pour le service militaire. Du service, il était passé, sans transition, dans la drôle de guerre ; de la drôle de guerre, sans combat, dans un camp de prisonniers, et, du camp de prisonniers, presque aussitôt, le contingent libéré des agriculteurs l'avait ramené à la ferme. Il ne pensa pas un instant à l'étrangeté de ce temps. Il en vécut le paradoxe sans le verbaliser, et fut conditionné par lui sans en avoir la connaissance. D'ailleurs il n'y avait pas place en lui pour autre chose que ce qui s'était passé aux Geots, et pourquoi, et comment.

Même au travail, aux champs ou dans l'étable de la ferme paternelle, il aurait pensé interminablement à ce qui lui était arrivé. La longueur du temps et l'inaction lui permettaient de ressasser encore plus exclusivement son grief contre l'homme qui l'avait envoyé ici et, peut-être, à la mort. Mais l'urgence du temps le ramenait aussi (plus que sa vie aux champs et dans les étables ne l'aurait sans doute fait) à ce que sa famille, son Église, son catéchisme, sa propre vie avaient imprimé en lui : l'obligation du pardon.

Il savait. Chez les Baud, on était pilier d'église de père en fils. Et actif. Dès qu'il avait su parler, sa mère lui avait fait réciter avec elle, tous les soirs, le Notre Père. Il ne lui aurait pas été plus facile de s'endormir un soir sans le réciter que de passer une heure sans respirer.

Ce fut le soir d'abord, en le récitant, qu'il commença à se poser la question : « Peut-être il faut pardonner ? »

Plus tard il avait été au catéchisme avec Monsieur le Curé. Il avait même fait partie de la JAC, tout jeune ouvrier de ferme, avant son service.

Mais une chose comme ça, c'est pas pareil. Ça n'entre sûrement pas dans les choses qu'on doit pardonner, tout de même.

Pendant la journée, la silhouette grandissait jusqu'à remplir toute la cellule, tout l'horizon d'Adam. Et ses questions et sa rancœur et son grief et sa volonté de vengeance, jusqu'à remplir tout son être, tout son cœur, tout son corps. Mais le soir, quand il récitait les paroles du Notre Père, sa certitude que ça n'entrait pas dans les choses qu'on doit pardonner glissait parfois vers la question : « Peut-être que ça aussi il faut pardonner ? »

Aussitôt que la question se posait en lui, il répondait : « Une chose comme ça, c'est pas pareil. Ça n'entre pas dans les choses qu'on doit pardonner. » Et il faisait grandir la silhouette des Geots : dans sa tête, sur l'écran de ses paupières, sur le mur, dans la nuit qui l'entourait. Mais, peu à peu, jour après jour, au filigrane de la silhouette du bossu, sur les quatre murs de sa cellule ou sur l'écran de ses paupières, se profilait, de plus en plus souvent — plus ou moins claire, plus ou moins durable, plus ou moins impérative —, l'obligation du pardon.

Et, à force de glisser vers la question que « peut-être ça aussi ? », la question commença à gagner du terrain, à l'emporter même, par moments, en lui, sur l'image du bossu.

Il essayait de se rappeler, quelquefois même le matin, ou en mangeant la soupe, ce qu'il avait appris au catéchisme, à l'église. À ces moments-là, il voyait que ce qu'il disait, le curé, c'était qu'il fallait pas se venger. Peut-être plus : pardonner. Il y avait des mots qui disaient ça, dans le sermon ou l'Évangile, le dimanche. Le soir, quand il récitait la prière que sa mère lui avait apprise, c'était pas difficile à voir. Généralement parlant. À décider de faire (et même s'il fallait !), ça, c'était autre chose !

Une fois, quand il avait eu neuf ou dix ans, son frère le plus proche en âge lui avait démoli « exprès » un château de sable et de gravier, parce qu'il avait refusé de quitter les travaux d'achèvement de son édifice pour aller jouer avec lui. Adam était tombé sur lui à poings raccourcis. Quand son père les avait séparés, il avait renoncé à tuer son frère, mais il lui avait dit :

« Je te pardonnerai jamais ! Et je jouerai plus jamais avec toi ! »

Pendant une semaine il n'avait pas pardonné, et il n'avait pas joué avec lui. Il avait passé la semaine la plus misérable de son enfance à ressasser ce que son frère avait fait. Son frère, lui, avait été jouer avec un voisin. Un soir, sa mère lui avait dit :

« C'est à toi que tu fais du mal. Quand on pardonne pas, c'est toujours comme ça. Tu peux pas prendre plaisir à rien. Ça t'avance à quoi, tout ça ? Tu penses qu'à ça. Tu restes seul dans un coin, pendant que Maurice, il s'amuse autant qu'avant ! »

Il avait bien vu que c'était vrai et il avait dit à son frère :

« Je te pardonne mais recommence pas ! »

Et il voyait bien qu'en lui, maintenant, il n'y avait

plus que ça : le bossu, les questions, la volonté de vengeance.

Pour le moment en tout cas, il n'y avait vraiment qu'à lui que ça faisait du mal — sauf que ça l'occupait, et ça aidait à passer le temps. Mais tout de même, c'était pas bon. Il voyait bien que c'était pas bon. Il voyait bien que la silhouette, et son grief, et ses questions étaient comme un poison en lui. Un poison qui allait partout.

Au fur et à mesure que, dans la longueur de sa solitude, un long ruminement sur le pardon prenait le pas en lui sur celui de la rancune, il voyait de plus en plus que, finalement, il ne pouvait rien faire d'autre que dire qu'il ne se vengerait pas, parce qu'il était catholique, et que ça comptait. Au début, cette obligation l'étouffait comme une rage. Puis elle devint une chose acceptée. Se trouver devant ça... c'était plus fort que la JAC, pour finir. Plus vrai. Quand son ordre de déportation arriva, il y avait des jours et des jours que la silhouette n'apparaissait plus sur les murs de la cellule, ni sur l'écran de ses paupières, ni dans sa tête. Puisqu'il avait décidé de pardonner, il fallait oublier. Il avait effacé la silhouette du bossu de ses yeux et de sa pensée.

Mais le 4 février 1945, il était arrivé au camp.

Il avait entendu parler de camps. Mais entendre parler et y être, c'était pas pareil. Plus tard, quand il en était revenu, il n'avait pas pu s'amener à parler de ces six mois. Car il en était revenu.

Au camp, dès le premier jour, il s'était organisé pour survivre. Il était maigre et sec, mais solide et dur au travail. Il fallait travailler — il travaillerait. Le travail, ça le connaissait, même si ces trente jours de cellule, ça ne l'avait pas arrangé. Mais pas au-delà de la bouffe. On prend un rythme. Les choses sont ce qu'elles sont. Si on n'y peut rien, on fait avec. Alors ce qui se passe autour de vous, ça vous regarde pas.

Quand un gardien fait basculer dans le vide le couffin de pierres sur l'épaule d'un homme, presque arrivé en haut de la carrière, ça vous regarde pas. Quand un gardien avance un pied ou la crosse de son fusil, pour faire trébucher un homme dans l'étroit sentier qui descendait vers le fond de la carrière, ça vous regarde pas. Le sentier descendait en lacet vers le fond de la carrière, et lorsqu'un couffin de huit ou dix kilos de pierres roulait vers le fond, les pierres jouaient au jeu de quilles, avec les hommes qui montaient et descendaient. Ceux qui recevaient des pierres au passage, ou l'homme qui va parfois s'écraser au fond de la carrière, ou celui qui doit retourner un sac perdu qui manquerait à son quota du jour, ça vous regarde pas. Aucun gardien le ferait trébucher, lui. Aucune pierre le toucherait. Parce qu'il savait mesurer son travail, son pas. Les gardiens pouvaient dire ce qu'ils voulaient, faire ce qu'ils voulaient, ça le regardait pas. Les autres, c'était pas son affaire. Son affaire, c'était de vivre.

Mais là, pour le bossu, il avait fallu tout recommencer.

Il avait beau se dire que le bossu, c'était pas son affaire, c'était pas possible de ne pas penser que c'était le bossu qui l'avait envoyé là ! Et son grief et ses questions qu'il avait crus effacés resurgissaient :

« Pourquoi il a fait ça ? Il me connaît pas. Je le connais pas. »

Et le démon qui l'avait habité dans sa cellule se réveillait en lui : au retour, il lui réglerait son compte. Des choses comme ça, ça se pardonne pas.

Quand il était couché sur la deuxième étagère qui lui servait de lit, avec un type dessus et un type dessous, et une faim au ventre, et un froid dans le dos, et de la vermine partout, ça le prenait parfois, juste après la prière du soir. Mais la prière était forte aussi. Très forte, il faut croire, parce qu'elle le ramenait toujours à ce qu'il avait compris dans la prison de Lyon : même des choses comme ça, on doit oublier, parce que chez nous, on est tous catholiques.

Quand les Américains étaient arrivés, Adam avait perdu vingt kilos, mais il était toujours debout. Il ne resta même pas un mois à l'hôpital. Il était de fabrication solide. Il avait gagné sa bataille pour vivre. Et il avait gagné une autre bataille : celle de son pardon. Un soir, sur son étagère, il avait revu une histoire que l'institutrice leur avait fait lire à l'école : ça se passait en Bretagne, et il y avait des tas de marins qui venaient dans une église pour une fête après une tempête. Ça s'appelait un « pardon », avait dit l'institutrice, et il y avait une image à droite qui prenait toute la page, avec un des marins qui accrochait un modèle de son bateau dans l'église, parce qu'ils avaient pas péri dans la tempête. C'est l'illustration du marin, accrochant son bateau à un mur de l'église pendant que les trois autres tenaient leur bonnet de marin sur leur poitrine et baissaient la tête, qui avait emporté le morceau dans le combat qui se livrait jour après jour en Adam. Un soir, les yeux sur son marin, il avait promis que si il périssait pas, il irait lui aussi porter son pardon à l'église.

Au retour, le premier dimanche, il le porta à l'église.

On n'aurait pas pu faire d'illustration d'Adam au retour, portant son ex-voto à l'église, parce que le sien n'était pas visible, qu'il en avait parlé à personne, et que personne pouvait le voir. Il n'en fut pas moins porté à l'église, exactement comme Adam l'avait promis.

Au retour, il porta son pardon à l'église de Peillon, et il ne chercha pas à retrouver le bossu. Le bossu, ça le regardait pas.

Mais, malgré lui, il apprit son nom. Dès son retour.

« Gaspard Maillet, lui disait un voisin après l'autre, le bossu d'Arpinge — ce serait pas lui qui t'aurait donné ? T'as rien vu ? Le gars à Jules dit que... Tu devrais le dire à la commission à la préfecture comment ça s'est passé, quand on t'a pris. »

Il répondait :

« Moi j'ai rien vu. C'était quatre miliciens. Et même eux, je saurais pas les reconnaître. Il faisait nuit noire. Foutez-moi la paix avec tout ça. Je veux plus y penser. »

Car les rumeurs couraient sur le bossu. On savait pas au juste. Mais on disait qu'il aurait bien donné des tuyaux par-ci, par-là, à la milice, aux Allemands. Les premiers mois après la Libération — quand on expédiait facilement et sans procès même des gens qui avaient pour seul tort d'avoir une vieille querelle avec vous — il avait été malade à l'hôpital. Et pas à la ville la porte à côté. Pour ainsi dire à l'autre bout de la France. Quasiment à l'étranger ! Bien à l'abri, quoi ! Certains murmuraient que ça avait été trop bien venu, cette maladie-là !

Quand il était revenu — près de deux ans plus tard

— les rumeurs étaient trop des rumeurs. Il fallait des preuves. Un gamin d'Arpinge avait bien dit à son père qu'il avait vu le bossu partir avec la milice, le soir où Adam avait été pris. Mais à l'époque, qu'est-ce qu'il pouvait bien avoir, ce gamin-là ? Douze ans ? Pas plus. Peut-être moins. Et son père avait une vieille querelle avec la famille du bossu. Et pourquoi il l'avait pas dit, quand Adam avait disparu ? On était fatigué de tout ce qui s'était passé à la Libération. Il y avait eu la terrible tuerie chez les Mottais, quand trois types armés étaient entrés chez eux et avaient mitraillé à bout portant le père, la mère grosse de sept mois, et trois des cinq enfants. Les Mottais qu'avaient jamais collaboré ou rien. Juste pour une ressemblance de noms. Ou une vengeance personnelle. On avait jamais su. Pour revenir au bossu, il y avait bien eu une enquête, quand il était revenu. Mais il fallait plus, maintenant, qu'un seul indice. Plus que des rumeurs et des on-dit. La seule personne qui aurait pu confirmer les dires du gamin, c'était Adam Baud.

Mais quand le juge d'instruction l'avait interrogé, il avait répondu qu'il faisait nuit et qu'il avait rien vu.

Le bossu, ça le regardait pas. Ce qui le regardait, c'était l'église, son travail à la ferme et, bientôt, sa femme et sa famille.

Les années passèrent. De temps à autre, il arriva à Adam de penser à ces années de guerre et de camp. Quand il y pensait, il se rendait compte qu'il était heureux d'avoir pardonné, surtout quand il regardait certains qui pardonnaient pas. Il voyait bien qu'ils devenaient malades de ne pas avoir pardonné. Quelquefois malades à en perdre le goût de vivre. Il avait parlé de rien de tout ça à personne. Il ne parlait toujours de rien de tout ça à personne. Même pas à sa femme, à qui il disait tout. Mais souvent, il expliquait à leurs enfants, ou quand il discutait avec quelqu'un, que pardonner c'est important, et comment on doit oublier.

Mais il n'allait jamais à Arpinge.

La motorisation gagnant, ses enfants ou sa femme lui demandaient parfois :

« Pourquoi on irait pas à la vogue à Arpinge ? »

Il répondait toujours :

« On ira quand elle viendra à Vodoz. »

Ou bien :

« Je vous emmènerai au cirque à la ville, si j'ai le temps. »

Car, avec le temps, la vie d'Adam était devenue une vie très pleine. Il y avait la ferme — ses frères étaient partis à la ville, et le père était mort. Et ses activités syndicales. Et voici qu'il était devenu le maire de Peillon. C'est pas qu'il l'avait cherché, mais il semblait bien qu'il y avait eu personne d'autre. Un des deux fils du château avait été tué à la guerre et le second était mort, six ans après, d'une longue maladie, et le Comte et la Comtesse n'y venaient plus, même aux vacances. Toute la fin de son mandat, Monsieur le Comte n'avait même pas mis le pied à Peillon. Aux élections, il y avait presque eu une guerre civile. Peillon, c'était quarante électeurs, et la moitié des électeurs ne voulaient pas de Pierrard, le plus gros fermier de Peillon — un étranger, il y avait à peine trente ans qu'il était là au pays — et l'autre ne voulait pas de Marcellaz, le plus ancien au village, parce qu'ils portaient leur lait chez Pierrard, qui le transportait avec le sien à la nouvelle coopérative de Vodoz. Ils en étaient venus aux mains — à coups de fourche. Mais sans blessés.

C'est comme ça que ça s'était passé. Les uns et les autres s'étaient mis d'accord pour Adam, parce qu'il s'appelait ni Pierrard, ni Marcellaz, et comme il n'avait pas fait un plus mauvais maire qu'un autre, aux élections suivantes il n'y avait pas eu de bagarre entre ceux pour Pierrard et ceux pour Marcellaz, et Adam avait tout bonnement été réélu.

C'est comme ça qu'il était encore maire quand les conversations pour le rattachement de Peillon et Arpinge à Vodoz avaient commencé.

La première réunion eut lieu un lundi soir à la salle de la mairie de Vodoz. Adam arriva le dernier, retardé par le premier vêlage d'une jeune vache.

Quand il poussa la porte de la salle de réunion de la mairie de Vodoz, il fut ébloui par le réflecteur qui éclairait la pièce, parce que le réflecteur qui éclaire la salle de réunion de la mairie de Vodoz se trouve juste en face de la porte d'entrée, derrière la table de réunion. Six hommes étaient assis autour de la table. Le maire de

Vodoz se leva pour accueillir Adam et, au fur et à mesure qu'il lui présentait chacun des hommes présents, celui-ci se levait et venait à lui pour lui serrer la main.

« Guillot, mon adjoint. »

Adam le connaissait de longue date. Le marchand de bois. Il pouvait donner le cubage d'un arbre sur pied à première vue sans se tromper de plus de cinq pour cent. Il tendit à Adam une main où manquaient deux doigts.

« Berthet, le maire d'Arpinge...

— Durez, son adjoint...

— Monsieur Delotte, de la préfecture. »

Adam avait souvent eu à faire avec lui.

« Gaspard Maillet, notre secrétaire de mairie. »

Gaspard Maillet se leva. Le réflecteur se trouvait exactement derrière lui, un peu plus haut sur le mur que le haut de sa tête. Sa silhouette apparut toute noire sur le fond de lumière. C'était comme si Adam se retrouvait dans sa cellule de Lyon. Ou aux Geots. Un instant, il ne sut vraiment plus où il se trouvait. Quelque chose s'embrouillait dans sa tête, dans son temps. Ce qui était devant lui, ce n'était pas le corps de Gaspard Maillet à contre-jour, mais la silhouette qu'il avait vue, jour après jour, sur les murs de sa cellule, et qu'il avait eu tant de mal à gommer de son écran intérieur.

Il ne l'avait pas cherché. Il avait refusé de l'accuser. Depuis vingt ans il ne s'était jamais plus posé les questions « comment ? » ou « pourquoi ? ». Il l'avait seulement évité.

Maintenant la silhouette était là, devant lui, et il ne savait plus s'il se trouvait à la lisière du bois des Geots, ébloui par la torche d'un milicien, ou dans sa cellule, ou au camp. Maintenant...

« Maintenant, hurlait sans paroles une voix en lui, maintenant je vais le tuer, l'écraser, le casser en deux, lui dire ce que c'est d'être pris, d'être un mois dans une cellule sans savoir, d'être dans un camp... »

Il eut comme un malaise, et dut poser la main sur le dossier d'une chaise pour ne pas chanceler.

« Je lui ai pardonné, se rappela-t-il. Tout ça, c'est oublié. »

Devant lui, Gaspard Maillet tendait la main dans le vide. La sueur perlait sur son front. Son visage, qu'Adam n'avait jamais vu et qui n'était pas visible à contre-jour (mais de toute manière Adam n'était pas en état de le voir ; même éclairé de face, Adam ne l'aurait pas vu), cachait mal une angoisse grandissante.

« Je lui ai pardonné », se rappela Adam.

Pour prendre cette main tendue vers lui, il dut déployer plus de volonté, plus de force physique qu'il ne lui en avait fallu pour arracher le nouveau veau au vagin de la Rousse. Sans le voir, il ramena son regard à la hauteur du visage du bossu, et serra la main tendue.

« Il ne sait pas », se dit Gaspard Maillet. Les traits de son visage se détendirent, tous les muscles de son corps se décontractèrent. D'ailleurs, c'était sûr qu'il ne savait pas. Il n'y avait eu aucune raison d'avoir peur. Si Adam avait su, c'est au moment de l'enquête qu'il aurait parlé. Il n'aurait pas attendu vingt ans !

Adam lâcha le dossier de la chaise et alla s'asseoir à la droite du maire de Vodoz, à l'autre bout de la table.

Il n'avait pas beaucoup parlé à cette première réunion ! Il n'avait même pas vraiment suivi la discussion. Mais une chose était sûre : il avait pardonné.

À son retour à la ferme, à onze heures passées, il réveilla sa femme et lui raconta tout. Tout : les Geots, l'embuscade, les trente jours à la prison de Lyon, le camp, le pardon. Il ne pouvait plus s'arrêter de parler, d'expliquer. Et la rencontre. Quand il s'arrêta, sa femme lui dit :

« Et tu lui as serré la main ?

— Oui, dit-il, puisque j'ai pardonné. Mais ça a pas été facile.

— C'est bien, dit-elle. C'est ce qu'il faut. Le pardon, c'est pas facile.

— Non, dit-il. Heureusement, cette fois c'est fait. »

Lorsque le rattachement d'Arpinge et Peillon à Vodoz fut enfin chose faite, Adam devint maire pour les mêmes raisons qui l'avaient fait élire maire la première fois à Peillon : parce qu'à Arpinge, on voulait pas quelqu'un de Vodoz et à Vodoz, on voulait pas quelqu'un d'Arpinge. Tandis que Peillon, c'était petit. Y'avait pas concurrence.

Adam devint maire. Et Gaspard Maillet garda sa place de secrétaire de mairie.

Pendant six ans, deux fois par semaine, Adam entra dans la mairie et y trouva Gaspard Maillet. Chaque fois qu'il le voyait, il se souvenait qu'il lui avait pardonné. Puis, avec le temps, il n'y pensa plus si souvent. De temps à autre seulement, il lui arrivait de se dire : « Je lui ai pardonné. » Mais ce n'était pas pour se le rappeler : seulement comme une constatation heureuse, un satisfecit qu'il s'accordait à lui-même. Il lui avait pardonné, c'était bien. C'était pas tout le monde qui aurait pardonné à sa place.

À la fin des six ans, lorsque la liste sur laquelle il se trouvait fut réélue, de maire il redevint conseiller. La mairie d'une grosse agglomération comme ça, c'était trop pour un paysan comme lui, et puis ça prenait trop de temps. Un homme de la ville qui s'était construit une maison à Vodoz après la guerre et qui était dans les affaires le remplaça et Adam ne vit plus Gaspard Maillet que deux fois par mois à la réunion des conseillers.

Et puis, un soir, à la réunion des conseillers, quand Adam Baud entra, Gaspard Maillet n'était pas là.

« Notre inestimable secrétaire de mairie, dit le nouveau maire qui était arrivé si longtemps après la guerre dans le pays, qui n'était peut-être même pas né à la guerre, notre inestimable secrétaire de mairie est mort brutalement cet après-midi. Je suis sûr que vous serez tous heureux de vous associer à moi pour observer une minute de silence, en hommage à Gaspard Maillet, et en souvenir de tous les services qu'il a rendus non seulement à la mairie, mais à chacun de nous.

Une minute. Une minute longue comme une journée de cellule. Une minute pendant laquelle Adam se sentit physiquement envahi d'une joie prodigieuse.

Plus jamais il ne reverrait la silhouette du bossu. Ses poumons se dilataient. C'était comme s'il respirait enfin après des années, des siècles d'étouffement. Comme s'il se trouvait tout d'un coup en plein air après des années de prison.

« Mais alors, se dit-il tout d'un coup, alors... si j'ai été malheureux comme ça, juste parce qu'il était là, si je suis heureux comme ça, juste parce qu'il est plus là... si je suis heureux comme ça parce que je le reverrai plus jamais, parce qu'il est mort... alors... je lui avais pas pardonné ? »

Ce soir-là, dans la cour de sa ferme, avant de rentrer chez lui, il fit ce qu'il n'avait jamais fait de sa vie depuis l'âge de dix ans, il fit ce que Pierre avait fait quand il avait senti le regard du Seigneur posé sur lui dans la cour du prétoire : tout homme qu'il était, il pleura amèrement.

Anachronies

La maison paroissiale de Conflans-sur-Rielle est située au cœur de la ville, à une cinquantaine de mètres de l'église et de la cure. Elle est formée de deux ailes en équerre, et s'enorgueillit de trois salles de conférence.

À vrai dire, seules deux de ces salles satisfont aux normes généralement évoquées par le titre de salle de conférence : deux vastes pièces en équerre dont la plus grande, desservie par une porte à double battant, face à l'entrée du bâtiment, occupe toute la longueur d'une aile. L'accès de la seconde passe obligatoirement par le fond d'une pièce d'une espèce beaucoup plus modeste, prélevée sur la largeur du hall d'entrée.

Dans ce genre de narthex, se tenait ce jour-là une réunion de jeunes dames catéchistes — cela existe encore.

Quand je dis jeunes, n'exagérons pas : sur la douzaine de dames catéchistes, il y en avait tout de même trois à cheveux qui auraient pu être gris et les neuf autres avaient de vingt-cinq à quarante-cinq ans — mais nous ne sommes plus au temps de Balzac, quand la femme de trente ans penchait avec mélancolie un visage défait sur une vie défunte.

Toutes ces dames — jeunes ou moins jeunes — qui en jeans, qui en pantalon — mais il y avait aussi des jupes de longueurs variées et même une robe —, étaient rassemblées pour une réunion de formation psychologique pour dames catéchistes. Abandonnant les rangs parallèles de chaises à pupitres et le bureau surélevé qui leur faisait face, ces dames avaient concentré un cercle étroit de chaises volantes à droite de l'estrade, près de la fenêtre, autour de leur « psy », et étaient totalement absorbées dans les préliminaires de jeux de cas, destinés à les éveiller à l'existence d'un langage du corps.

« Chaque enfant, exposait la " psy ", est une personne complexe qui porte en elle les marques de son milieu, de son éducation, de son ascendance, des sentiments d'infériorité ou de supériorité variés, une certaine vision du monde et, déjà, tout un passé de problèmes non résolus. Si nous voulons qu'il y ait vraiment communication — et cela est indispensable pour que le message de la Bonne Nouvelle soit perçu — il faut que nous apprenions à discerner ces marques, à reconnaître les refus et ouvertures qui en sont la conséquence ou le fruit, à pressentir l'existence de problèmes non résolus. L'enfant ne va pas nous dire en autant de mots ce qu'il accepte, ce qu'il refuse, ce qu'il ne comprend pas, ce qui contredit ce qu'il a reçu jusque-là, ce qui l'empêche de comprendre — et j'en passe... Il n'en est pas capable, il ne le perçoit pas lui-même, et, même s'il le percevait, il ne pourrait ou ne désirerait sans doute pas nous le communiquer. C'est donc à nous de percevoir, à travers ce que nous savons de lui et à travers son comportement, ce qu'il ne peut ou ne veut pas nous dire. Heureusement, nous avons pour nous aider tous les messages inconscients que nous transmettent ses attitudes corporelles : comment me regarde-t-il ou ne me regarde-t-il pas ? que fait-il de ses mains ? croise-t-il les bras ? comment se tient-il : droit ? courbé ? penché en avant ? à l'aise ? gêné ? que peut me dire par moments la coloration de son visage ou un changement d'expression dans son regard ?... Nous allons aujourd'hui, si vous le voulez bien, jouer un certain nombre de cas qui devraient commencer à nous apprendre à reconnaître certains signes corporels d'expression, de comportement, de tonalités verbales, qui peuvent nous aider à prendre conscience de ce qui se passe chez l'enfant — ou tout au moins : qu'il se passe quelque chose chez l'enfant.

« Au cours de ces jeux, vous serez à tour de rôle catéchiste et enfant. Il s'agit évidemment d'un exercice d'attention. D'attention profonde à la personne humaine, dans toute sa gestuelle et son non-dit. »

À ce moment précis, l'évêque entra dans la salle.

C'était le tour de Conflans-sur-Rielle d'être le siège de la réunion des prêtres de son diocèse, et l'évêque était venu présider la réunion. La réunion, bien entendu, se tenait dans la plus grande des deux salles de conférence, celle qui occupe toute l'aile face à la porte d'entrée de la maison paroissiale.

Au cours du déjeuner à la cure, Monsieur le Curé avait appris à son évêque qu'une réunion plénière ACGF se tenait aussi cet après-midi à la maison paroissiale. Monsieur le Curé n'avait pas cru nécessaire de mentionner la petite réunion de dames catéchistes. C'était une petite réunion informelle qui n'avait rien d'officiel, qu'il n'avait pas organisée, à laquelle il accordait simplement l'hospitalité, dont il avait même oublié l'existence. Il avait seulement mentionné, en passant, presque par hasard du reste, la tenue de l'Assemblée plénière ACGF dans la salle de conférence à droite de l'entrée.

L'évêque avait estimé qu'il serait bon d'y faire une apparition. Ce n'est pas qu'il eût grand goût pour les réunions purement féminines. Il ne l'aurait pas reconnu, mais les réunions de femmes l'intimidaient. Il ne se l'avouait même pas en autant de mots — mais il lui fallait toujours faire un effort, prendre sur lui-même, pour entrer dans une pièce pleine de femmes. Cependant il avait appris à ne pas se laisser détourner de ses obligations pastorales par ses émotions. Il avait donc quitté la cure avec vingt minutes d'avance sur l'heure de la réunion du chapitre. Il était entré dans le hall de la maison paroissiale, et il avait franchi le seuil de la porte de droite.

Il n'avait pas frappé à la porte avant d'entrer. Dans le but de ne pas interrompre une communication ou une discussion. Dans le but de se mettre à l'unisson des préoccupations de ces dames, avant que le contenu de leurs échanges ne fût infléchi par sa présence. En réalité : pour ne pas se trouver soudain le point de mire d'une cinquantaine de regards convergents.

Il n'avait pas frappé à la porte. Il était entré sans bruit, mais sans précaution pour ne pas en faire.

Il s'était immobilisé sur le seuil, décontenancé.

Décontenancé par la taille de la salle. Le curé n'avait-il pas parlé de salle de conférence ?

Surpris par le petit nombre. L'ACGF locale était-elle tombée si bas qu'il n'y eût qu'une douzaine de femmes présentes pour une réunion plénière ? Ou s'agissait-il seulement d'une réunion de déléguées ?

Étonné par la disposition qu'elles avaient adoptée : agglomérées en rond, à droite de l'estrade, près de la fenêtre, par-delà quatre rangs de chaises vides dont elles avaient dédaigné l'usage.

Et ces dames étaient si absorbées que personne ne s'apercevait de sa présence.

Une chose était d'entrer discrètement, une autre de passer totalement inaperçu ! Si encore il avait pu mettre à profit sa situation de témoin invisible pour appréhender le fond de la communication en cours ! Mais la conférencière s'exprimait sur un ton de voix presque confidentiel, et il ne percevait qu'incomplètement ce qu'elle disait. Au surplus, les bribes qui lui parvenaient ne semblaient pas s'accorder, en tout cas pas de façon évidente, avec ce qui se dit d'habitude dans une réunion, plénière ou non, de l'ACGF.

Pour signaler sa présence, l'évêque commença par

éclaircir sa voix. Sans résultat. Puis il frappa discrètement le pupitre de la chaise la plus proche de lui avec sa bague pastorale. Sans plus de réactions.

De nouveau il répéta sa manœuvre, mais cette fois avec autorité.

La conférencière se tut. Les têtes se tournèrent vers lui. Le groupe se figea en tableau mort, et l'évêque se retrouva le point de mire de treize regards convergents.

« Mesdames, lança-t-il dans le silence, d'une voix d'autant plus solennelle et assurée qu'il se trouvait dans la redoutable situation qu'il avait essayé d'éviter, Mesdames, lança-t-il en regardant attentivement le coin gauche de l'estrade au point où elle formait un angle droit avec le parquet, et en frottant ses paumes l'une contre l'autre, votre curé m'a fait part de votre présence ici, et je n'ai pas voulu laisser passer une si heureuse occasion de venir vous témoigner, en tant que votre pasteur et évêque, l'appui et l'intérêt que porte l'Église tout entière à un mouvement aussi dévoué à son service, aussi important, aussi généreux, aussi zélé, aussi potentiellement fécond que celui de l'ACGF...

Un vaste éclat de fou rire l'interrompit. L'immobilité explosa en mouvement, captant le regard fuyant de l'évêque : les déléguées se tordaient, se pliaient, tremblotaient, secouées par un rire énorme, incontrôlable, incontrôlé.

L'évêque les regardait, maintenant. Horrifié, scandalisé, humilié. Rien, rien de pareil ne lui était arrivé de toute sa vie. En tout cas : pas depuis sa toute petite enfance. Précisément : pas depuis l'âge de sept ans.

Il se retrouvait là, dans le fond de cette salle, à sept ans, en culottes courtes, au cours d'une réunion familiale dans la salle à manger de sa grand-mère maternelle, point de mire de tous les regards et objet de tous les rires.

La réunion était en l'honneur de l'anniversaire d'un cousin. Le matin, il avait vu ses frères et sœurs, ses parents préparer chacun son cadeau pour Albert. Et lui, s'était-il demandé, qu'allait-il pouvoir donner à Albert, pour ne pas être le seul à arriver sans cadeau ?

Il avait vidé son coffre à jouets sur le tapis de la chambre qu'il partageait avec ses frères. Il avait d'abord pensé à son fox à poil dur en peluche. Le fox était blanc avec des taches noires et brunes. Il ferait un magnifique cadeau. Mais il l'aimait trop. Ce n'était pas possible de se séparer de lui. Il l'avait remis dans son coffre. Le jeu de domino peut-être ? Mais non : il n'avait pu se résoudre à se séparer du jeu de domino. Des dominos rouges avec des points blancs. Et... de possession chérie en possession chérie... il était arrivé à un petit singe de cinq centimètres de long en fil de fer à poil noir. Il l'avait plié dans un petit morceau de papier de soie. Et quand, au dessert, au moment de la présentation des cadeaux, Albert avait ouvert son cadeau, devant toute la famille réunie : deux grands-mères, un grand-père, des oncles, des tantes, des enfants sans nombre — toute la pièce avait tout d'un coup explosé.

« Vous vous trompez, Monseigneur, dit une jeune femme entre deux hoquets de rire : c'est... à côté... à... côté... la porte en... en face de vous ! »

Il était devenu pourpre de honte, il avait couru vers sa mère et, le visage enfoui dans sa jupe, avait fondu en larmes.

« Mais alors, dit l'évêque, rouge jusqu'aux oreilles, d'un rouge foncé, violacé, vous...

— Oh, nous, dit une autre voix, nous ne sommes rien !

— On m'avait dit...

— C'est là, en face de vous. Nous, on est l'antichambre. Il faut passer par ici pour — un hoquet de rire la secoua — pour entrer dans la grande salle. »

L'évêque longea aveuglément, en cinq grandes enjambées, les dossiers des sept chaises à pupitres dont l'alignement le séparait de la porte d'en face, et disparut.

Le fou rire fit place au silence et à une certaine consternation.

« Que va-t-il penser de nous ? dit une jeune femme.

— Après tout, dit la jeune femme qui avait parlé à l'évêque la première, ce que nous faisons ici, c'est dans le but de faire une meilleure catéchèse. Ça le regarde aussi.

— Peut-être faudrait-il lui expliquer ? hasarda une troisième.

— Après tout, dit la plus jeune, ce que nous faisons ici est au moins aussi important, aussi généreux, aussi potentiellement fécond, aussi etc. que ce que fait l'ACGF ! »

Un nouvel accès de rire secoua ces dames.

« Eh bien, dit la “ psy ” lorsque le calme fut revenu, quand il repassera pour se rendre à sa réunion, je suggère, si vous êtes toutes d'accord, qu'une de vous lui explique ce que nous faisons ici.

— Mais le fou rire ? Que va-t-il penser de nous ?

— Eh bien, dit la plus âgée, nous pourrions peut-être aussi lui expliquer qu'il est dû au fait que nous avons été prises à contre-pied par le contraste entre... entre ce que nous faisons et la solennité de sa déclaration.

— Je suggérerais que vous parliez plutôt de contraste entre nos préoccupations et celles de l'ACGF, intervint la “ psy ”. Sans parler de solennité. Le mot solennité impliquerait un jugement dans ce contexte.

— Oui, vous avez raison, évidemment. Et puis, nous lui présenterons nos excuses en même temps, évidemment.

— Évidemment.

— Qui va être le porte-parole ? demanda quelqu'un.

— Christiane ? » proposa sa voisine.

La motion fut adoptée à l'unanimité.

Dix minutes plus tard, l'évêque posa sa main sur la béquille de la porte qui le séparait de l'inéluctable antichambre. Le temps d'une hésitation, il envisagea les chances de réussite d'un passage inaperçu d'une porte à l'autre, les reconnut aussitôt nulles et le procédé indigne, ouvrit bravement la porte, et pénétra dans la salle avec tout le naturel qu'il était parvenu à rassembler.

Il n'eut pas besoin de signaler sa présence. Il n'avait pas plus tôt franchi le seuil que Christiane était debout :

« Monseigneur, dit-elle, tout à l'heure nous avons été prises au dépourvu et... surprises... et... nous voudrions vous présenter nos excuses et nous serions très heureuses de pouvoir vous exposer ce que nous faisons ici et...

— Je regrette, coupa l'évêque, un instant freiné dans son élan, je n'ai pas le temps. »

Il avait déjà atteint sa planche de salut : la porte du hall d'entrée. Il actionna la béquille, poussa la porte, franchit le seuil, la referma...

... sans laisser à ces dames le temps d'exposer leur cas... ni celui de pressentir à travers sa gestuelle et son non-dit l'existence du sien...

« Ça alors ! » dit Christiane, exprimant vigoureusement l'indignation générale.

L'attente

Tous les membres de la famille, au sens large du mot, gravitaient, comme autant de satellites aux orbites variées, autour de la chambre que Mme Deléan ne quittait plus.

Sur l'orbite la plus distante, il y avait la concierge. Elle ne faisait évidemment pas partie, stricto sensu, de la famille, mais il y avait si longtemps qu'elle habitait sous le même toit que Mme Deléan qu'on peut certainement dire qu'elle faisait partie de ses familiers — et peut-être même plus, puisque, en tant que propriétaire de l'immeuble, Mme Deléan était *sa* propriétaire et partant (presque) *sa* propriété.

Elle n'entrait jamais à l'intérieur de la chambre de Mme Deléan. Et n'entrait même que rarement à l'intérieur de l'appartement. Mais, chaque jour, une fois le matin à neuf heures et une fois en fin d'après-midi à dix-sept heures, elle apparaissait sur le pas de la porte d'entrée principale, le courrier à la main.

« Et alors, attaquait-elle, dès qu'on lui ouvrait : comment va notre pauvre Madame, ce matin ? »

Et, deux fois par semaine, elle remettait à Mademoiselle les fleurs que son mari, qui était surveillant de marché, lui rapportait, sur ses instructions, à cette intention.

Elle prenait des nouvelles de Mme Deléan, non pas tant par sympathie (encore qu'elle eût pour Mme Deléan un sentiment d'attachement, résultante inattendue d'une combinaison d'hostilité de classe à l'égard d'une propriétaire dont elle était l'employée, et par laquelle il importait de ne pas se « laisser avoir », et de la fierté d'avoir pour propriétaire une « vraie dame comme on n'en fait plus et qui sait garder ses distances » — sentiment d'attachement au surplus fortifié et transfiguré par la maladie de Mme Deléan qui, en l'arrachant au statut de bourgeoise et de patron potentiellement exploiteur, et en la réduisant à un objet de pitié et à une commune humanité — « ce qu'il en est de *nous !* Ah ! je vous le dis, nous sommes bien peu de chose tous tant que nous sommes ! » — prêtait à son attachement une réalité qui lui permettait de se croire concernée personnellement et, par avance, participante du deuil de la famille — elle qui avait si bien connu la vieille dame qui n'en finissait pas de mourir, et depuis si longtemps...), non pas tant par sympathie que par conscience professionnelle : en tant que concierge ne lui incombait-il pas d'être en mesure d'informer les locataires de l'état de santé de leur propriétaire et, surtout, le moment venu, de sa mort ? Et le devoir médiatique en elle était si fort que ce qu'elle attendait, à son insu, deux fois par jour, en sonnant à la porte du troisième (et déjà dans l'ascenseur), c'était, pour l'annoncer d'étage en étage, l'annonce de la mort de Mme Deléan.

« Et alors, attaquait-elle dès qu'on lui ouvrait la porte, comment va notre pauvre Madame ce matin ? »

Avant même de recevoir une réponse, elle lisait sur le visage de Mademoiselle ou de l'employée de maison que Mme Deléan n'était pas encore morte. Alors elle restait sur le pas de la porte, tendant le courrier à l'une ou l'autre, mais sans le lui abandonner aussi longtemps qu'elle n'avait pas recueilli, à défaut de la grande nouvelle, quelque élément utile à la fabrication d'un bulletin de santé intéressant.

Avec Mademoiselle, pourtant forcément si bien renseignée, l'entrevue était sommaire et les nouvelles succinctes. Mais Manuela, qui ne savait pas grand-chose puisqu'elle n'entrait dans la chambre de Madame que pour le ménage ou pour apporter et reprendre les plateaux de Madame (mais elle voyait bien tous les médicaments que Madame prenait chaque jour : le nombre de flacons, et de gouttes, et de poudres ! et il fallait les essuyer tous les jours ! et changer la serviette blanche de la table sur laquelle la pharmacie avait été dressée, et changer les deux draps du lit chaque soir — quand ce n'était pas deux fois par jour !), Manuela ne demandait pas mieux que de rester sur le pas de la porte aussi longtemps que la concierge pouvait le désirer, et de la renseigner en détail sur l'état de santé de Madame et ce qu'elle avait mangé ou n'avait pas mangé.

Les belles-filles de Mme Deléan téléphonaient chaque jour et passaient à tour de rôle, qui une, qui deux fois par semaine. Au début, lorsque la mort de Mme Deléan avait semblé imminente, elles étaient venues chaque jour. Mais on ne peut pas s'arrêter de vivre parce que votre belle-mère n'en finit pas de mourir — et pourrait peut-être même vous survivre. L'infirmière venait deux heures tous les matins, et même le dimanche, pour les piqûres et la toilette. Les fils passaient en fin de matinée ou d'après-midi, à tour de rôle ou ensemble. Mais lorsqu'ils se retrouvaient ensemble dans l'appartement de Mme Deléan, ils entraient dans sa chambre séparément, depuis qu'on s'était aperçu que Mme Deléan se murait dans un silence absent si la conversation ne lui était pas directement adressée.

Les fils ne restaient pas longtemps, parce qu'ils ne savaient pas ce qui pouvait intéresser leur mère, parce que, lorsqu'ils lui racontaient leurs journées ou lui parlaient de leur travail, au bout de quelque temps elle ne suivait visiblement plus ce qu'ils disaient, ou les interrompait d'un : « Tu me fatigues avec toutes ces histoires », et parce qu'ils ne se sentaient pas à l'aise, assis en silence sur une chaise à côté de leur mère. Mme Deléan était toujours très heureuse lorsqu'un de ses fils arrivait — et soulagée lorsqu'il repartait, même si elle lui faisait promettre de revenir sans faute le lendemain. « Ils me fatiguent », confiait-elle à Caroline ou à Mademoiselle.

Caroline était sa fille. Caroline passait plusieurs heures chaque jour auprès d'elle. Elle habitait l'étage au-dessus. Ça lui était facile. Et puis c'était sa fille. Elle savait parler à sa mère de choses qui l'intéressaient ou l'amener à lui parler elle-même. Elle savait aussi rester tranquillement auprès d'elle dans un silence léger, facile à rompre de part et d'autre.

Les petits-fils de Mme Deléan venaient à intervalles irréguliers ; ses petites-filles qui habitaient Paris ou la proche banlieue, plus régulièrement, mais elles devaient laisser chez elles ou dans l'antichambre leurs enfants : la chambre de Mme Deléan était interdite aux plus jeunes de ses arrière-petits-enfants. « Ils me fatigueraient », disait-elle. (Mais, en réalité, c'était la vue de leur vie naissante qui la fatiguait, comme un affront à sa vie moribonde.) Et même ceux qui étaient déjà adolescents n'étaient admis à franchir le seuil de sa porte que le temps d'un regard, d'un sourire, d'un adieu.

Il n'y avait d'exception que pour Anne.

Anne et son jumeau Marc avaient onze ans et habitaient l'étage au-dessus de celui de leur arrière-grand-mère, chez leurs grands-parents, parce que leurs parents étaient en poste pour deux ans en Centre-Afrique. Anne était mince, longue, blonde, et avait toujours été la préférée de son arrière-grand-mère, mais depuis que Gran était malade, Anne était devenue l'unique.

Tous les jours Mademoiselle devait donner de ses

nouvelles à Mme Deléan dès le matin. Et lorsque Caroline arrivait, la première question de Mme Deléan était :

« Et comment va Anne ? »

Tous les jours en sortant de classe, Anne s'arrêtait au troisième étage pour embrasser Gran. Quand elle arrivait, le visage de Mme Deléan s'éclairait :

« Voilà ma petite Anne, disait-elle, mon rayon de soleil. Viens près de moi. »

Anne s'asseyait auprès d'elle. Mme Deléan tenait sa main. Anne racontait toutes les petites histoires de sa journée. Jamais Mme Deléan ne lui disait : « Tu me fatigues avec toutes ces histoires ! » Et, lorsqu'elle se levait pour partir, elle lui disait toujours :

« Déjà ! »

Le jumeau d'Anne était court, rond et brun, et aussi timide qu'Anne était à l'aise. Tout comme les autres arrière-petits-enfants de Mme Deléan, il était rarement admis à passer le seuil de sa porte. Seulement, les autres arrière-petits-enfants étaient les uns trop jeunes pour ressentir leur exclusion, les autres trop grands adolescents pour en laisser rien paraître, ou trop éloignés, géographiquement ou affectivement, de Gran pour en être touchés. Alors que Marc était le jumeau d'Anne et habitait la même maison que Gran.

Quand Marc arrivait, Mme Deléan lui disait poliment, mais sans même ouvrir les yeux :

« Bonjour, Marc, c'est gentil d'être venu. Au revoir, je suis trop fatiguée pour une visite. »

Ou bien, au lieu de s'adresser à Marc, elle disait à Mademoiselle — tantôt d'une voix plaintive et tantôt sur un ton sec :

« Je vous avais bien dit que je ne voulais pas d'enfants dans ma chambre ! »

Marc glissait sur le coin de la commode, près de la porte, la fleur ou le dessin qu'il avait apporté, et repartait sans un mot, sur la pointe des pieds comme il était venu.

Au début des vacances de Pâques, Anne était partie « à la neige », chez une camarade de classe.

« Marc viendra tous les jours à ma place, avait dit Anne en prenant congé de son arrière-grand-mère.

— Si tu veux, chérie, avait dit Mme Deléan. Est-ce que tu es sûre que tu as vraiment envie d'aller skier ? Je suis sûre, moi, que tu préférerais rester ici. Tu n'es pas obligée de partir, tu sais. Tu me manques quand tu n'es pas là. »

Et à Caroline elle avait dit :

« Cette petite n'a pas du tout envie de partir, je ne comprends pas pourquoi vous la forcez à partir. Téléphone à la mère de cette petite amie et annule ce voyage. Tu trouveras bien une excuse. Anne préfère rester avec moi.

— C'est bon pour sa santé, Maman », avait répondu Caroline.

Et Anne (qui ne demandait qu'à partir) était partie, et, pendant les dix jours de son absence, Marc était entré chaque jour dans la chambre de Mme Deléan à l'heure d'Anne :

« Comment va Anne ? lui demandait Mme Deléan quand il arrivait. Quand revient-elle ? Elle me manque.

— Elle va bien, disait Marc. Mamie l'a eue au téléphone. Elle t'envoie beaucoup de baisers. Elle revient le 6. »

Puis il s'asseyait au bord d'une chaise, près d'elle. Sur la chaise d'Anne ! Mademoiselle quittait la pièce. Il ne savait pas lui parler comme Anne. Et il avait peur de la fatiguer. Il lui souriait. Elle fermait les yeux. Si elle avait besoin de quelque chose — d'un mouchoir ou d'un verre d'eau ou d'une pastille à sucer — il le lui apportait. Quand Mademoiselle revenait au bout de quinze à vingt minutes, Mme Deléan le congédiait.

Avant qu'il ne referme la porte de la chambre derrière lui, elle lui redemandait :

« Quand Anne revient-elle ?

— Le 6, Gran, répétait-il. À demain. »

Quelquefois, il disait en partant ou en arrivant : « Est-ce que je peux t'embrasser ?

— Tu sais bien que ça me fatigue, disait Mme Deléan. Et puis, il ne faut pas me décoiffer, ça donne trop de travail à Mademoiselle et ça me fatigue trop.

— Mère, lui avait dit un jour, après le départ de Marc, une de ses belles-filles qui avait assisté à la fin de la visite de Marc, Marc est si gentil, il vient vous voir tous les jours.

— Oui, il est très gentil, avait concédé Mme Deléan, indifférente. Vos petits-enfants aussi sont très gentils, Suzanne.

— Ne croyez-vous pas qu'il faudrait faire moins de différence entre Anne et Marc ? avait hasardé Suzanne. Je suis sûre que cet enfant a beaucoup de peine de ne pas se sentir aussi aimé que sa sœur.

— Je l'aime comme tous les autres, avait dit Mme Deléan. Je ne vois pas ce que vous voulez dire.

— Oui, mais lui, il est là, dans la maison avec Anne, ce n'est pas la même chose que pour mes petits-enfants et leurs autres cousins. Lui, il est là, il voit bien que vous ne le recevez pas de la même manière que vous recevez Anne, même en ce moment où il la remplace chaque jour auprès de vous.

— Marc ne remplace pas Anne, avait dit Mme Deléan.

— C'est bien ce que je veux dire, avait poursuivi Suzanne. Ne croyez-vous pas qu'il faudrait faire moins de différence entre eux ?

— C'est impossible, avait dit Mme Deléan d'un ton sec. C'est Anne que j'aime. »

Et elle avait congédié sa belle-fille. Mais elle n'avait pas parlé de cette conversation à Caroline. Anne était revenue le 6, et Marc avait recommencé à s'immobiliser chaque jour sur le seuil de la chambre.

Et puis il y avait Mademoiselle.

Assise dans un coin de la chambre de Mme Deléan, visible du lit et du grand fauteuil près de la fenêtre, où l'on asseyait Mme Deléan plusieurs heures par jour, mais un peu à l'écart, Mademoiselle tricotait ou cousait toute la journée. Son orbite était la plus étroitement circonscrite à celle de Mme Deléan. Il est vrai que la vie de Mademoiselle avait toujours gravité autour de celle de Mme Deléan, mais le rayon de son orbite était maintenant devenu sensiblement plus court.

Mademoiselle était une jeunesse de soixante-dix-huit ans. Elle avait élevé les enfants de Mme Deléan, puis elle était restée comme l'amie, la demoiselle de compagnie et, dans les crises domestiques ou familiales, la remplaçante universelle, à la cuisine, aux courses ou à la nursery, que ce fût chez Mme Deléan ou chez l'un de ses enfants ou petits-enfants.

De temps à autre, elle levait les yeux de son ouvrage et les posait sur Mme Deléan, couchée dans son lit ou assise dans le grand fauteuil. Elle avait tant de souvenirs sur Mme Deléan, tant de souvenirs et d'images qui contredisaient l'image présente de Mme Deléan qu'il lui était souvent difficile de les réconcilier à celle-ci. Sans même fermer les yeux, elle la voyait encore, grande, élancée, svelte, éblouissante, dans ces robes du soir, noires, bruissantes, éclairées de perles et de diamants que portait Mme Deléan lorsqu'elle venait embrasser les enfants avant de se rendre au théâtre ou à l'Opéra, ou à quelque dîner avec M. Deléan. Elle qui aidait chaque jour l'infirmière à faire la toilette de Mme Deléan, qui la soutenait de son lit à son fauteuil ou pour faire le tour de sa chambre dans sa promenade bi-quotidienne, savait mieux que quiconque à quel point Mme Deléan était devenue petite, voûtée, déjetée, légère — presque poreuse.

Mme Deléan avait toujours été une mère attentive, et

très également attentive à chacun de ses enfants. Même Mademoiselle n'avait jamais pu déceler la moindre différence dans l'affection qu'elle manifestait à chacun d'eux.

« Je n'ai pas de mouchoir », dit Mme Deléan.

Mademoiselle pose son tricot, se lève, et place un mouchoir propre dans la main droite de Mme Deléan. Avec cette main droite si handicapée, qu'elle exerce et frotte obstinément à longueur de journée, Mme Deléan glisse le mouchoir, d'un geste étrangement émouvant, dans la poche de sa robe de chambre. Les doigts de la main ne s'ouvrent plus guère. La main est gonflée, violacée, déformée, et pourtant le geste est toujours celui que Mademoiselle lui a toujours connu : délicat, raffiné, posé.

« Merci, Georgette, dit Mme Deléan avec l'esquisse d'un sourire. Anne va-t-elle bientôt arriver ?

— Pas avant une heure, dit Mademoiselle. Elle est à l'école, en ce moment.

— Encore ! » soupire Mme Deléan.

Puis elle ajoute :

« Ah bon ? alors j'ai encore le temps de me reposer. Aidez-moi à regagner mon lit. »

Une fois couchée, elle laisse retomber ses paupières. Même sous le drap et la couverture de mohair, la fragilité de Mme Deléan est manifeste.

Elle n'avait pas fait la moindre différence entre ses enfants. Il n'y avait eu de prédilection ni pour un des fils, ni pour l'unique fille, ni pour l'aîné, ni pour le plus jeune. Elle n'avait pas fait de différence entre ses petits-enfants. Ni en faveur des enfants de sa fille, ni en faveur de ceux d'un de ses fils. Et maintenant... maintenant, il n'y en avait que pour la petite Anne. Cruellement. Et tous en étaient conscients. Même les enfants et petits-enfants des garçons. Mais surtout Marc. Lui aussi venait voir Mme Deléan chaque jour. Mais elle l'arrêtait sur le seuil de sa chambre d'un : « Je suis trop fatiguée. » Ou, si elle lui permettait d'entrer, c'était pour le congédier aussitôt.

Sur la commode, juste en face du lit, là où le regard de Mme Deléan se posait naturellement quand elle ouvrait les yeux, il y avait une seule photo, dans un grand cadre d'argent : un portrait d'Anne.

Mademoiselle insistait parfois :

« Madame, Marc a de la peine. Il n'a que onze ans. Il ne comprend pas. Vous devriez le recevoir quelques instants, le laisser s'asseoir à côté de vous. C'est un enfant tranquille, il ne vous fatiguera pas. »

Mais Mme Deléan répondait :

« Je suis trop fatiguée. »

Si Mademoiselle continuait à insister, il lui arrivait de se fâcher et de la faire tout simplement taire.

Et puis il y avait le docteur, bien sûr. Le docteur venait chaque jour. Il entrait tout droit dans la chambre de Mme Deléan et y restait aussi longtemps qu'il en décidait.

Le cas de Mme Deléan était une intéressante énigme pour lui : une hémiplégie droite, quatre-vingt-quatorze ans, un cœur délabré, une tension vagabonde — Mme Deléan aurait dû être morte depuis plus de six mois, et, depuis plus de six mois, elle vivait jour après jour. Et il n'était pas question d'acharnement thérapeuthique, ni de survie végétative : dans sa chambre, dans l'appartement où elle avait toujours vécu, Mme Deléan vivait, jour après jour, dans un état d'extrême faiblesse mais lucide et, la plupart du temps, présente à son entourage et en ayant, jusqu'à un certain point, conservé la direction.

Le docteur venait chaque jour, à des heures variables. Au début, lorsque la fin de Mme Deléan avait paru si imminente et que ses belles-filles se relayaient d'heure en heure auprès d'elle en compagnie de Mademoiselle et de Caroline, il était venu deux fois par jour et, plusieurs fois, même, la nuit. Mais depuis que l'état de Mme Deléan s'était installé dans une lente dégradation, il avait changé de rythme et ne venait plus qu'une fois par jour, à l'heure qui lui convenait. Il était aussitôt introduit dans la chambre de Mme Deléan et y passait au moins vingt minutes.

Quand il arrivait, les visites de Mme Deléan — sauf Mademoiselle qui était une institution et Caroline qui était sa fille — s'éclipsaient. Il auscultait Mme Deléan, prenait sa tension puis s'asseyait, et lui demandait des nouvelles de ses escarres, de sa nuit, de son appétit, de ses deux promenades journalières autour de sa chambre. Puis il répondait à toutes les questions qu'elle avait fait inscrire par Mademoiselle sur un petit calepin au cours de la journée, de crainte de les oublier. Puis il sortait de la chambre de Mme Deléan et, de l'autre côté de la porte, il répondait aux questions de ceux de ses enfants qui se trouvaient être là, ou bien il faisait quelque recommandation à Mademoiselle ou à Caroline.

Mademoiselle lui ouvrait la grande porte et, en deux enjambées, il quittait le monde de Mme Deléan.

Cependant, les forces de Mme Deléan baissaient. Non pas de façon spectaculaire : imperceptiblement, mais dans une continuité sans rémission ni retour. De jour en jour, épuisée, avant d'avoir accompli la promenade qu'elle s'imposait, elle écourtait son périple autour de sa chambre. Sa mémoire baissait, son attention aussi. De plus en plus souvent elle oubliait ce qu'on venait à l'instant même de lui dire. Ou bien elle répondait à des questions que personne ne lui avait posées. Et, de jour en jour, elle perdait ce qui lui restait de forces, et s'amenuisait.

Peu après Noël, il fallut abandonner ses promenades, et se contenter pour tout exercice des quelques pas qui la menaient de son lit à son fauteuil et de son fauteuil à son lit. Elle pouvait maintenant rester des heures entières sans parler, apparemment sans entendre ce qui se passait autour d'elle, les yeux clos. Mais, tout d'un coup, elle racontait à Caroline ou à une de ses belles-filles une longue histoire de son passé, à laquelle ne manquait pas un détail ; ou rappelait à Mademoiselle ce que Louis (l'aîné de ses fils) avait dit à dix ans, au sortir de la messe un dimanche matin, au sujet du sermon du curé — ou ce que Robert ou Caroline avait fait ce jour-là, vous savez bien, à la veille de la rentrée des classes, une si belle journée pour la saison...

Et, pour Anne, elle restait toujours présente, éveillée, attentive.

Mais lentement, au goutte à goutte, elle perdait ce qui lui restait de forces. Vint le jour où elle cessa de quitter son lit. Elle se nourrissait à peine. Parfois, lorsqu'elle ouvrait les yeux, elle ne voyait plus. Ou bien tout ce qu'elle voyait était coloré en rouge. Aussi passait-elle maintenant la plus grande partie de la journée les yeux clos. Elle ne dormait pas. Elle revivait les scènes de son enfance si lointaine. Quatre-vingt-quinze ans. Quelquefois, il lui semblait qu'elle devait en avoir cent cinquante. D'ailleurs, elle s'embrouillait dans le compte de son âge. Elle se retrouvait chez sa mère. Ou jouant au square avec un cousin de son âge, depuis longtemps mort. Mais l'arrivée d'Anne la remplissait toujours de joie, et son absence de questions : où était-elle ? Que faisait-elle ? Quand reviendrait-elle ?

Marc venait chaque jour sur le seuil de la porte. Il n'essayait pas d'entrer. Il la regardait de loin. Lui faisait un petit signe. Prononçait son nom pour qu'elle sache qu'il était là. Mais il n'était pas Anne : Mme Deléan gardait les yeux obstinément fermés. Mademoiselle souriait à Marc, un doigt sur les lèvres comme pour lui dire : elle dort. Mais Marc savait bien qu'elle ne dormait pas. Il refermait doucement la porte, sans bruit.

Au milieu des scènes de son enfance, Mme Deléan priait. C'était toujours la même prière :

— Je m'ennuie tant. Pourquoi ne me laissez-vous pas mourir ? Quatre-vingt-quinze ans, c'est trop quand on ne peut plus rien faire. (Quelquefois, il lui arrivait de se tromper et de dire : cent ans, ou quatre-vingt-douze.)

Au lendemain de son attaque, elle n'avait pas prié ainsi. Elle avait demandé sa guérison. Elle avait crié vers ce Dieu qu'elle reconnaissait mais connaissait si peu :

« Ne me laissez pas mourir ! »

Mais, petit à petit, au cours de cette longue dégradation, elle s'était familiarisée avec lui, et maintenant elle lui parlait souvent :

« J'ai toujours voulu obéir. Vous m'avez beaucoup donné. Mais maintenant je suis fatiguée de tout ça, de ces piqûres, de ces médecines, de ce lit, de ces journées immobiles, de cette nourriture sans goût, de cette dépendance. Laissez-moi mourir. »

Un jour de janvier, à la fin de sa prière, elle entendit une voix :

« J'attends », dit la voix.

La première fois, elle n'en crut pas ses oreilles : c'était encore sa circulation et ces petits vaisseaux crevés dans son cerveau qui lui jouaient des tours. Hélas ! Ce n'était pas drôle de vieillir ! Il faudrait en parler au docteur. Demain. Ou aujourd'hui ? Était-il déjà venu aujourd'hui ?

« Est-ce que le docteur est déjà venu aujourd'hui, Georgette ?

— Mais oui, Madame, ce matin à onze heures.

— Ah bon ! »

Demain. Qu'il lui change ses gouttes pour qu'elle n'entende pas des voix comme ça :

« Georgette, écrivez : changer les gouttes pour ma circulation », dit-elle à Mademoiselle.

Elle pria de nouveau. De nouveau, quand elle eut fini, elle entendit clairement, distinctement, la voix :

« J'attends, dit la voix.

— Vous avez dit quelque chose, Georgette ? demanda-t-elle.

— Rien, Madame. Caroline va arriver d'un instant à l'autre.

— Ah bon », dit Mme Deléan.

À partir de ce jour, sans se lasser, aussi souvent qu'elle priait, dès qu'elle avait fini sa prière, malgré les nouvelles gouttes du docteur, la voix se faisait entendre : « J'attends », répétait la voix. Quelquefois Mme Deléan ouvrait les yeux, cherchant dans la pièce s'il y avait quelqu'un qui avait parlé. Essayant même de se retourner sur elle-même, pour voir si par hasard quelqu'un se trouvait derrière elle.

« Vous avez besoin de quelque chose ? » demandait aussitôt Mademoiselle ou une de ses brus. « Tu as besoin de quelque chose ? demandait Caroline. Tu veux que je t'aide à te retourner ? »

Mais Mme Deléan se laissait aller sur ses oreillers sans répondre. Ce n'était pas la voix de Mademoiselle. Ni celle de Caroline. Cette voix l'agaçait. Elle n'osait pas en parler de nouveau au docteur, depuis qu'il lui avait changé ses gouttes. Cette voix n'était pas supportable. Cette voix l'intriguait. Au point qu'elle parlait de plus en plus souvent à Dieu, simplement pour savoir si elle entendrait à la fin de sa prière cette voix. (Mais elle savait bien, maintenant, qu'elle l'entendrait.) « Je n'ai fait de mal à personne, lui disait-elle, et j'ai toujours obéi aux commandements de l'Église et à vos commandements. Vous savez que j'ai fait tout ce que j'ai pu. Pour les autres aussi. »

Et, dès que sa prière s'arrêtait, la voix disait : « J'attends. » Elle ne l'entendait qu'à la fin de ses prières.

« Il faudrait tout de même m'expliquer ce que vous attendez », finit-elle par dire un jour, de guerre lasse, à la voix.

Elle savait bien maintenant à qui était cette voix. Elle ne le dirait évidemment ni à Caroline ni à Mademoiselle, encore moins au docteur. Mais elle savait. Mais la voix répondit seulement :

« J'attends. »

La voix ne disait jamais que ces deux syllabes : « J'attends. »

Le docteur, lors de la réunion hebdomadaire qu'il

avait récemment inaugurée avec les quatre enfants de Mme Deléan, exprimait maintenant verbalement son étonnement :

« Je ne comprends pas, disait-il, qu'elle soit encore en vie. Ça me dépasse. Je peux en tout cas vous garantir qu'elle ne souffre absolument pas.

— Mais, d'une certaine manière, elle va bien, dit un de ses fils. Elle nous parle. Elle est très présente la plupart du temps. Et toi, Caroline, qu'en penses-tu ?

— Je ne sais pas, dit Caroline. C'est vrai, je ne crois pas qu'elle souffre — pas physiquement en tout cas. Et ce que je peux vous dire, c'est que maintenant elle n'a plus peur de mourir. Nous parlons quelquefois de sa mort ensemble quand nous sommes seules. Il me semble même parfois — souvent — qu'elle en a assez, maintenant. Et, en même temps, qu'elle attend quelque chose. Quelquefois elle dit : “ J'attends, j'attends ? ” de cette manière-là. Comme une interrogation. Mademoiselle aussi l'a entendue. Si je lui demande ce qu'elle attend, elle ouvre les yeux en sursaut et me dit : “ Quoi ? Je ne sais pas. J'ai dit ça, moi ? Je ne sais plus. ” Une fois elle m'a dit : “ Ah, tu entends aussi ” ou bien : “ tu attends aussi ” — je n'ai pas bien compris, et elle n'a pas su m'expliquer. »

À ce moment précis, les yeux fermés contre toute indiscrétion extérieure, Mme Deléan se répétait :

« J'attends. J'attends ? Qu'attend-il ? Qu'attendez-vous ? »

La porte s'ouvrit. C'était l'heure de la visite d'Anne.

« Ma petite Anne, dit Mme Deléan, embrasse-moi. Je suis si heureuse de te voir. Raconte-moi ta journée. »

Tout d'un coup, elle était entièrement présente à son temps, à sa vie, à la présence d'Anne.

« Bonjour, Gran », dit la voix de Marc.

Il était là, derrière Anne, sur le seuil de la porte. Il n'allait tout de même pas se mettre à venir gâcher son intimité avec Anne !

« Bonjour, Marc, dit Mme Deléan sèchement, agacée d'être dérangée d'Anne. Alors ma petite Anne ? »

Anne s'était assise à côté d'elle, sur sa chaise. Marc restait planté sur le seuil de la porte. Mme Deléan prit la main d'Anne.

« J'attends », dit la voix.

Mais elle n'avait pas été en train de prier. La voix n'avait aucun droit de lui parler quand elle ne priait pas. Et surtout pas en présence d'Anne. Et si Anne allait entendre ? Elle glissa un regard vers Anne entre ses paupières mi-closes. Non, Anne n'avait rien entendu, elle commençait à raconter les menus événements de sa journée.

« Moi aussi j'attends, répondit-elle sèchement à la voix. J'attends de mourir, et vous me laissez traîner dans l'humiliation et la décrépitude ! Au moins ne venez pas me déranger de ma seule joie !

— J'attends, dit la voix.

— Que dis-tu, Gran ? demanda Anne. As-tu besoin de quelque chose ?

— Je ne dis rien, rien du tout et je n'ai besoin de rien puisque tu es là, dit Mme Deléan.

— Au revoir, Gran, dit Marc.

— Au revoir, Marc, dit Mme Deléan et ne viens pas me déranger une autre fois quand je suis avec ta sœur ! Tu sais bien que je ne supporte qu'une personne à la fois.

Elle ouvrit les yeux dans sa direction. Il la regardait avec ses grands yeux noirs, tristes. Il aurait voulu lui dire : « Moi aussi je t'aime. Pourquoi ne m'aimes-tu pas, Gran ? » « Les yeux de Marc, pensa Mme Deléan, ils sont tout ronds, très laids. Et puis, moi, j'aime les yeux bleus. Surtout les yeux bleu-gris, très clairs, comme ceux d'Anne. Ce n'est pas ma faute si Anne a les yeux que j'aime. »

Il y avait longtemps que Marc avait refermé la porte derrière lui. Elle se tourna vers Anne.

« Allons, au revoir, Gran, lui dit Anne au bout d'un moment, en caressant la vieille main gonflée. Il faut que je parte.

— Reste encore un peu, ma chérie. Ne me laisse pas seule. Tes devoirs peuvent attendre.

— Mademoiselle est là, Gran chérie, et j'ai des monceaux de devoirs, ce soir. Mais je reviendrai, après dîner, juste pour te dire bonsoir. Je te promets.

— Mon petit, dit Mme Deléan, une grande marée de tendresse montant de son cœur à ses lèvres, mon petit, tu travailles trop. Tu vas tomber malade. Il ne faut pas te fatiguer. »

Elle caressa la petite main rose et tendre, toute fraîche :

« Quand reviens-tu, ma chérie ?

— Tout à l'heure, Gran. Quand j'aurai fini mon travail, et dîné.

— Ah, c'est bien. Va. Il faut toujours faire son travail, le faire bien. »

Quand Anne fut sortie, Mme Deléan se tourna vers la voix :

« Et qu'est-ce que vous attendez, vous ne pouvez pas me le dire, non ? »

Puis elle se mit à pleurer, doucement, sans bruit.

« Vous ne pouvez pas me le dire, ce que vous attendez ? Comment voulez-vous que je sache, si vous ne me le dites pas ? »

Sous ses paupières, se dessinèrent les yeux de Marc. Ils la regardaient. À partir de ce jour, chaque fois que la voix disait en elle « j'attends », les yeux noirs de Marc apparurent sur la face interne de ses paupières closes. Mme Deléan ne se fâchait plus contre la voix. Elle la provoquait par la prière, pour essayer de comprendre.

« Elle est de plus en plus absente, disait Mademoiselle au docteur ou à Caroline.

— Mais non, disait Caroline, regardez comme nous

parlons ensemble quand je suis avec elle. Et puis comme elle parle avec Anne.

— Oui, répondait Mademoiselle, mais quand vous ou Anne n'êtes pas là, elle ouvre rarement les yeux, elle ne me demande presque jamais rien, elle ne me parle plus, elle somnole presque tout le temps. »

Mais Mme Deléan ne somnolait pas. Elle essayait de comprendre. De comprendre le langage de la voix. Son lien avec les yeux de Marc. Et pour cela il fallait entendre la voix, voir apparaître les yeux de Marc — espérant qu'ils n'apparaîtraient pas. Elle priait donc. Elle priait jusqu'à ce que la voix lui dise : « J'attends. »

Et, au moment où elle entendait la voix, les yeux noirs de Marc ressortaient dans la nuit de ses paupières closes. Toujours. Elle ne pouvait pas détourner la tête. Ni fermer les yeux pour ne pas les voir puisqu'elle avait les yeux fermés. Alors elle les regardait. Il y avait beaucoup de choses dans ces yeux. C'était des yeux tristes. Des yeux mendiants. Mme Deléan n'aimait pas les yeux tristes, encore moins les yeux mendiants. Des yeux mendiants, quelle horreur ! Marc n'avait pas le droit d'avoir des yeux tristes. Il avait tout ce qu'un petit garçon est en droit d'avoir.

Les yeux disaient : « Et moi ? »

Mme Deléan ouvre les yeux pour chasser les yeux de Marc. Les siens rencontrent la photo d'Anne sur la commode en face d'elle. Elle lui sourit.

« Vous avez besoin de quelque chose ? demande la voix de Mademoiselle.

— Mais non, mais non », répond Mme Deléan. « Si on ne peut plus ouvrir les yeux sans qu'on vous parle ! » se dit-elle.

Elle referme les yeux. Les yeux de Marc sont toujours là. « Pourquoi la photo que je t'ai apportée n'est pas aussi sur la commode ? lui demandent-ils. Tu sais bien, Gran, celle que je t'ai apportée à Noël ? — Va-t'en, dit Mme Deléan aux yeux de Marc. C'est Anne que j'aime. Ce n'est pas ma faute si je ne t'aime pas. Ça ne se commande pas, qui on aime ! » Alors les yeux se remplissent de larmes. Des larmes rouges, qui coulent, coulent. « Pourquoi ne m'aimes-tu pas ? disent les yeux noyés dans les larmes rouges. — Ce n'est pas ma faute, répond Mme Deléan. J'aime Anne, c'est comme ça. On aime les uns, on n'aime pas les autres, on ne peut pas s'obliger à aimer ! »

« Achète un vélo à Marc, dit Mme Deléan à Caroline. Il y a longtemps que je ne lui ai pas fait de cadeau.

— Oh, merci, Maman, dit Caroline. Il va être très heureux. Dis-le-lui tout à l'heure toi-même quand il passera te voir, ça doublera son plaisir.

— Dis-le-lui, toi. Tout ça, ça me fatigue. Achète-le. Donne-le-lui. Mais laisse-moi tranquille. Fais-le tout de suite.

— Tout de suite, c'est difficile. Les magasins vont être fermés. Il est trop tard.

— Alors, demain matin. À la première heure. À la première heure, tu entends ?

— Mais oui, Maman, mais oui. Sois tranquille. Ce sera fait.

— Et donne-le aussitôt à Marc. N'attends pas son anniversaire. Aussitôt ! Mais qu'il ne vienne pas me remercier, ça me fatigue. Qu'il aille faire un tour au Bois.

« Je peux te donner des choses, dit Mme Deléan aux yeux de Marc, mais je ne peux pas t'aimer si je ne t'aime pas. Il ne faut pas demander des choses déraisonnables. J'espère que tu vas me laisser tranquille, maintenant au moins.

— J'attends, dit la voix.

— Maintenant que je lui ai fait ce beau cadeau, je ne vais plus voir ces yeux tout de même ! proteste Mme Deléan. Ou en tout cas, ils ne doivent plus être tristes. Je ne veux pas. »

Elle ferma les yeux. Le regard était toujours là. Et les larmes rouges coulaient toujours. « Évidemment, il ne sait pas encore, se dit Mme Deléan. Demain, il saura. »

Mais le lendemain, le regard de Marc pleurait toujours. Mme Deléan ouvrit les yeux. Caroline était à côté d'elle, son ouvrage à la main.

« Tu ne lui as pas encore donné mon cadeau ? lui demanda-t-elle.

— Quel cadeau ? À qui ? demanda Caroline qui avait l'air de broder, mais qui mettait de l'ordre dans sa journée du lendemain — un samedi, et plusieurs de ses petits-enfants venaient déjeuner chez elle, et il y avait la visite du docteur, et Anne à accompagner à son cours de piano. Ah, je suis bête ! Le vélo, bien sûr. Mais bien sûr, Maman, je le lui ai donné ! Je l'ai acheté ce matin, et il l'a eu en rentrant de l'école, avant déjeuner.

— Il n'était pas content ?

— Pas content ! Tu penses ! Il était ravi. Tu aurais dû le voir. Il voulait descendre tout de suite te remercier et t'embrasser. Je lui ai dit que tu étais trop fatiguée et que tu ne voulais pas de remerciements, et qu'il pourrait te remercier en passant cet après-midi, comme d'habitude.

— J'attends », dit la voix.

Il y eut un silence pendant lequel ni Mme Deléan, ni Caroline, ni la voix ne dirent mot. Caroline était retournée à l'organisation de son samedi.

« Alors tu crois, dit tout d'un coup Mme Deléan, que ça lui aurait fait plaisir de venir me remercier ?

— Plus que plaisir. Tu ne le sais évidemment pas, Maman, mais Marc est un peu triste que tu ne lui permettes pas de venir s'asseoir à côté de toi comme Anne. Il t'aime beaucoup, tu sais.

— Bon, eh bien alors, dis-lui qu'il peut entrer dans ma chambre pour me remercier s'il veut. Mais qu'il ne reste pas trop longtemps, surtout ! Tu diras à Mademoiselle de le laisser entrer. Demain matin. Pas aujourd'hui. Aujourd'hui je suis trop fatiguée. Tout ça... Demain. Et, attends : il y a autre chose... Qu'est-ce que c'était ? Ah, oui : dans la commode, dans le tiroir, il doit y avoir une photo de Marc. Montre-la-moi. Pas dans celui-là. Dans l'autre, voyons ! Tu l'as ? Oui, c'est ça. Bon. Eh bien, pose-la sur ma table de nuit. Là. Je suis trop fatiguée pour la regarder maintenant. Mets-la debout contre le réveil, je la regarderai tout à l'heure. Mais n'oublie pas ! Qu'il ne reste pas trop longtemps, surtout : ça me fatiguerait. »

Le samedi matin, Marc entra dans la chambre de Mme Deléan. Par habitude il s'arrêta sur le seuil de la porte. Gran avait les yeux fermés. Mademoiselle était sortie raccompagner l'infirmière et mettre le linge de la veille à la machine.

« C'est moi, Gran », dit Marc du seuil de la porte.

Mme Deléan ouvrit les yeux.

« C'est pour te dire merci, Gran, dit Marc, si ça ne te fatigue pas. Mamie a dit que je pouvais venir.

— Entre, dit Mme Deléan. Je ne suis pas fatiguée, ce matin. Allez : entre, qu'est-ce que tu attends ? »

Il fallait lui sourire.

Elle lui sourit. Un petit sourire. Pourvu qu'il ne la fatigue pas. Un sourire comme pour Anne. Quelque chose d'imperceptible à l'œil affleura, modifiant le regard, le petit sourire de Mme Deléan.

Marc ne la quittait pas des yeux. Il regardait le sourire sur les lèvres de Gran. Il le voyait s'éclairer du dedans. Gran le regardait comme elle regardait Anne ! Tout à fait pareil. Il ne comprenait pas très bien ce qui se passait, mais il était heureux. Très heureux. Il avait envie de sauter de joie. Mais pas ici ! Il se sentait si heureux, sans savoir pourquoi, que son visage se transformait. Il sourit à son tour, immobile et muet, sur le seuil de la chambre. Il ne fallait surtout rien dire ou faire qui pourrait fatiguer Gran et mettre fin à ce moment. Mme Deléan esquissa un geste de la main :

« Mais entre, voyons. Viens. Assieds-toi près de moi. »

Marc s'assit sur la chaise d'Anne, auprès du lit, devant la table de nuit. Il ne savait pas très bien quoi dire. Ou quoi faire. Il avait peur de parler et de fatiguer Gran. Il n'osait même pas la regarder. Comme il n'osait pas la regarder, il posa les yeux sur la table de nuit devant lui. Et là, sur la table de nuit, debout contre le réveil-matin de Gran, exactement à la place où l'avait posée Caroline la veille, exactement parce que personne ne l'avait touchée depuis, à côté de Gran, il y avait sa photo à lui, Marc.

« C'est la photo que je t'ai donnée à Noël, dit-il à Gran.

— Oui, dit-elle. Alors, cette bicyclette ? Tu es content ? »

Marc resta deux heures assis à côté de Mme Deléan sur la chaise d'Anne. De temps à autre, Mme Deléan lui posait une question, ou bien elle lui disait :

« Tu dois être fatigué de rester tranquille. Tu n'as pas envie de bouger ? Tu ne veux pas aller jouer avec ta bicyclette ?

— Oh non, Gran, disait Marc. Je suis heureux d'être avec toi. Je suis très, très heureux. Mais peut-être tu veux que je parte parce que tu es fatiguée ?

— Non, non. Pas du tout. Je suis très heureuse avec toi là. »

C'était vrai. Elle se sentait extraordinairement heureuse et bien. Pas du tout fatiguée. Il y avait longtemps — des mois, des années (peut-être jamais ?) — qu'elle ne s'était sentie aussi heureuse.

Marc regardait Gran tout à fait tranquillement, maintenant. De temps en temps, il bougeait même sur sa chaise. Gran avait tantôt les yeux ouverts, tantôt les yeux fermés. Il aurait voulu lui raconter quelque chose de vraiment intéressant pour elle, quand elle avait les yeux ouverts. Il lui parla une fois de la dictée où il avait eu 10 sur 10 et une autre fois de la grosse agate qu'il avait gagnée aux billes pendant la récréation, lundi. Mais ça n'avait pas d'importance, vraiment, de ne pas avoir quelque chose de vraiment intéressant à raconter, parce que Gran avait l'air très heureuse avec lui, même quand il ne disait rien, et, de temps à autre, elle lui prenait la main comme il le lui avait vu faire avec Anne. Et sur sa table de nuit, il y avait sa photo à lui. Et sur sa table de nuit ! Tout à côté d'elle. Plus près que la photo d'Anne.

Quand Mme Deléan ferma les yeux ce soir-là pour dire sa prière, elle vit les yeux de Marc. Les yeux de Marc, vraiment beaux, qui disaient : « Ô Gran, je suis si heureux que vous m'aimiez. Je croyais que vous ne m'aimiez pas. Je suis si heureux ! »

Et la voix — la voix ne disait plus : « J'attends. » Elle disait la même chose que les yeux de Marc. Mais à haute voix, comme il sied à une voix. Très clairement. Ce n'était pas la voix de Marc, c'était la voix qu'elle connaissait si bien maintenant :

« Je suis si heureux que tu m'aimes. Maintenant tu peux venir. »

Mme Deléan sourit. Elle se sentait vraiment heureuse. Encore plus heureuse que ce matin.

Mademoiselle la regardait. Le visage de Mme Deléan, reposé sur son oreiller rose, avait une paix et une douceur qui faisaient penser à la transformation de certains visages d'enfants. Mme Deléan ouvrit les yeux.

« Pourquoi me regardez-vous comme ça, Georgette ? demanda-t-elle.

— Je pensais que vous étiez très belle ce soir, Madame. Toute reposée.

— Quelle histoire me racontez-vous là ! dit Mme Deléan.

— Vraiment, dit Mademoiselle.

— Vous devez être fatiguée, Georgette, d'être toujours là, ma pauvre.

— Non, dit Georgette. Je suis très heureuse. Surtout quand nous sommes seules. »

Un petit sourire éclaira le visage de Mme Deléan.

« Merci, Georgette, dit-elle. Vous pouvez me laisser maintenant. J'ai ma sonnette dans la main. Je vais dormir. Bonne nuit. »

« Je crois qu'elle va beaucoup mieux ce soir, confia Mademoiselle à Caroline. Il y a longtemps que je ne l'ai vue aussi bien. Peut-être pourrons-nous la faire asseoir un peu dans son fauteuil de nouveau demain. »

Mais ce n'est pas dans son fauteuil que Mme Deléan s'assit le lendemain. Cette nuit-là, une porte s'ouvrit devant elle et elle fut reçue dans la vie éternelle par un chœur d'anges qui chantaient :

« Entre. Il est si heureux que tu l'aimes. »

La preuve

« Et par-dessus le marché nous allons sûrement nous tromper de chemin, dit Éliane en prenant place dans la voiture et en fermant la portière.

— Je ne vois pas pourquoi, dit Jean-Marc.

— Parce que je ne peux pas me souvenir d'un seul mariage à la campagne où cela ne nous est pas arrivé ! »

Ils se mirent à rire tous les deux comme si Éliane avait dit quelque chose de drôle, et Jean-Marc démarra.

Éliane n'avait pas eu envie de se rendre à ce mariage. Les mariages à la campagne, à quatre-vingts kilomètres de Paris, par un après-midi de fin novembre, cela manque singulièrement d'attrait ! Surtout lorsqu'il s'agit de relations d'affaires. Jean-Marc avait insisté. Il était difficile de ne pas s'y rendre. Il avait trop de liens — d'affaires, justement — avec les parents de la mariée. Ce n'est pas qu'il désirait y aller plus qu'elle, mais il y a des choses qu'il faut savoir faire — ou alors, il faut se retirer dans un désert !

Parce que Jean-Marc, absorbé dans les remous et les paralysies de la circulation et le réglage des essuie-glaces, ne parlait pas, et parce qu'ils s'étaient couchés tard la veille et levés tôt le matin, Éliane dériva dans une espèce d'état d'abandon dans lequel, flottant au fil de sa déconcentration, elle se laissait aller à une suite sans ordre de pensées vagues, déconnectées les unes des autres, totalement libres — c'est-à-dire asservies à l'impulsion d'un cahot, d'un son, d'une odeur, d'une forme, d'une couleur, d'un tournant de rue, de tout ce qui pouvait l'atteindre par un de ses sens.

La voiture s'immobilisa devant un feu rouge. À côté du feu rouge, il y avait un magasin de fourrures. Le magasin de fourrures s'imprima sur la rétine d'Éliane et, parce que c'était le magasin de fourrures du coin de l'avenue Paul-Doumer et de la rue de la Pompe, se surimprimant sur l'enchaînement de séquences suscitées par le Musée de l'Homme du Trocadéro (des paroles de Paul Valéry sur le fronton à Gide, par antithèse, et de Gide, par association, à l'Afrique du Nord), lui restitua, instantanément et simultanément, une image, une situation, une souffrance, un échec et la pleine lucidité d'une réflexion consciente. Elle se retrouva à cet endroit précis, à pied, trois mois auparavant, le jour où, au tournant de la rue, elle s'était trouvée, sans préavis, en face d'Odile.

Ce jour-là, il y avait longtemps déjà qu'elle croyait lui avoir pleinement, complètement, absolument, pardonné.

Ce n'était pas une certitude à laquelle elle était arrivée du premier coup, mais au terme de toute une suite de certitudes de pardon avortées : la première fois où elle avait décidé de lui pardonner, elle avait cru que c'était chose faite, par sa décision. Il ne lui avait pas fallu longtemps, cette première fois, pour se rendre compte que son pardon était un pur pardon cérébro-labial, tout à fait étranger à sa personne ! Quelque chose qui s'était passé dans sa tête et sur ses lèvres. Pas rien : une décision tout de même. Mais qui n'avait même pas commencé à effleurer l'enveloppe extérieure de son cœur. Quelque chose qui s'était passé à la périphérie de son corps.

Elle avait recommencé. Non plus avec sa propre force, mais dans la prière. Et, d'étape en étape — elle pouvait en repérer clairement au moins six avant cette rencontre avenue Paul-Doumer —, elle était arrivée à ce stade où, lorsqu'elle pensait à Odile, c'était avec bienveillance, une certaine compréhension même, et même une sollicitude certaine. Et avec une vraie paix intérieure. Et elle avait pu se dire :

« Cette fois, ça y est ! »

Seulement, le jour où elle s'était trouvée face à face avec Odile, là, sur ce morceau de trottoir de l'avenue Paul-Doumer — Odile à cinq ou six mètres de distance, venant vers elle — il s'était avéré, une fois de plus, que ça n'y était pas : tout le passé, vieux de quatre ans, était remonté en elle. Son visage, son cœur, tout en elle s'était figé, resserré, durci, raidi. Elle avait croisé Odile sans la regarder, sans la voir, avec ce vieux mal au cœur au creux de l'estomac.

Elle avait remis cela sur le métier — le métier de la prière.

Et maintenant ? Si aujourd'hui elle la croisait là, à l'improviste ? Lui avait-elle pardonné ? Ou pouvait-elle seulement se l'imaginer parce qu'elle ne la rencontrait jamais ? Pendant combien de temps et combien de fois, et jusqu'où faudrait-il lui pardonner, pour avoir vraiment déraciné toutes les racines amères de son ressentiment ? Un jour viendrait-il où elle oserait vraiment se dire : « Ça y est ! » ?

« Ça fait sept fois maintenant, ou peut-être plus, se dit-elle. Ça commence tout de même à faire !

— À quoi penses-tu ? » demanda Jean-Marc.

Ils étaient maintenant sur le périphérique et, pluie ou pas pluie, il n'avait plus qu'à se laisser aller sur des rails jusqu'à la sortie de l'autoroute.

« À soixante-dix fois sept, dit Éliane.

— Soixante-dix fois sept ?

— Que crois-tu que ça veut dire : est-ce le nombre de fois par jour qu'il faut pardonner une nouvelle offense de la même personne ou le nombre de fois qu'il est nécessaire d'avoir pardonné une offense pour qu'elle soit vraiment pardonnée ?

— Il n'y a vraiment que toi pour poser de pareilles questions ! C'est tout de même clair ! C'est la première réponse qui est exacte, évidemment. Une fois qu'on a pardonné, c'est fait, il n'y a plus besoin d'y revenir.

— Ah ? Tu crois, toi ? Mais tu te rends compte que quatre cent quatre-vingt-dix offenses par jour, si on dort huit heures, c'est quarante offenses par heure : plus d'une toutes les deux minutes ! C'est beaucoup, non ?

— Tu prends toujours tout à la lettre ! C'est une manière de parler, non ? Et si je vais dans ton sens : quatre cent quatre-vingt-dix fois pour pardonner une offense, ça veut dire qu'il faut la pardonner chaque jour pendant plus d'un an, pour arriver à l'avoir pardonnée ! C'est tordu, tout de même, non ? Une fois qu'on a pardonné, on a pardonné ! »

Il avait l'air de croire qu'un pardon, c'était de la confection et qu'on pouvait décrocher ça, comme ça, tout prêt, tout cuit ! Quatre cent quatre-vingt-dix jours ! Pour certains pardons, il ne s'agissait pas de jours, mais de mois, d'années ! Mais peut-être que pour lui ce n'était pas comme ça. D'un coup ! Quelle veine tout de même !

« Où sortons-nous de l'autoroute ? demanda Jean-Marc. À Magny, puis à gauche ? Tu as bien le carton ?

— Oui, Magny. Ne t'inquiète pas, je crois que c'est assez simple, pour finir. »

Mais ce n'était pas aussi facile que ça. Elle espérait que c'était fait, maintenant. Après cette dernière rencontre, elle n'allait pas plus loin que le verbe « espérer ». Allez-vous-en savoir, tant qu'elle ne l'aurait pas revue !

Ils ne se trompèrent pas de chemin. Le croquis au dos du carton d'invitation était effectivement, pour une fois, clair et, même, exact. Mais, même ainsi, le trajet sous la pluie battante, sur une départementale sinueuse, s'avéra plus long que prévu. Le jour tombait, le vent soufflait, l'eau giclait sur le pare-brise, et, lorsque Jean-Marc gara la voiture sur la place transformée en parking parisien, l'horloge de l'église sonnait quatre heures. Heureusement, les mariées sont rarement ponctuelles ! Éliane et Jean-Marc traversèrent la place en courant, s'engouffrèrent dans l'église, firent deux pas, et se figèrent sur place comme des chevaux qui refusent l'obstacle.

Lorsque l'on arrive ainsi, légèrement en retard, dans une église déjà presque pleine, un peu étourdi par sa propre arrivée, on a une vision confuse des lieux et une hâte : repérer le siège libre, s'asseoir, se fondre dans la masse. Les penchants naturels momentanément occultés, le regard court sur le magma de sièges occupés, à la recherche de ce siège vacant sur lequel on pourra devenir une personne comme les autres : une personne assise. Être assis. Il n'y a pas de place pour d'autres considérations.

Devant Éliane et Jean-Marc, à quelques mètres de la porte, il y avait deux places vides sur le dernier banc. Et — tiens ! — sortant du magma non personnalisé impressionné à première vue sur leurs rétines — les Extrevenex et Sandrine Boucher. Les uns sur le banc, et l'autre juste devant sur une chaise de la dernière rangée de chaises. Éliane et Jean-Marc se faufilèrent devant trois inconnus, et prirent place en chuchotant des excuses, des salutations et des demandes de nouvelles, à droite et devant. Au moins, ils étaient arrivés à temps pour avoir des places assises. L'église était belle. Du vrai roman. Relativement grande pour une église de village. Et les vitraux du chœur avec un peu de soleil...

Derrière eux, le battant de la porte latérale par laquelle ils étaient entrés s'ouvrait et se refermait d'instant en instant et avec chaque nouvelle arrivée pénétrait en même temps un grand coup de vent glacé et humide.

Et l'église n'était au fond pas tellement pleine que ça. Maintenant qu'ils étaient assis, Éliane avait l'esprit libre pour voir à différents endroits des places encore libres. Elle poussa Jean-Marc du coude :

« Tu ne crois pas que nous serions mieux là, à gauche, de l'autre côté ? Regarde, il y a encore des chaises libres, à l'avant-dernier rang, et personne n'entre de ce côté-là.

— Tu as raison. Ce n'est pas supportable, ici. Nous allons attraper la crève ! »

Ils se levèrent tous deux, un peu gênés, légèrement courbés, comme s'ils étaient en train d'arriver en retard au spectacle, et se glissèrent devant un rang de spectateurs déjà installés, chuchotant de nouveau des excuses, mais aussi cette fois des mots d'explication, et changèrent de côté.

La température était nettement plus agréable. La porte latérale de gauche étant condamnée, la chaleur dégagée par la conglomération humaine n'était pas ramenée, d'ouverture en ouverture, à une température voisine de celle de la place de l'église. Et on est mieux sur une chaise que sur un banc.

Seize heures dix ! Le retard allait bientôt dépasser la norme généralement admise ! Éliane se retourna vers le fond de l'église pour s'assurer qu'elle pourrait voir entrer la mariée. On ouvrirait les deux battants du portail et la pauvre mariée de pluie entrerait dans un grand courant d'air glacé. Mais le regard d'Éliane n'atteignit pas le portail, car, là, assise sur le banc, juste derrière eux, mais décalée de trois places vers l'allée centrale, de profil, regardant, elle aussi, vers le fond de l'église, était Odile.

Le profil d'Odile, peut-être sous l'effet du regard d'Éliane, amorça un mouvement de retour vers elle. L'anticipant d'une fraction de seconde, Éliane se retourna vers l'autel, juste à temps pour éviter un face à face.

Jean-Marc avait-il vu Odile, lui aussi ? Il regardait

droit devant lui. Beaucoup trop fixement pour que ce fût naturel ! Mais était-ce vraiment Odile ? Précautionneusement, Éliane tourna légèrement la tête vers la droite, la cherchant du coin de l'œil. Odile regardait de nouveau vers le fond de l'église.

C'était bien elle. Indubitablement. Ce profil était, sans l'ombre d'un doute, le sien. Avec l'angle si caractéristique des lignes du front et du nez, la narine longue, le menton rond, légèrement projeté en avant, marqué d'une fossette, les cheveux blond vénitien tirés en chignon en arrière et vers le haut, dégageant une très petite oreille au lobe à peine détaché de la ligne de la mâchoire. Et ce teint de rousse. Un peu maigrie ? À peine.

Éliane ramena son regard sur le profil de Jean-Marc assis à sa droite. Il se tourna vers elle et la regarda avec un petit sourire ironique. Lui aussi l'avait donc vue ! Mais il était inadmissible — i-nad-mi-ssi-ble — qu'il prenne la chose ainsi ! Avec ce sourire ironique. Que la présence d'Odile, là, derrière eux, à toucher de la main, provoque cet amusement en lui ! Comment pouvait-il avoir une attitude pareille ? Il aurait dû se sentir gêné. Contrit. N'importe quoi, sauf ironique. Et dire que c'était elle qui avait proposé de changer de place !

« Pourquoi souris-tu ? chuchota-t-elle.

— Je ne souris pas », dit Jean-Marc.

Inutile de le contredire. Éliane se mit à prier. Cette fois, elle n'était pas prise de court. Cette fois, elle n'était pas surprise au tournant d'une rue par une brusque confrontation. Le temps lui était donné. Le temps de la réflexion. Le temps de vérifier la réalité et la profondeur de son pardon. Et l'occasion de le manifester. Et, par son comportement, de s'en administrer à elle-même la preuve. Elle adressa au Seigneur un remerciement pour ce temps d'avance. Ce temps d'avance pour trouver en elle, tout au long de la messe, la réconciliation à transmettre à Odile. Pour la recevoir de Sa grâce. Sa respiration reprit son rythme régulier. Son cœur, son battement naturel. Les premières mesures de la marche nuptiale de Mendelssohn résonnèrent, les deux battants de la porte centrale s'ouvrirent, tous les assistants, d'un mouvement unique, se levèrent et se retournèrent vers le seuil de l'église que franchissaient la mariée et son père.

Pendant l'entrée de la mariée, Éliane eut le temps et le loisir d'examiner le profil d'Odile. « Jean-Marc aussi », pensa Éliane. Jean-Marc se retourna vers elle et lui dit :

« Passe devant, je t'empêche de voir. »

À la droite de Jean-Marc, elle voyait encore mieux le profil d'Odile, mais elle ne pouvait pas voir si Jean-Marc la regardait ou non. « Ça ne me regarde pas », s'assura-t-elle deux fois. Elle ne vit ni le père de la mariée, ni la mariée, ni la robe de la mariée, et, pendant la messe, n'eut même pas une pensée pour elle ou son jeune époux. Elle était pleinement occupée par la remise de son problème au Seigneur. Un problème composé d'un petit sourire ironique et de la présence d'Odile. Est-ce qu'elle lui avait vraiment pardonné ? Oui. À condition de ne pas être surprise au coin d'une rue, il n'y avait vraiment plus trace en elle de rancune ou d'amertume ! Alléluia ! Elle devait avoir atteint la cote cinq cent trente-neuf ! Après seulement neuf essais ! Mais bien plus que cinq cent trente-neuf ! Elle pourrait transmettre à Odile la paix du Christ du fond du cœur en toute honnêteté. Si c'était ce qu'on faisait dans cette paroisse ? Y avait-il en elle une peur ou un désir de ce don de paix ? Le moment approchait. Que ferait Jean-Marc ? Si Jean-Marc ne changeait rien à son comportement habituel, cela prouverait qu'elle comptait pour lui plus que toutes les Odiles du monde...

« Dans la charité du Christ, dit le célébrant, donnez-vous un signe de paix. »

Éliane se tourna vers Jean-Marc — par égard pour Odile, sans se rapprocher de lui. Mais lui, posa les deux mains sur ses épaules et l'attira vers lui. Il y avait une tendresse très spéciale dans ses yeux. Très. Puis elle se tourna vers sa voisine de droite, une petite brune souriante et en manteau de vison, puis vers l'homme derrière elle : grand, un peu gêné. Et, enfin, souriante, les deux mains et tout son cœur tendus vers elle, vers Odile.

Seulement, de face, Odile n'était pas Odile. Odile était une inconnue. Odile était une très jeune fille, encore adolescente, qui ne ressemblait même pas à Odile ! La jeune adolescente prit les deux mains tendues vers elle. Éliane reprit son équilibre :

« La paix du Christ !

— La paix du Christ ! »

La jeune adolescente poussa le coude de sa mère : « Dis donc, la femme là devant, elle a une vachement chouette manière de vous la dire, elle ! »

Deux heures et une cohue plus tard, Éliane se retrouva assise à côté de Jean-Marc, dans la voiture. Il pleuvait toujours. Jean-Marc dit :

« Je ne sais pas si tu as remarqué, à l'église, les gens devant nous : il y a eu une vraie scène de ménage sans paroles. Et longue durée. Mais évidemment, tu as vu. Tu ne pouvais pas ne pas voir ! Ils étaient juste devant nous. Le bonhomme avec la veste de cuir et elle avec le col en fourrure. Curieux, hein ? Tu as vu comme elle est partie puis revenue ? Deux fois ! Ça bardait entre eux ! Telle que je te connais, ça a dû te donner des distractions ! Mais la réception ! Quelle cohue inimaginable ! Je crois que je n'ai jamais rien vu de pareil ! Heureusement ! Finalement, nous aurions mieux fait de ne pas y aller, à ce mariage ! »

Mais Éliane, assise à côté de lui, pensait que, même si ce n'avait finalement pas été Odile, c'était bien à Odile qu'elle l'avait donnée, cette paix. Pour de bon. Elle avait le cœur léger, lavé. Elle pensa un instant au sourire *ironique et inadmissible* de Jean-Marc, puis à la scène de ménage qu'elle *n'avait pas pu ne pas voir* et étouffa un fou rire :

« Oh, moi, dit-elle, je suis vraiment heureuse d'y avoir été, à ce mariage. Je ne l'aurais raté pour rien au monde, ce mariage ! Rien. Tu ne peux pas savoir comme je suis heureuse d'y avoir été ! »

Un problème de foi

Le curé de Sainte-Clotilde était un bon prêtre. Fidèle à ses vœux de chasteté, de pauvreté et d'obéissance. À son Église et à ses supérieurs hiérarchiques. À sa vocation et aux œuvres de sa vocation.

Il n'était ni un grand intellectuel, ni un grand mystique, mais il s'entendait bien avec tous, avait un très bon contact avec les jeunes, et exerçait son ministère auprès des pauvres et des paumés de la paroisse avec discernement et compassion. Il avait traversé la tourmente de l'après-concile et de l'après-68 sans dommage pour sa foi ni sa vocation. C'était un homme heureux, paisible, généralement apprécié de ses paroissiens. Malgré ses quarante-cinq ans d'âge et ses vingt ans de vie sacerdotale, il n'avait guère connu de grands problèmes personnels quand, au début de l'année 1978, il se trouva aux prises avec une situation qui le bouleversa.

Sa sœur aînée était malade depuis bientôt six ans d'une maladie incurable qu'elle vivait, aidée par son frère et portée par l'amour de son mari et de leurs enfants adultes, d'une manière admirable. Or c'est cette sixième année que son mari choisit pour la quitter. Il avait soigné sa femme avec dévouement et tendresse, et tous ceux qui le connaissaient le donnaient en exemple. Et, tout d'un coup, un jour, sans prévenir, il était parti.

Il avait quitté la maison et la malade, et il s'était installé chez une amie célibataire de sa femme. Un des enfants avait téléphoné au curé. Et le scandale avait éclaté sur la ville : l'amie célibataire était sa maîtresse depuis au moins trois ans.

Trois mois plus tard, la sœur du curé était morte.

Cette fois, c'est le mari qui avait prévenu le curé. Il l'avait appelé au chevet de la mourante. Apparemment, lui se trouvait là depuis vingt-quatre heures. Il était resté jusqu'à la fin, tenant la main gauche de sa femme pendant que le curé tenait sa main droite.

Le curé avait fermé les yeux de sa sœur. Le mari avait dit :

« Elle m'a pardonné. Je n'en pouvais plus. Je sais que ce que j'ai fait est affreux. Je n'en pouvais plus. C'était une sainte.

— Jamais, dit le curé, jamais je ne pourrai vous pardonner la manière dont vous avez traité ma sœur. »

Il avait toujours été un homme doux et il découvrit avec étonnement la violence de la colère qui le remplissait.

Quand il s'agenouilla ce soir-là pour prier, le mal que son beau-frère avait fait à sa sœur l'envahit des pieds à la tête. Les appels au pardon du Seigneur se présentèrent à son esprit. Mais il était si plein de la souffrance et de la déréliction de sa sœur que ses paroles ne pénétraient pas en lui, n'agissaient pas sur l'enracinement de sa rancœur. D'ailleurs il n'avait rien *lui-même* contre son beau-frère. Et il lui pardonnait facilement le scandale qui l'avait éclaboussé. Ce qu'il ne pouvait lui pardonner, c'était ses torts envers sa sœur, non envers lui-même. Il ne lui revenait pas de pardonner les torts infligés à quelqu'un d'autre. Elle l'avait fait. Rien ne l'empêchait donc lui-même de prier.

Il eut de nouveau une hésitation en terminant son

oraison par le Notre Père. Mais, là aussi, il écarta sans peine cet instant de doute : son beau-frère ne l'avait en rien offensé.

Quand il se confessa, il n'éprouva pas le besoin d'en parler à son confesseur, un prêtre ami, curé d'une paroisse voisine. Mais, en dînant avec lui, comme il le faisait en général après s'être confessé, il lui raconta la fin abandonnée de sa sœur. Il n'avait rien dit, ou croyait n'avoir rien dit de son beau-frère, mais, lorsqu'il se tut, son ami lui dit :

« Prends garde de ne garder aucun ressentiment à l'égard de ton beau-frère. Si nous commençons à laisser quelque chose s'interposer entre Dieu et nous, nous sommes foutus.

— Je n'ai aucun ressentiment personnel », dit le curé.

Il y repensa tout de même sur le chemin du retour. Mais, de nouveau, il se dit qu'il n'avait pas été lui-même offensé et qu'il n'avait rien lui-même contre son beau-frère. L'offensée était sa sœur. Elle lui avait pardonné. Lui n'avait aucun pardon à proférer. D'ailleurs qui peut pardonner les péchés sinon Dieu seul ? Ou le Christ. Il y a certains pardons que seul le miracle de Dieu peut réaliser. Pour ceux-là, la seule chose à faire est d'attendre qu'Il les réalise. Ce n'était donc pas son affaire à lui, mais celle de Dieu. Il décida de ne plus penser à son beau-frère, et raya de sa mémoire les paroles de son confesseur.

Le curé gérait un fonds de solidarité. Cela avait été son idée de le créer et c'était lui qui avait réussi à *vendre* son idée à ses paroissiens.

C'était un fonds indépendant des finances de la paroisse. Au cours d'une réunion mensuelle, il rendait minutieusement compte à un conseil de vingt paroissiens des sommes prélevées sur ce fonds et à qui elles avaient été attribuées. Depuis douze ans que ce fonds, librement approvisionné grâce aux dons et à l'activité du conseil, fonctionnait, personne n'avait jamais critiqué l'usage qu'il en avait fait.

À la première réunion après la mort de sa sœur, il présenta comme d'habitude le bilan du mois. Il y avait un poste beaucoup plus élevé que les autres :

« Mme Beaussault, expliqua-t-il. Cette dame a un fils infirme. Elle habite un vieil immeuble, rue des Emmurées.

— Cela me paraît une somme bien importante pour une seule famille, dit une paroissienne, nouvellement cooptée au conseil de gérance. Et la rue des Emmurées ne fait pas partie de notre paroisse. D'où connaissez-vous cette personne ? »

La nouvelle venue était jeune, jolie, élégante. Tout en elle — sa tenue, sa manière rapide, décidée, un peu cassante, de parler, une certaine impatience — respirait une efficacité pressée. Le curé, choqué par ce qu'il ressentait comme une attaque, se surprit à la classer dans la famille de ceux qui résolvent des problèmes déconnectés de l'homme. Il se rendit compte qu'il était en train de porter un jugement hâtif, se réprimanda mentalement, se demanda s'il n'attendait pas trop pour répondre, si cette attente ne paraissait pas suspecte. Que voulait dire, au juste, sa question ? Il se lança dans des explications : une de ses paroissiennes, Mme Tapié, la lui avait recommandée (le lendemain de l'enterrement de sa sœur). Mme Beaussault était venue le voir, avec son fils infirme dans une petite voiture. Un garçon de quinze ans. Il n'y avait pas eu de grosses demandes, le mois dernier. La voiture était dans un état lamentable. C'était la somme nécessaire à l'achat d'une nouvelle voiture. Il avait pensé que c'était une circonstance suffisamment intéressante pour l'autoriser à ne pas prendre en considération les délimitations artificielles des frontières de paroisses. Il espérait ne pas avoir perdu la confiance de son conseil...

C'était la première fois que ses dépenses étaient remises en question. Perturbé, il parlait vite, rougissait, s'énervait. On le rassura. Il avait la pleine confiance du conseil et s'il avait jugé que le cas justifiait la sortie des limites de la paroisse, le conseil ne pouvait que l'approuver.

Mais, le mois suivant, la paroissienne nouvellement adjointe au conseil arriva avec un dossier sur Mme Beaussault. Elle demanda la parole avec autorité, et exposa les faits d'une voix tranchante : Mme Beaussault n'avait jamais eu de fils infirme. Renseignements pris, le jeudi où elle était venue voir le curé, elle avait *emprunté* à l'asile, pour une *promenade philanthropique*, un garçon de quinze ans, qui ne recevait plus de visites. La seule chose exacte était qu'elle habitait bien rue des Emmurées.

Mme Joson termina son réquisitoire en s'étonnant de

ce que Monsieur le Curé ne se fût pas renseigné plus soigneusement avant de consentir à un don aussi important et d'ailleurs irrécupérable, Mme Beaussault ayant quitté la rue des Emmurées sans laisser d'adresse...

Sans laisser au curé le temps de répondre, le président du conseil de gérance intervint, pour rappeler que Monsieur le Curé avait perdu sa sœur ce mois-là, qu'il pouvait arriver à tout le monde de se laisser tromper, et qu'il valait mieux se tromper que passer à côté d'une détresse sans faire le geste nécessaire. Le conseil conservait à Monsieur le Curé sa pleine et entière confiance. On connaissait sa perspicacité habituelle. Il y avait eu un concours de circonstances.

Trois membres secondèrent la motion. Trois seulement.

Mme Joson assura qu'elle comprenait fort bien les circonstances et qu'en effet, il pouvait arriver à tout un chacun de se laisser tromper. Elle ajouta qu'il serait cependant peut-être opportun, puisqu'il était évident que Monsieur le Curé ne disposait pas toujours du temps voulu pour mener à bien les enquêtes approfondies parfois nécessaires, qu'il soit aidé dans ce travail par quelques membres du conseil.

Le curé était confondu. Rouge de honte et d'humiliation, il n'avait pas ouvert la bouche. D'habitude, il vérifiait soigneusement lui-même... l'enfant était là. Il était d'autant plus mortifié qu'il savait au fond de lui-même qu'il aurait dû se méfier : combien de fois les recommandations de Mme Tapié s'étaient-elles avérées trompeuses ? Un cœur d'or, et aucun discernement ! Il avait été voir de ses yeux l'immeuble de la rue des Emmurées. La concierge était absente mais il avait vu le nom de Mme Beaussault sur une des boîtes à lettres. En effet, cela s'était passé peu de jours après la mort de sa sœur, et il avait été bouleversé par l'état du jeune infirme. Et par celui de la voiture dans laquelle il se trouvait.

Le président répéta qu'il avait toute leur confiance. Mais plusieurs voix s'élevèrent pour émettre l'opinion que, cependant, en effet, l'idée d'une collaboration plus active du conseil était à retenir. On pourrait désigner trois ou quatre membres pour s'occuper des enquêtes et en décharger autant que possible Monsieur le Curé.

Le curé avait toujours désiré cette collaboration. Il aurait dû se réjouir de la voir enfin s'organiser. Mais il ne pouvait surmonter un malaise intérieur fait d'un mélange de conscience du travail mal fait, d'amour-propre blessé et d'impact de Mme Joson.

Il n'en voulait pas à Mme Beaussault. Après tout, c'était une malheureuse, tout de même. Il s'en voulait à lui-même d'avoir, pris de pitié et de tendresse pour ce malheureux garçon, manqué de clairvoyance, et, bouleversé par les circonstances de la mort de sa sœur, de conscience dans son travail.

Mais, surtout, il ne pouvait pardonner à Mme Joson d'avoir exposé sa faiblesse et de l'avoir exposée avec tant d'agressivité. La manière dont sa proposition avait été saisie au vol, votée, acceptée, prouvait que plus jamais les membres de son conseil ne feraient vraiment confiance à ses capacités. La désignation de cinq membres — dont Mme Joson — chargés des enquêtes équivalait à une mise à l'écart. Il ne lui restait plus que le soin d'allouer la somme conseillée par l'enquêteur.

En mettant au jour la manière dont il avait été *eu*, Mme Joson avait sapé l'autorité de l'Église dont il était le représentant.

Cependant l'affaire était classée. Il se félicita d'une participation plus active des laïcs, tout à fait dans la ligne de Vatican II, et décida de ne plus penser à cet incident pénible et d'accepter une humiliation certainement salutaire.

Mais, le jour où il se confessait d'habitude, au moment d'entrer chez son confesseur, il changea d'avis et de cap et retourna dans sa propre cure. Il se confessa le lendemain au deuxième vicaire d'une autre paroisse, et n'oublia pas de mentionner le mouvement d'agacement qu'il avait ressenti à l'égard de Mme Joson.

S'il n'avait plus revu Mme Joson, il lui aurait sans doute été plus facile de ne plus penser à l'*incident*. Le malheur était qu'il la voyait régulièrement : une fois par mois autour de la table du conseil, et plusieurs fois par mois au sujet des distributions de fonds. Elle s'avérait une collaboratrice de premier ordre sur le plan matériel. Elle avait une espèce de génie pour aller à l'essentiel. Mais tout ce qui n'était pas l'essentiel était, dans le processus, éliminé.

Plus il la voyait, plus ce qu'il avait appelé un mouvement d'agacement s'affirmait, grandissait et l'étouffait. Un beau jour, il remit ce qui lui restait de charge à son conseil, en invoquant ses trop nombreuses obligations et l'opportunité d'une responsabilité plus grande des laïcs dans le travail de l'Église, accepta une présidence d'honneur qui ne l'obligeait qu'à deux réunions par an et, débarrassé de la fréquentation de Mme Joson, la remisa aux côtés de son beau-frère.

Des semaines, des mois passèrent.

Le curé conduisait sa paroisse et remplissait ses multiples obligations (à l'exclusion de la gérance du fonds de solidarité) comme il l'avait toujours fait. Mais il avait espacé ses confessions.

Il avait enterré au fond de lui-même, sous de solides superpositions d'excuses, de bonnes raisons et d'alibis, son refus de pardonner à son beau-frère, et camouflé son ressentiment à l'égard de Mme Joson en incompatibilité de méthodes. Mais, au moment de se confesser, malgré tous les sophismes qui les métamorphosaient et les épaisseurs qui les enfouissaient, ses refus l'attendaient au seuil de la confession. Il fallut un certain nombre de mois au curé pour pouvoir arriver à ces confessions, maintenant trimestrielles, sans être gêné par leur présence. Seulement maintenant il était de plus en plus gêné sur un autre plan. Perturbé.

Perturbé.

C'était évidemment sous l'effet de tout ce qui se passait dans et hors de l'Église. Toutes ces interrogations. Et la pression de la société. Il se découvrait des problèmes de foi. Des problèmes de vocation. Lui qui avait si bien traversé l'après-concile et 68, il se demandait maintenant ce qu'il faisait là, à quoi servait un prêtre et, même, s'il pouvait honnêtement dire qu'il avait la foi.

Il aurait voulu pouvoir en parler à quelqu'un qui pût l'aider. Mais à qui ? Il ne voyait plus son ancien confesseur et ami. De temps en temps, il confessait des problèmes de foi à son nouveau confesseur. Celui-ci les discutait avec lui et lui recommandait de prier et de lire tel ou tel livre de théologie. Il les lisait consciencieusement. Chaque livre ne faisait qu'augmenter ses doutes — en faisait même parfois naître de nouveaux.

Il espaça encore davantage ses confessions, et cessa d'avoir un confesseur régulier.

Le curé de Sainte-Clotilde ne regardait pas où ses pas le menaient. La décision de demander à être relevé de ses vœux sacerdotaux est au moins aussi perturbante à prendre que celle de la rupture d'un mariage de longue durée.

Le trottoir était étroit et encombré. Comme il ne regardait pas où il allait, il ne vit pas avancer vers lui la silhouette de son ancien confesseur, le père Paul. Il fallut l'apostrophe de celui-ci pour le ramener sur le trottoir :

« Ho ! C'est comme ça qu'on passe à côté des vieux. amis ! »

Le père Paul avait parlé sur un ton jovial.

« Mais tu es fatigué ? dit-il, changeant de ton. En tout cas cela me fait rudement plaisir de te voir, même si c'est avec quelques kilos en moins. Ça ne va pas, la santé ? Tu as été fatigué ? malade ? Tu ne viens plus souvent par ici ! Quel bon vent t'amène ? Ça doit bien faire deux ans que nous ne nous sommes pas vus ? »

Le curé de Sainte-Clotilde se rendit compte qu'il s'était, sans le vouloir, ni le savoir, aventuré dans ce périmètre de la ville qu'il avait pris l'habitude d'éviter.

« Je marchais », dit-il.

Il n'y avait aucune autre explication à donner. Et il

n'avait aucune raison d'être là. Il n'avait même pas su qu'il était là. Le père Paul le regarda attentivement.

« Ça fait au moins deux ans que je ne t'ai pas vu, répéta-t-il. Profitons de l'occasion : viens dîner avec moi. Je suis libre ce soir. Nous bavarderons. Tu me diras ce que tu deviens. »

Le curé de Sainte-Clotilde hésita. Il n'avait aucune envie de bavarder. Et encore moins avec le père Paul. Ni de dire ce qu'il devenait. Sa décision était prise, maintenant. Mais lui aussi était libre ce soir.

« Pourquoi pas ? » dit-il.

Rien ne l'obligeait à parler au père Paul de ses problèmes de foi et de sa décision. Mais il n'était pas plus tôt assis dans sa cuisine, en face de lui, séparé de lui par la largeur de la table et une casserole de potage, qu'il dit sans le regarder :

« J'ai des problèmes de foi. Ma décision est prise d'ailleurs : le lendemain de Pâques, je vais aller voir notre évêque pour être relevé de mes vœux. Ce n'est pas la peine que tu essayes de me dissuader ou de me convaincre : j'en ai discuté en long et en large avec mon confesseur et j'en ai déjà parlé au doyen. Tu ne pourras pas résoudre mes problèmes. »

Il regardait le fond de son assiette. Son hôte reposa la louche dans la casserole et ferma les yeux. Le silence se prolongea.

« Tu ne me demandes pas quels problèmes de foi ? » dit le curé, toujours sans le regarder — mais rompant un silence qu'il ne pouvait plus supporter.

Le père Paul ouvrit les yeux.

« Je suis d'accord avec toi, fit-il. Ça ne sert à rien de discuter des problèmes de foi. »

Il saisit la louche et le servit.

« Mange », dit-il.

Mais il ne se servit pas lui-même et ferma de nouveau les yeux. Le curé commença à manger sa soupe.

« Au fond, dit-il, après avoir avalé trois cuillerées de potage, tu pourrais peut-être m'aider, si on discutait ?

— Non, dit le père Paul.

— Tu m'énerves à la fin, dit le curé en posant sa cuiller sur la table. Tu ne prends pas mes problèmes au sérieux ?

— Ce n'est pas ça, dit l'autre.

— Tu refuses de m'aider ?

— Oh, non ! Je voudrais au contraire beaucoup t'aider. Mais pas en discutant de tes problèmes de foi. Les problèmes de foi... les problèmes de foi sont rarement des problèmes de foi. Ce sont presque toujours des problèmes d'... d'obstacles.

— Exactement : d'obstacles à notre foi.

— D'obstacles entre nous et le Seigneur. Le Royaume de Dieu, dit-il, est comparable à un filet. Un filet avec des mailles plus ou moins larges, à travers lesquelles nous voyons Dieu. Imparfaitement, bien sûr, comme le dit mon saint patron. À travers lesquelles nous percevons un peu de Dieu, et à travers lesquelles nous recevons son amour et l'Esprit-Saint. Mais les mailles du filet peuvent se boucher : ici un refus d'aimer, là l'orgueil, la peur, l'amour de soi, notre volonté propre... que sais-je ! Il y a des centaines de manières de boucher les mailles plus ou moins hermétiquement. Et quand les mailles sont bouchées, nous ne voyons plus rien du tout de Dieu, nous ne recevons plus rien de Lui et alors nous disons que nous avons des problèmes de foi. Alors, tu vois, moi, je veux bien essayer de t'aider, mais pas en discutant tes problèmes de foi.

— Tu ne t'intéresses qu'à des problèmes de mailles ?

— Exactement.

— Et alors, qu'est-ce qui les bouche, mes mailles, d'après toi ?

— Je ne sais pas. Il y a trop longtemps que nous ne nous sommes pas vus. Et même si ce n'était pas le cas, ce n'est pas sûr que je le saurais. Mais nous pouvons chercher ensemble, si tu veux. Par élimination. »

Le curé ne répondit pas. Le père Paul choisit de prendre son silence pour un acquiescement : « Le plus grand boucheur de mailles, dit-il, c'est le refus d'aimer. »

Il regarda le curé :

« Ça m'étonnerait que ce soit ton problème. Ou alors tu aurais sacrément changé ! Le deuxième plus grand boucheur de mailles, c'est le refus de pardonner. »

Le curé reprit sa cuiller et se remit à manger sa soupe. Il la mangea en silence, sans lever les yeux, jusqu'à ce que son assiette fût vide. Il l'essuya soigneusement avec un morceau de pain.

Le père Paul avait refermé les yeux de nouveau et priait en silence.

Le curé s'essuya la bouche. Essuya de nouveau son assiette avec une deuxième bouchée de pain. La mangea.

« Je ne dis pas que tu as raison, dit-il enfin, et que je n'ai pas de problèmes de foi. Mais c'est vrai. Je le reconnais. Il y a deux personnes auxquelles je ne peux pas pardonner. L'une, tu sais. Je te l'avais dit à l'époque. C'est mon beau-frère, je ne sais pas si tu te souviens. Et l'autre... »

Il déversa l'histoire de la duperie dont il avait été la victime, et de l'intervention de Mme Joson. Il n'en avait oublié ni un mot, ni une phrase, ni une expression : pas un point-virgule. Il était lui-même stupéfait et presque effrayé de la fidélité avec laquelle sa mémoire lui restituait chaque détail, chaque intonation. Et, quand il eut fini, il déversa toutes les raisons qui faisaient qu'il n'avait, en fait, à pardonner ni à l'un, ni à l'autre — toutes les excuses, tous les faux-fuyants qu'il s'était trouvés.

« Eh bien voilà, dit le père Paul, quand il s'arrêta. Voilà, dit-il (sans s'occuper de réfuter aucune de ses excuses). Voilà tes problèmes de foi. Crois-moi, tu n'as rien d'autre. Demande pardon au Seigneur et pardonne-leur. Délivre-toi de ce chiendent qui t'étouffe. Va les trouver, et pardonne-leur.

— Je ne peux pas, dit le curé.

— *Si vous ne pardonnez pas aux hommes, votre Père des cieux ne vous pardonnera pas vos fautes.*

— Matthieu VI 14, dit le curé. Mais c'est plus fort que moi : je ne peux pas. Et puis c'est trop tard maintenant. C'est trop vieux. Même si je le dis du bout des lèvres, je suis incapable de leur pardonner du fond du cœur. D'ailleurs, je te l'ai dit : en fait je n'ai pas à leur pardonner. »

Il y eut un silence pendant lequel le père Paul mangea sa soupe froide. Les coudes sur la table, le curé tenait sa tête entre ses mains. Le père Paul posa la casserole sur le fourneau et mit un plat de fromages et un plat de fruits sur la table. Le curé releva la tête, repoussa son assiette.

« Il est tard. Je vais te laisser. Je dois prêcher le Carême la semaine prochaine à la paroisse du centre. Crois-tu que je peux le faire sans avoir pardonné ?

— Non, dit le père Paul. Je ne crois pas. *On prêchera en Son nom la conversion et le pardon des péchés.* »

Les deux hommes s'étaient levés.

« Je prierai pour toi, dit le père Paul, pour que tu commences au moins à vouloir pardonner. Si tu commences simplement sur ta volonté de pardonner, le Seigneur fera le reste. »

Pendant la semaine qui suivit, le curé reprit dans les Évangiles tous les textes sur le pardon. Maintenant qu'il en avait parlé au père Paul, il ne pouvait plus s'accrocher à la fiction que les offenses n'avaient pas été faites à son encontre et que leur pardon ne le concernait pas.

Il essaya de s'accrocher au fait qu'aucun de ses deux offenseurs n'était venu à lui pour lui dire : « Je me repens. » Malheureusement, son beau-frère l'avait fait, et Mme Joson ne savait sans doute même pas qu'elle l'avait offensé. D'ailleurs, Matthieu rapportait un ordre beaucoup plus radical, sans mention de repentir de l'offensant. *Quoi que ce soit à qui que ce soit.* Et la parabole du débiteur impitoyable était… impitoyable.

Il aurait voulu prier. Il n'avait plus prié depuis des mois. Mais quand il essayait, les paroles de l'Évangile de Luc résonnaient à ses oreilles : *Quand vous êtes debout en prière, si vous avez quelque chose contre quelqu'un, pardonnez…*

Seulement tout cela était trop vieux. Il ne voyait pas ce qu'il pouvait faire. D'ailleurs, comment pardonne-t-on ? Il savait qu'il ne pardonnait pas, mais il ne comprenait pas comment on pouvait s'y prendre pour pardonner.

« Commence avec ta volonté », avait dit Paul.

Alors ? On se présentait devant l'offenseur sans l'ombre d'un pardon au cœur — le cœur plein de rancune et d'amertume — et on disait : « je vous pardonne » ? De toute manière, pour rien au monde il n'irait s'humilier devant son beau-frère et lui dire qu'il lui pardonnait.

Pour rien au monde ? Même pas pour son Seigneur ? Et pourquoi pas « même pas pour son Seigneur », puisqu'il n'avait plus la foi ?

Mais Paul lui avait dit qu'il n'avait pas de problèmes de foi. Avait-il raison ? Tort ? Savait-il ? Pourquoi ? Comment ?

Pardonner, pardonner... À force de tourner et retourner le mot dans tous les sens, il n'en avait plus du tout. Comment faisait-on pour pardonner ? Dieu n'avait qu'à lui montrer comment pardonner, et alors, il le ferait !

Et Mme Jason ? S'il allait lui dire qu'il lui pardonnait, elle n'y comprendrait rien. Et s'il lui expliquait, elle en ferait des gorges chaudes !

Et ce Carême qu'il fallait prêcher. Qu'il ne fallait pas prêcher. Qu'on ne pouvait pas prêcher sans avoir pardonné. Un Carême pardonné. Un Carême sans pardon. Qu'on ne pouvait pas prêcher sans foi. Sans pardon. On ne pouvait pas pardonner. Tant pis. Si on ne pouvait pas prêcher sans avoir pardonné, il ne prêcherait pas. Il aurait au moins cette honnêteté-là. Sa décision était prise. Il préviendrait le curé de la paroisse du centre d'avoir à trouver quelqu'un pour le remplacer. Il fallait même le prévenir au plus vite. Tout de suite.

Il étendit la main et souleva le récepteur.

A ce moment précis, la sonnette du presbytère retentit. Il reposa le récepteur et alla ouvrir la porte.

C'était son beau-frère. Il ne l'avait pas revu depuis la mort de sa sœur.

« Je vous demande pardon, dit son beau-frère (et, obnubilé par ses problèmes, prenant les mots, non pour une formule de politesse, mais au pied de la lettre, le curé se dit : « Voilà, voilà, il vient me demander pardon, je suis au pied du mur... »), de vous déranger... Et même de venir vous rappeler par ma présence... enfin... voilà... je vais droit au but : j'ai un problème avec mon propriétaire. Un malentendu. Comme c'est quelqu'un de votre paroisse j'ai pensé que si... si vous vouliez bien... vous pourriez peut-être... arranger les choses entre nous... »

Le curé restait là, immobile, sur le seuil de la porte. Tenant toujours celle-ci d'une main et le regardant comme s'il avait vu un spectre... ou un envoyé de Dieu.

« Mais je vois bien, dit son beau-frère, je vois bien que je vous dérange, j'ai eu tort, je vous demande pardon...

— Mais non, mais non, dit le curé, revenant à lui, non, vous ne me dérangez pas. Au contraire. Je vous remercie d'être venu. Vraiment je vous remercie. Je ne sais pas comment vous remercier. (" Que va-t-il penser de moi. Je bafouille. Il va croire que je suis fou ", pensa-t-il. Mais il continua :) Je ne sais pas comment vous remercier, même. Entrez, entrez. Vous ne pouvez pas savoir comme je suis content que vous soyez venu, que vous me demandiez un service... »

Tout en parlant, il l'embrassait, l'entraînait dans son bureau, le faisait asseoir. Et, tout d'un coup, il s'entendit dire

« ... et quel remords j'ai de vous avoir parlé comme je l'ai fait au chevet de ma sœur. »

Il ne put s'empêcher de penser que, là, il y allait un peu fort dans le pardon !

Mais l'émotion et la reconnaissance de son beau-frère étaient si vives qu'elles rendaient malséantes les limites bienséantes dans lesquelles il aurait voulu avoir borné son pardon. Il se laissa aller à un certain sentiment de bien-être.

« Alors, ce malentendu. Expliquez-moi ce qui se passe, et je ferai l'impossible pour arranger les choses. »

Il y avait une fissure dans le conduit de cheminée qui

passait dans un mur de sa chambre à coucher: Il avait multiplié les lettres et les coups de téléphone au gérant. Celui-ci ne lui répondait même pas, parce qu'ils avaient déjà eu, il y avait trois ans, un différend au sujet d'un chèque égaré... Il était sûr que si le propriétaire savait et intervenait auprès du gérant, tout pourrait s'arranger en quelques minutes. Il était très heureux dans cet immeuble, et il ne voulait surtout pas envenimer encore les choses avec le gérant, en commençant à envoyer du papier timbré. Et puis ça coûte cher et ça prend des années. Alors il avait pensé que... si...

« C'est une de vos paroissiennes.

— C'est facile. Je suis très bien avec mes paroissiens. J'en fais mon affaire », dit le curé.

Et en lui-même, il pensa : « Ce sera peut-être le dernier service que je demanderai à un de mes paroissiens. Mon service d'adieux !

— Merci, mon vieux, vous êtes formidable ! Merci ! Et merci de votre accueil, de ce que vous m'avez dit.

— C'est moi qui vous remercie d'être venu, dit le curé.

— N'exagérons pas, ne retournez pas les choses. »

Tout en parlant, ils se levaient, se dirigeaient vers la porte.

« Je ne veux surtout pas abuser de votre temps. Je sais combien c'est occupé, un curé de paroisse ! Écoutez, si vous vouliez vraiment me faire plaisir, me montrer que vous m'avez vraiment pardonné, je viendrais à votre messe, dimanche, et après la messe vous viendriez déjeuner à la maison. »

« Ça, c'est un peu trop », se dit le curé. Et, en même temps, quelque chose lui disait que c'était peut-être comme ça qu'on pardonnait. Ou une des manières de.

« Vous n'avez pas besoin d'avoir peur, dit son beau-frère, se méprenant sur l'hésitation : ma femme n'est pas là en ce moment. Elle est chez sa mère pour dix jours.

Vous me direz en même temps ce que vous avez pu faire pour mon problème.

— D'accord, dit le curé ne ouvrant la porte. Mais il faudrait peut-être, ajouta-t-il, que vous me donniez le nom de votre propriétaire, si vous voulez que j'aie une réponse pour dimanche !

— C'est vrai ! Quel étourdi je fais ! C'est une dame, une veuve, c'est Mme Joson.

Au fur et à mesure que son beau-frère disait : « C'est une dame, une veuve, c'est Mme... », le curé avait senti approcher le nom de son ennemie. De nouveau, il regardait son beau-frère comme s'il avait été un spectre.

Mais celui-ci, répétant gaiement : « Au revoir. Merci. Vous êtes formidable ! Vous ne pouvez pas savoir comme je suis heureux ! », le quittait sans remarquer son changement de contenance.

Le curé aurait voulu le rappeler, lui crier : « Ce n'est pas possible ! ce n'est pas possible ! » Mais déjà il avait tourné le coin de la rue, disparu à ses yeux.

Cela se passait le lundi après-midi, à six heures du soir.

Tout le reste de la soirée, toute la journée du mardi, le curé ne pensa qu'à ce qui venait de lui arriver. Il n'y avait pas à tortiller : Dieu lui-même était venu frapper à sa porte en la personne de son beau-frère. Que disait l'Écriture : « Tu n'auras pas plus tôt crié vers moi que je t'aurai répondu » ? « Si tu fais un pas vers l'Éternel, Il en fera mille vers toi » ? Mais dans le cas présent, il n'avait même pas eu à faire un pas vers Dieu. C'est Dieu qui avait fait la moitié du chemin vers lui. Et non seulement la moitié du chemin, mais Il avait clairement ouvert la porte sur l'autre moitié du chemin.

Cela avait quelque chose de terrifiant.

Comme si Dieu l'avait attrapé par la peau du cou. Et juste au moment où il allait téléphoner pour se décommander pour le Carême ! Il avait crié vers le Seigneur en lui disant... Quoi ? Qu'avait-il dit ? Qu'Il n'avait qu'à lui montrer comment pardonner, et il le ferait. Dieu lui montrait comment pardonner : en demandant un service ; en acceptant une invitation.

Mais Mme Joson ! Aller trouver Mme Joson et lui demander un service ! Encore si c'était pour la paroisse... Mais un service personnel. Pour son propre beau-frère. Et après le scandale public qu'il y avait eu !

Ça, c'était vraiment trop.

Et alors que lui-même ne lui pardonnait pas l'affront qu'elle avait fait à toute la hiérarchie ecclésiastique en sa personne ! À la personne même du Seigneur, dont il était le représentant. En quelque sorte.

En quelque sorte.

En quelque sorte seulement. Surtout dans le contexte actuel. Mais là n'était pas le problème. Le problème n'était pas ce que représente le curé — le curé qui a la foi — ou un curé qui n'a pas la foi ? —, le curé... le chrétien... le chrétien qui ne pardonne pas...

À la messe, il sauta l'avant-dernière phrase du Pater pour la première fois de sa vie. Comme un aveu qu'il se faisait à lui-même que c'était bien lui qui avait été offensé et qui avait à pardonner. Et, après la messe, il reprit une fois de plus, tous les textes de pardon. Les deux textes de Matthieu... « Jusqu'à soixante-dix-sept fois sept fois » et « Si vous ne pardonnez pas aux hommes, votre Père ne vous pardonnera pas. » Celui de Luc : « Quand vous êtes debout en prière... » et la parabole du débiteur impitoyable.

Mais il avait beau les lire et les relire avec sa tête et se dire dans sa tête que Dieu avait fait la moitié du chemin et lui avait pour ainsi dire donné un ordre précis, il n'avançait pas d'un pouce vers le pardon de Mme Joson.

Le mardi soir, il épingla une notice sur la porte de

l'église : « Pour des raisons indépendantes de sa volonté, le curé ne pourra pas dire la messe mercredi... »

Il emporta ces paroles dans sa nuit, et elles restèrent avec lui toute la journée du mercredi : « Pour des raisons indépendantes de sa volonté... » C'était la pure vérité : Cela ne dépendait pas de sa volonté. Il ne pouvait pas. C'était au-dessus de ses forces.

« Au-delà de tes forces, peut-être, dit une voix intérieure. Mais au-delà de ta volonté ?

— Absolument au-delà de ma volonté ! cria-t-il à haute voix. Si je le pouvais, je le ferais tout de suite ! »

Le soir, il cria vers le Seigneur :

« Mais comment fait-on ? Comment fait-on pour pardonner ? »

Et la voix intérieure lui dit :

« Où sont tes problèmes de foi ?

— C'est vrai, s'avoua-t-il ! Paul avait raison. Ce n'est pas un problème de foi. »

Et comme il prononçait ces paroles, le gouffre creusé en lui par son ressentiment lui apparut soudain : vertigineux, sans fond, et il cria :

« Je veux te retrouver ! Je veux lui pardonner !

— Va la trouver. Fais cette démarche auprès d'elle pour ton beau-frère. »

Il se reprit :

« Je ne peux pas puisque je ne lui pardonne pas.

— Mais tu veux lui pardonner ?

— De tout mon cœur.

— Alors fais cette démarche sans t'occuper de savoir si tu lui as pardonné. Fais-la sur ta volonté.

— Je ne pourrai pas. Il faut que je lui pardonne d'abord. D'ailleurs... Je ne pourrai pas. M'humilier ainsi... devant cette femme...

— T'humilier ainsi. T'a-t-elle craché au visage ? frappé ? S'est-elle moquée de toi ? T'a-t-elle revêtu de pourpre, nu et déchiré ?

— Pardonne-moi, dit le curé, tombant à genoux. Guéris-moi.

— Fais cette démarche sans t'occuper de savoir si tu lui as pardonné : avec ta seule volonté de lui pardonner. Je ferai le reste. »

Mais la voix intérieure avait beau parler, il ne pouvait se séparer de la certitude qu'il lui fallait d'abord pardonner à Mme Joson. Et plus il savait qu'il lui fallait d'abord lui pardonner, moins il comprenait comment on pardonne autrement que des lèvres. Et la voix intérieure ne lui disait plus rien.

La première chose à laquelle il pensa, en se réveillant le lendemain matin, fut : « Je ne peux pas. »

Il était temps, grand temps, de prévenir le curé de la paroisse du centre. S'il ne pouvait pardonner, il ne pouvait pas prêcher le Carême. Surtout pas maintenant, après ce qui venait de se passer. Et il ne pouvait pas, c'était clair. C'était d'ailleurs sans doute le signe qu'il avait vraiment un problème de foi.

Il décrocha le téléphone et composa le numéro.

Cette fois, aucun coup de sonnette ne vint l'interrompre, mais le numéro était occupé. Après quelques instants, il recommença. Le numéro était toujours occupé. Il recommença : tantôt le numéro ne répondait pas, tantôt il était occupé. Le 13 confirma : le numéro était en dérangement.

Il ne pouvait pas priver les habitués de la semaine de leur messe une seconde fois. Il revêtit l'aube avec lassitude. Depuis qu'il savait qu'il n'avait pas de problème de foi, il avait l'estomac encore plus barbouillé qu'auparavant. Ce matin, il ressentait des brûlures et une envie de vomir. Peut-être avait-il un ulcère ? Ou mieux, un cancer ? Si ça continuait, il devrait faire faire une radiographie. Il expédia la messe sans le moindre mot d'homélie, et laissa les huit paroissiens réciter seuls le Pater.

Lorsqu'il eut retiré les ornements sacerdotaux, il se laissa tomber sur le prie-Dieu de la sacristie. Il aurait voulu implorer le pardon de son Seigneur. Mais cela semblait être devenu aussi impossible de demander ce pardon que de conférer celui de Mme Joson.

Il se leva. Il y avait à onze heures une réunion de l'équipe liturgique pour préparer la messe du premier dimanche de carême. Et l'équipe liturgique lui avait demandé d'y assister. Là aussi, Mme Joson avait réussi à s'introduire !

Il passa le temps qui le séparait de la réunion à marcher de long en large dans sa cuisine, et à essayer d'appeler la paroisse du centre. Mais le numéro sonnait toujours occupé.

Il était prêt à faire un geste — sans que le cœur y fût. Il ne pouvait rien sur son cœur. Mais apparemment, ce qui lui était demandé était de faire ce geste. Il pouvait dire des mots, faire un geste de pardon, avec ses lèvres. Mais il n'y était pas prêt.

Non ! Il ne pouvait pas.

Le fond du problème était qu'il n'était pas capable de donner l'accord de sa volonté à ce pardon. Il le savait maintenant : il ne *voulait* pas pardonner. Mais enfin, il était prêt à faire quelque chose. Quelque chose d'extérieur. Ça, il ne pouvait pas le refuser.

« Je ne peux tout de même pas lui dire que je lui pardonne, puisqu'elle ne sait pas qu'elle m'a offensé ! »

Comment arrive-t-on à vouloir ce qu'on ne veut pas ?

Et après ces trois jours de combat, il savait qu'il lui suffirait de *vouloir* pardonner pour recevoir ce pardon à donner.

De temps à autre, il refaisait son numéro de téléphone. Toujours sans succès.

« Je ferai ce que je peux. On ne peut pas me

demander plus que je ne peux. » Ce n'était pas qu'il voulait pardonner. Mais depuis la messe du matin, ce qu'il voulait le plus au monde était de pouvoir demander pardon à Dieu.

La sonnette retentit. Si Mme Joson pouvait arriver la première, il trouverait peut-être le geste. Mais non, ce n'était pas elle.

Elle arriva la cinquième.

En deux ans elle avait pris encore plus d'autorité : elle menait la réunion, donnant la parole aux uns, la retirant aux autres, résumant, concluant... Le curé n'entendit pas un mot jusqu'au moment où elle dit :

« Rien de plus ? Monsieur le Curé, aucun commentaire ? Bon, eh bien, je pense que nous pouvons lever la séance. »

Ils allaient partir et il n'avait pas fait le geste. Un sentiment d'urgence s'empara de lui. Que pouvait-il faire pour la retenir ? pour trouver ce geste ? Et quel geste ? Mais ce geste, il savait bien ce qu'il devait être. Celui que Dieu avait fait pour lui : son beau-frère était venu lui demander un service. Et par-dessus le marché un service qui incluait Mme Joson. Comment témoigne-t-on plus à quelqu'un qu'on lui a pardonné qu'en lui demandant un service ? Et tout avait été disposé pour lui. Un chemin aplani avait été tracé pour lui. Il ne lui était laissé à faire rien d'autre que de dire ces six mots : « J'aurais un service à vous demander. »

« Alors, à la semaine prochaine, se disaient les membres de l'équipe liturgique les uns aux autres.

— Au revoir, Madame », dit le curé à Mme Joson.

Puis, tout à coup, au moment où elle allait franchir, où elle avait déjà franchi, le seuil du presbytère :

« Madame Joson, Madame Joson, si vous n'êtes pas trop pressée, j'ai, je crois que j'ai, est-ce que vous croyez... »

Et enfin les six mots sortirent de sa bouche :

« J'aurais un service à vous demander. »

Mme Joson s'était arrêtée et retournée vers lui. Elle lui sourit. Il s'aperçut qu'elle avait vraiment un très beau sourire. De tout le visage, presque de toute sa personne.

« Monsieur le Curé, dit Mme Joson, vous ne pouvez pas savoir quel plaisir cela me ferait de vous rendre ce service. »

Un flot de chaleur et d'amour, parti de la plante des pieds, monta et envahit tout le corps du curé, balayant miraculeusement son mal au cœur, ses brûlures d'estomac, son envie de vomir et tout ce qui restait de ses problèmes de foi :

« Voilà, dit-il, c'est mon beau-frère... »

Quand Mme Joson l'eut quitté avec un grand sourire et une promesse de régler au plus vite le problème de son beau-frère, il refit le numéro de la paroisse du centre. La sonnette retentit deux fois.

« Allô, dit la voix du curé de la paroisse du centre, qui est là ? »

Sans répondre, le curé de Sainte-Clotilde reposa le récepteur.

La conversion

Le mercredi des Cendres de l'année 1976, au moment où le père Georgio lui tendait l'aube qu'il allait revêtir pour célébrer solennellement l'ouverture du Carême, Monseigneur Garcia avait été arrêté et conduit au *Carcel de la Libertad*.

Monseigneur Garcia avait toujours exercé avec méthode, intelligence et charité, la plénitude de son autorité pastorale sur tous les plans : doctrine, charité, ministère des âmes, administration temporelle.

Chef de l'Église locale, témoin de la Vérité, successeur des Apôtres, revêtu du sacrement de l'Ordre, serviteur et berger de ses ouailles, il s'était toujours su, partout où il se trouvait, parmi tous et pour tous, présence du Christ.

Aucun progressiste n'avait jamais pu lui reprocher de ne pas être un prêtre social. Aucun conformiste n'avait jamais pu lui reprocher un col roulé. Monseigneur Garcia avait toujours tenu ses distances et n'avait jamais copiné. Aucun traditionaliste n'avait jamais pu lui reprocher de traiter à la légère les prescriptions de l'Église. En ces temps de renouveau liturgique — dont Monseigneur Garcia se réjouissait sans en ignorer les dangers — il s'était toujours su défenseur et garant du droit canon. Il avait toujours été très strict sur les exigences de la confession personnelle, et ne s'était jamais permis la moindre permutation dans l'ordre de la messe ou la moindre fantaisie dans les prières de la Consécration.

Les progressistes le lui auraient bien reproché, s'il n'avait été aussi évidemment un prêtre social, par ses préoccupations et son action auprès des gros propriétaires et des petits paysans. Mais, quoique fermement social, il avait toujours été, tout aussi fermement, anticommuniste.

Au reste, bien qu'il n'eût jamais hésité à stigmatiser publiquement tant les actes terroristes des Tupamaros que les brutalités policières, aucune de ses ouailles n'avait jamais eu l'occasion de lui reprocher, ou de le louer, de ne faire ni politique gouvernementale, ni politique révolutionnaire en chaire. Monseigneur Garcia avait toujours tenu, en toutes circonstances, avec la force qui le caractérisait, la ligne difficile qu'il s'était tracée comme homme de Dieu.

Lorsque les policiers s'étaient présentés, il n'avait pas été tellement surpris. Il avait toujours su que son action éducatrice auprès des propriétaires et des paysans était aussi mal vue du gouvernement que des révolutionnaires. Il n'avait pas non plus éprouvé une grande inquiétude : le gouvernement pouvait difficilement lui reprocher officiellement la protection qu'il avait étendue à ses ouailles. De toute façon, en tant qu'évêque, il se savait dans la main de Dieu, et, en tant qu'homme, il n'était pas naturellement porté à l'inquiétude.

À onze heures trente, le chef de l'Église locale, dépositaire du pouvoir de l'Église universelle, catholique et romaine, représentant le Fils de Dieu parmi les hommes, s'était encore trouvé dans la sacristie de sa cathédrale entouré de ses prêtres, sacristains et enfants de chœur. À huit heures trente du soir, il avait été introduit dans une cellule de prison éclairée par une ampoule de très faible puissance, et occupée par trois hommes et quatre matelas.

« Eh, l'évêque ! Te voilà avec les pobros, l'avait apostrophé un homme barbu d'une cinquantaine d'années, à la voix exceptionnellement profonde et résonnante.

— Amigo, je suis toujours avec les pauvres, lui avait répondu l'évêque. C'est une grande grâce que me fait le Seigneur.

— Belle grâce en vérité », avait ricané un petit jeune homme maigre et glabre à la voix suraiguë.

Le troisième, assis sur un matelas dans le fond de la cellule, n'avait pas fait entendre le son de sa voix.

« Salud, amigo ! » lui avait dit l'évêque sans en recevoir de réponse.

La porte de la cellule s'était refermée. La lumière s'était éteinte. L'évêque avait pris possession du matelas inoccupé à gauche de la porte.

Couché sur le dos, il avait passé en revue les événements de la journée. Il avait été traité avec une certaine déférence par les policiers, le juge d'instruction, le directeur de la prison et même les geôliers. Il se trouvait dans une prison. Derrière une porte fermée. Avec trois autres hommes.

Le Seigneur lui offrait, momentanément, un nouvel apostolat — restreint à trois hommes et quelques geôliers — mais auquel il pourrait s'appliquer avec les mêmes dispositions que dans son diocèse. Le *Carcel de la Libertad,* quoiqu'il n'eût jusqu'à présent jamais réussi à obtenir l'autorisation d'y envoyer un aumônier, ne faisait-il d'ailleurs pas partie de son diocèse ? Où qu'il fût, il restait le représentant élu de l'Église et de Dieu, le Christ parmi ses frères. Étendu dans l'obscurité, entouré d'un silence et de bruits inhabituels, il s'était souvenu de l'ambassadeur anglais, enlevé par les Tupamaros, qui avait vécu neuf mois enfermé sous terre dans une cage de deux mètres de long sur un mètre cinquante de large, et qui en était sorti sain de corps et d'esprit. D'esprit, par la foi et un travail intellectuel. De corps, en faisant journellement, dans cet espace exigu, culture physique et course à pied. Ce qu'un ambassadeur avait fait, un évêque pouvait le faire. Dans des circonstances d'ailleurs autrement moins dures. De l'exercice physique. Des exercices spirituels. Évidemment, il ne pouvait pas se dire, comme l'ambassadeur anglais : « Puisqu'ils ne m'ont pas encore tué, ils me libéreront dans neuf mois. » Pour la durée, aucun raisonnement ne pouvait lui donner une idée du temps qu'il aurait à passer dans cette prison. Le temps échappait à l'action de sa volonté. Donc, remettre le temps au Seigneur. Et s'en tenir à des choses simples, claires : il était nommé ici pour une durée indéterminée et pour un nouvel apostolat. L'autorisation et les moyens de célébrer la messe lui avaient été catégoriquement refusés par le directeur de la prison. À défaut du corps du Christ, il apporterait la parole du Christ à ses frères de captivité, et à ceux des geôliers avec lesquels il lui serait possible d'établir un contact. En tant que prêtre et évêque, il était le Christ parmi eux. Il était ici pour tous, pour souffrir avec ses compagnons, partager leurs peines, les reprendre, les réconforter, les enseigner. Ce à quoi toute sa vie l'avait préparé et entraîné. Somme toute, il n'y avait aucune solution de continuité. Ce temps, d'une durée indéterminée, serait un temps fort de prière, de méditation et de témoignage du Seigneur auprès de trois hommes et de quelques geôliers. Sa foi lui interdisait toute inquiétude. Ses dispositions naturelles étaient un puissant adjuvant à sa foi. Le Seigneur était son berger. Il lui offrait une occasion d'exercer sa foi en Lui et de revenir à une catéchèse plus directe.

Son programme établi, il avait remercié Dieu de sa journée et s'était endormi sans difficulté.

Son sommeil n'avait été interrompu que deux fois.

Chaque fois par la voix profonde du barbu. La première fois, il semblait discuter avec quelqu'un. La seconde, implorer. Chaque fois, la voix suraiguë du jeune homme maigre avait crié dans l'obscurité :

« Tu rêves, Manolo ! Réveille-toi. Fous-nous la paix. »

Le lendemain matin, ne lui laissant pas le temps de se demander où il se trouvait, le barbu l'avait réveillé d'une claque sur l'épaule. Il était grand et large, basané, avec une épaisse chevelure noire bouclée, un visage ouvert et souriant. Il ne ressemblait vraiment pas à un homme qui est la proie de cauchemars.

« Je me présente, avait-il dit : Manolo, guérillero, pour te servir. Alors : tu es avec nous ? »

Un prêtre prisonnier, c'était un prêtre révolutionnaire.

Il y avait longtemps que personne n'avait tutoyé l'évêque.

« Je suis certainement avec toi, ici, avait-il dit en passant les doigts dans ses cheveux, mais je ne suis pas sûr de comprendre ce que tu veux dire en me demandant si je suis avec vous.

— Allons, avait dit Manolo, ne te fais pas plus bête que tu n'es ! Tu es avec nous dans notre lutte pour combattre le sous-développement et le système féodal, pour détruire l'impérialisme et pour établir la justice du peuple. Tu es pour la révolution, quoi ! »

Il s'était assis en tailleur sur son matelas, et scandait ses phrases à grands moulinets de bras.

« Tais-toi, Manolo, avait dit le garçon maigre. Le fait

qu'il te demande ce que signifie être avec nous ne suffit donc pas à te démontrer que Monseigneur est un ennemi du peuple ? »

Il avait un visage d'ascète, une voix aiguë et persiflante, un langage châtié. Son visage était totalement dénué de toute marque de sourire.

« Pourquoi veux-tu que je sois un ennemi du peuple ? Il n'y a personne dans mon diocèse qui me considère comme un ennemi du peuple. »

Les murs de la cellule formaient une espèce de trapèze, tout en longueur. La cellule était éclairée par une verrière grillagée dans le plafond, du côté de la porte, et les murs allaient se rapprochant vers l'autre extrémité.

« Nous ne faisons pas partie de ton diocèse, avait dit le garçon maigre. Du moment que tu n'es pas là pour la révolution, tu t'opposes à nous, et si tu t'opposes à nous, tu es un ennemi du peuple. »

Sa voix aiguë craquait par moments comme une corde de violon surtendue. Étendu de tout son long sur un matelas parallèle à celui du barbu, la tête légèrement relevée contre le mur, il parlait à l'évêque sans le regarder.

« Je ne m'oppose pas à toi, avait dit l'évêque, ni à toi ni à personne, mais je ne crois pas à la lutte par la violence, c'est vrai.

— Tu vois, Manolo, dit l'homme, méprisant, un ennemi du peuple, un valet de l'impérialisme et de la dictature bourgeoise. »

Puis, s'adressant à l'évêque :

« La violence est l'accoucheuse de la nouvelle société. »

La conversation ne prenait pas du tout le chemin imaginé par l'évêque la veille en s'endormant.

« Es-tu catholique ? avait-il demandé à son accusateur.

— Moi, je suis catholique romain pratiquant, avait dit Manolo. Chiquo est un catholique romain pas pratiquant.

— Parle pour toi, avait dit Chiquo brutalement, en

s'asseyant tout d'un coup, moi, je suis un marxiste-léniniste et rien d'autre. »

Manolo avait haussé les épaules :

« Moi, c'est parce que je suis catholique que je suis pour la justice, pour les pauvres, et pour la révolution. Et toi, un évêque, un prêtre, tu es pour l'injustice ou pour la justice ? Tu veux aider les pauvres ou tu refuses de les aider ?

— Un homme de Dieu est toujours pour la justice, et, quant aux pauvres, quand tu sortiras d'ici, tu pourras si tu veux demander à ceux de mon diocèse ce qu'ils en pensent, mais ce n'est pas pour cela... »

Chiquo lui avait coupé la parole :

« Si tu es pour la justice et pour les pauvres, sois conséquent avec toi-même. Être conséquent, cohérent, signifie être révolutionnaire. Il faut régler le problème radicalement. Imposer la justice, l'égalité et la liberté. Le radicalisme révolutionnaire assume la responsabilité du monde. »

Il parlait vite, d'une voix saccadée qui tranchait avec le débit lent et paysan de Manolo. Abstrait et didactique, avait pensé l'évêque.

« Tu ne parles pas comme Notre Seigneur, lui avait-il dit, tu parles comme les zélotes qui soutenaient leurs efforts vers le Royaume de Dieu par la force des armes.

— Qu'est-ce que c'est, les zélotes ? avait demandé Manolo.

— Des patriotes et des révolutionnaires comme toi et moi, avait dit Chiquo avant que l'évêque eût pu répondre.

— Mais Notre Seigneur n'approuvait ni leurs méthodes, ni même les objectifs de leur *radicalisme révolutionnaire*, comme tu dis, avait dit l'évêque.

— Je n'ai rien à foutre de son approbation, avait dit Chiquo. Manolo sait aussi bien que moi que le renversement de la puissance oppressante et totalitaire du gouvernement actuel est un devoir dicté par Dieu. Pour libérer le peuple de la domination et de la servitude il faut changer les structures. Toutes les structures. Faire table rase.

— Et quand vous aurez changé les structures, qu'est-ce que vous aurez changé ? Regardez autour de vous dans ces pays où la révolution a changé les structures : Russie, Cuba, Guinée, Angola, Chine... Vous y trouvez moins de misère ? Moins de souffrance ? Moins d'oppression ? Vous changez les structures et l'homme refait, d'autres hommes refont les mêmes crimes. Si l'homme n'est pas changé, aucune révolution ne peut établir aucune justice, ni celle de l'homme, ni celle de Dieu.

— En changeant la société, nous changerons l'homme, avait dit Chiquo.

— Moi je vous dis que c'est en changeant l'homme qu'on change la société.

— Eh bien, nous changerons l'homme !

— L'amènerez-vous à l'amour par la violence ? »

Si ce petit révolutionnaire arrogant et triste tenait à un affrontement dialectique il se rendrait compte qu'il avait en face de lui un adversaire capable de lui tenir tête.

« Par autant de violence qu'il sera nécessaire ! Contenir la violence par la violence implique l'exercice de la violence.

— Pourquoi ne viens-tu pas avec nous ? était intervenu Manolo. Tout le monde dit que tu défends les pauvres. Notre Seigneur était pour les pauvres.

— Il m'est interdit de défendre les pauvres par la violence. Notre Seigneur condamne la violence. Jésus-Christ m'a libéré de la violence.

— Eh bien, avait dit Chiquo, n'est-ce pas justement ceux qui ont été libérés de la violence qui ont le devoir de participer par une violence de justice à la révolution, au lieu de l'abandonner à ceux que tu appelles les violents ? C'est ce que tu comprendrais si tu n'étais pas au fond de ton cœur un ennemi.

— La révolution que Dieu veut faire est une révolution que les hommes ne peuvent pas faire eux-mêmes, une révolution qui s'accomplit en nous, par l'amour, sans violence... et sans crampes, avait-il ajouté, en se levant et se frottant les jambes.

— Tu t'y feras, avait dit Manolo en riant, et si tu avais été un guérillero tu t'y serais déjà fait. »

Sans s'occuper des crampes de l'évêque, et pendant que celui-ci roulait son matelas pour en faire un siège de fortune, Chiquo avait poursuivi :

« Votre amour, c'est être gentil, gentil, patient, mou, tout accepter, tout supporter, c'est pour cela que vous pouvez l'opposer à la violence. Votre doctrine morale s'exprime en termes de vertu. Résultat : vous laissez échapper le contenu proprement social. Dans une société de domination, il n'y a pas d'amour possible. Nous vivons dans une société de domination. La guérilla fabriquera une société sans domination, où l'amour sera possible. Si ton amour était un véritable amour, il te commanderait de venir en aide aux malheureux dans leur besoin. En ce moment le plus grand besoin est la misère dans laquelle une grande partie de notre peuple vit par suite de la domination exercée par une minorité sur la majorité. Pour aimer vraiment le peuple, il faut le libérer de cette domination. Tout le reste est secondaire. Alors l'amour commande la révolution, et la révolution commande la violence.

— Le passage de la misère à la prospérité générale ne s'est fait nulle part jusqu'à présent sans passer par le développement industriel du capitalisme. Partout où on a voulu remplacer l'étape du capitalisme industriel par la révolution, le développement a été beaucoup plus lent, pour ne pas dire inexistant.

— Tu parles comme un livre d'économie capitaliste, avait ricané Chiquo. Tu vois, Manolo : l'ennemi. Notre évêque des pauvres est un défenseur du capitalisme et de l'impérialisme. Doublement ennemi du peuple.

— Je regarde les faits et je constate. Si je suis l'ennemi de quelque chose, c'est seulement de la violence.

— La violence, la violence ! Tu ne peux parler que de ça ! La violence est nécessaire, mais elle n'est qu'un moment et un aspect de la révolution ! Il s'agit, par des actions exemplaires et significatives posées en des points stratégiques, de démoraliser le pouvoir établi et de saper son pouvoir. La violence est un phénomène marginal.

— Chiquo a raison, avait dit Manolo, pourquoi reviens-tu toujours à la violence ? Elle est seulement contre les ennemis du peuple.

— Va dire ça aux familles de ceux qui ont été tués " par hasard ". Ou aux parents de ceux qui ont été assassinés — à la veuve de Carlo Mendoza par exemple.

— C'était un ennemi du peuple. Nous ne l'avons pas assassiné, nous l'avons exécuté, avait protesté Manolo.

— Une exécution suppose un crime et un jugement. Carlo Mendoza était un homme droit et honnête, et il n'a pas été jugé.

— Son crime était de servir le gouvernement, avait dit Chiquo. Un homme droit et honnête a moins que tout autre le droit d'apporter sa caution à la dictature.

— Lorsque l'on tue un homme sans procès et sans jugement, c'est un assassinat. Même si Carlo Mendoza n'avait pas été un homme droit et honnête, le tuer sans procès ni jugement aurait été un assassinat.

— Le gouvernement ne le fait pas, peut-être ? avait demandé Manolo ?

— S'il le fait, c'est un assassinat aussi.

— Tu vois bien, avait dit Manolo. Nous sommes d'accord. Le gouvernement est plein d'assassins du peuple. Mais nous, nous ne sommes pas des assassins, nous sommes un mouvement de libération nationale. »

Il s'était penché en avant et il y avait eu dans sa voix,

dans son geste, dans son regard, un poids d'interrogation et d'inquiétude qui n'avait échappé ni à l'évêque ni à Chiquo. Tout d'un coup, ce grand cadre plein de force ressemblait à un homme qui peut avoir des cauchemars, qui a besoin d'être rassuré.

« Nous cherchons le bonheur du peuple, avait-il plaidé. Nous exécutons pour le bonheur et la libération du peuple.

— Manolo a raison, avait affirmé Chiquo. (Il s'était levé.) Les définitions peuvent changer. Quand le gouvernement exécute — avec ou sans procès — il assassine. Un mouvement de libération nationale n'assassine jamais. Toute action à laquelle les forces oppressantes nous contraignent est légitimée par notre objectif. Les prévisions scientifiques de Marx fondent le bonheur des peuples sur la lutte libératrice. En fondant notre lutte sur le bonheur des peuples nous nous conformons aux prévisions scientifiques de Marx, nous sauvons le peuple et nous lui rendons liberté et égalité ! »

Au fur et à mesure qu'il parlait, Manolo se détendait, rassuré. Il avait repris sa position en tailleur, dos au mur, retrouvé le sourire.

« Devant Dieu, nous sommes tous égaux, avait dit l'évêque.

— Taratata, à l'heure actuelle, il n'y a qu'un endroit où l'égalité existe : c'est lorsque deux personnes sont face à face chacune derrière un 45.

— Ou lorsque tous les deux sont morts avec du plomb de 45 dans la cervelle », s'était esclaffé Manolo en se tapant sur la cuisse. Il s'était complètement repris.

Chiquo n'avait même pas souri. Dans les jours qui allaient suivre, l'évêque allait apprendre que Chiquo ne savait ni sourire, ni rire. Il ne semblait pas avoir d'autre registre que le ricanement. Il s'était assis sur le matelas de Manolo, à côté de celui-ci, les genoux relevés et écartés, les mains pendant entre les genoux.

L'évêque, tout d'un coup envahi par un sentiment d'impuissance et de lassitude, avait passé une main sur son front. Le poids de la haine pesait sur lui dans ce dialogue de sourds. Comme une présence de Satan.

« Le Che a dit que la haine est le meilleur facteur de lutte », avait continué Chiquo, poussant son avantage. Lui n'avait été ni fatigué, ni atteint par la lutte verbale. « Il écrit que la haine intransigeante de l'ennemi qui pousse au-delà des limites de l'être humain “ doit être une, efficace, violente, sélective et froide machine à tuer ” et qu'un peuple sans haine ne peut pas triompher d'un ennemi brutal. C'est par la haine intransigeante et brutale que nous établirons la liberté et l'égalité. »

Sa voix aiguë montait, triomphante. Tout comme il avait reconnu le moment de faiblesse de Manolo, il avait perçu le découragement de l'évêque. L'évêque s'était redressé :

« Le chemin de l'égalité, c'est l'amour de Notre Seigneur. La seule et véritable égalité est celle que nous avons devant Dieu et, devant Lui, nous sommes tous égaux. D'ailleurs, aucune forme de liberté n'a quoi que ce soit à voir avec l'égalité. Ici, dans cette prison, par exemple, nous ne sommes pas libres et nous sommes tous égaux.

— Tu plaisantes ! avait dit Chiquo. Toi ? Un ennemi du peuple et Julito, ce petit rat de voleur à la tire ? Il n'y a d'égaux ici que Manolo et moi parce que Manolo et moi sommes habités par la volonté d'abolir par tous les moyens nécessaires la relation maître-esclave. »

Tous deux se battaient maintenant, non l'un contre l'autre, mais pour Manolo. La chose était claire.

« Tout ce qu'on n'a jamais réussi à faire, dit l'évêque, c'est de mettre l'esclave à la place du maître.

— Et pourquoi pas ? avait demandé Manolo. Chacun son tour !

— Pour cela, avait dit Chiquo, choisissant d'ignorer et

l'évêque et Manolo, il n'y a qu'une arme, la lutte ; qu'un outil, la haine. Le changement des rapports de puissance ne peut être réalisé que par l'utilisation de la puissance et la prise du pouvoir. »

Malgré la passion avec laquelle il parlait et la tension de son visage, son corps restait parfaitement immobile, comme détaché de lui.

« Et après, que ferez-vous, que construirez-vous ? » avait demandé l'évêque, posant pour la première fois une question qu'il allait reposer des dizaines de fois.

Manolo avait prononcé, comme un acte de foi, de sa belle voix grave et lente :

« L'avenir dira les tâches qu'il y aura à réaliser. »

Et Chiquo avait repris en écho, de sa voix de fausset :

« Oui, l'avenir dira les tâches qu'il y aura à réaliser. »

Comme la plupart des discussions ou des conversations qu'ils avaient eues par la suite, cette première discussion avait été interrompue par le bruit des clés du geôlier. Avant même l'ouverture des deux judas, l'un en bas et l'autre au milieu de la porte, le troisième homme, qui n'avait pris aucune part à la discussion, qui n'avait, d'une certaine manière, même pas été là, avait surgi du fond de la cellule, un seau sanitaire dans chaque main. Il les avait fait passer par le judas inférieur et avait reçu par le judas supérieur quatre moques pleines d'un liquide noirâtre.

« Eh, fais gaffe, lui avait crié Manolo en saisissant une des moques qu'il lui tendait, tu en mets partout, sale rat ! »

Il n'avait rien répondu. Et l'évêque avait pris conscience que, depuis que Manolo l'avait réveillé d'une grande claque sur l'épaule, pas un instant — même lorsque Chiquo avait prononcé le nom de Julito — pas un instant il n'avait pensé à ce quatrième occupant de leur espace ; que pas un instant il ne l'avait même vu. Pour la première fois, il avait pu le regarder. Le sale rat était presque un enfant. Encore plus court de taille et plus maigre que Chiquo. Il avait la carrure surdéveloppée et le teint cuivré des Indiens. Et une espèce de peur.

L'exclu des pauvres de la révolution, glissant un furtif coup d'œil entre des paupières étroitement rapprochées, avait rencontré le regard posé sur lui. La fente s'était resserrée.

« Merci », lui avait dit l'évêque en prenant la moque tendue.

Sans répondre, il avait récupéré d'une main les seaux vidés, et s'était comme fondu de nouveau dans le coin extrême de la cellule, où son matelas occupait toute la largeur de la paroi.

Chiquo avait remplacé sa faiblesse physique par la violence. Julito parait à la sienne par un manteau d'invisibilité. Manolo n'avait pas de faiblesse à masquer — en tout cas pas de faiblesse physique. Il était l'image de la force physique : large, bruyant, bon enfant, rapide à rire, rapide à s'emporter, rapide à se calmer. « Moi, le Seigneur est ma force », avait pensé l'évêque. Et il l'avait remercié de lui avoir donné d'être fort physiquement, moralement et spirituellement.

« Tu devrais lire le Che, disait Chiquo, j'ai toujours son livre dans ma poche. Je te le prêterai.

— Merci, avait dit l'évêque, en frappant sur la sienne, moi j'ai ma Bible et mon bréviaire. »

Le difficile avec Julito serait de l'apprivoiser.

Et pourtant, la chose avait été facile au-delà de toutes ses espérances : le jour même de ce premier jour de prison, un geôlier était venu chercher l'évêque. Les nouvelles circulent vite dans les prisons : son arrivée en avait déjà fait le tour, et deux hommes demandaient à se confesser.

« Si Monseigneur veut venir avec moi, avait dit le geôlier.

— Alors, tous égaux, Monseigneur ? » avait ricané Chiquo.

Mais Julito, avant qu'il ait eu le temps de répondre au geôlier, s'était approché de lui, marchant de côté, comme un crabe, et sans avoir l'air de s'adresser à lui, sans le regarder, avait dit :

« Moi aussi. »

Et Monseigneur Garcia l'avait confessé aussitôt, avant de quitter la cellule, de crainte qu'il changeât d'avis en son absence sous la pression des autres. (C'était son premier jour : il n'avait pas encore compris à quel point Julito n'existait pas pour les deux terroristes.)

« Est-ce que tu veux bien attendre dix minutes ? » avait-il dit au geôlier, et il avait entendu, sous le couvert des exclamations et des annonces de Chiquo et de Manolo qui jouaient aux cartes, la misérable petite confession exprimée en mots d'enfant.

Ainsi cette première journée l'avait à la fois démonté et conforté.

Il s'était imaginé catéchisant ou exhortant ses compagnons d'infortune et il s'était trouvé entraîné dans un débat, confronté à une dialectique révolutionnaire. Chiquo, sans jamais l'appeler autrement que Monseigneur, lui avait interdit sa position d'évêque et de prêtre, et l'avait contraint à se tenir sur un terrain politique. Il était venu parmi eux comme le Christ parmi les hommes, et avait pensé, sans se le formuler, qu'il serait aussi facile, et même plus facile, ici, dans cette prison, d'être d'emblée sur le plan essentiel, et il avait été relégué ennemi du peuple.

Mais il avait aussi pensé que son ministère allait être confiné à sa cellule et à un ou deux geôliers, et, dès ce premier jour, c'est la prison tout entière qui s'était avérée devoir être le champ de son ministère.

Et il s'était demandé comment il pourrait apprivoiser et amener à la repentance et à la confession le jeune Julito et celui-ci s'était lui-même jeté au-devant de lui.

Les jours suivants, l'ajustement à un terrain mouvant qui ne correspondait jamais à aucune de ses prévisions et l'ajustement à un environnement et à un rythme de vie si nouveaux l'avaient distrait de l'inconfort inhérent à sa situation de confinement et surtout de promiscuité.

Des choses aussi peu importantes qu'un semblant de propreté dans la cuvette commune avec de l'eau déjà utilisée par Chiquo ou par Manolo — Julito se lavait rarement et attendait en tout cas toujours que les autres soient passés les premiers — ou que la satisfaction publique de ses besoins naturels lui avaient tout de même demandé un effort.

Et, au début, lorsqu'il sortait sa Bible ou son bréviaire de sa poche, ou s'agenouillait pour prier, il avait trouvé difficile de se recueillir pendant que les deux hommes continuaient leurs discussions ou leurs plaisanteries, dont Chiquo faisait immanquablement monter le ton et le degré de grossièreté. Difficile aussi de supporter l'absence de chaise et de table, et presque aussi difficile de supporter le regard voilé de Julito, qui ne le quittait jamais.

Mais, peu à peu, il avait pris un certain rythme de vie. Chaque jour, il faisait sa gymnastique (à l'instar de son ambassadeur anglais), méditait son bréviaire, priait — bientôt sans aucune gêne —, partageait avec Julito les corvées de nettoyage.

En dehors de leur cellule, il se trouvait, presque officiellement, aumônier de la prison. Seule la célébration eucharistique lui était à la fois interdite et rendue impossible. Presque tous les surveillants de promenade le laissaient libre de parler avec ses voisins de file et il partageait avec eux et avec les prisonniers des autres cellules qui le faisaient appeler leurs souffrances et leurs problèmes. Confessions, récits d'interrogatoires sauvages, de meurtres et de brutalités, déballage d'envie, de haine, de jalousies, de rancœurs, d'amertumes, d'écrasements subis ou infligés, de revanches sanglantes... il écoutait, confessait, exhortait, réconfortait. Il était le pasteur.

Dans leur cellule, c'était une autre histoire. Là, il se heurtait, à l'état d'élément allogène, à une forme de société cloisonnée et hiérarchisée. Les deux terroristes (ils avaient été raflés au moment de l'attentat de la Via Grande, l'année précédente, et se trouvaient depuis dans cette cellule, sans interrogatoire ni jugement) formaient l'ordre clos de la classe supérieure. Ils avaient assigné au petit voleur la caste de domestique intouchable, et l'évêque n'était tout simplement nulle part.

Avec Julito, qui prenait dans l'exercice de ses charges, depuis que l'évêque les partageait, une assurance nouvelle, comme si un peu de l'autorité dégagée par l'évêque rejaillissait sur lui, s'était établie une relation sans dialogue. L'évêque lui racontait, chaque soir, avec les mots très simples qu'il pouvait comprendre, la vie du Seigneur ou ses commandements. Parfois Julito posait une question réduite à un seul mot : pourquoi ? Quand ? Comment ? Le plus souvent il écoutait en silence.

Avec Chiquo et Manolo, la situation, depuis cette première discussion du premier jour, restait bloquée. Quand ils n'étaient pas absorbés dans leurs interminables parties de cartes ou de dés, ils ne réintroduisaient l'évêque dans leur vie que pour lui offrir une réédition de leur première conversation. L'évêque, lui, essayait d'éviter cette réédition : il pourrait toujours tenir tête à Chiquo — sous le regard interrogateur de Manolo — mais à quelle fin ? Ce terrain n'était pas celui du Seigneur. Chacun resterait sur sa position. « Apporte-leur d'abord le Royaume et tout le reste viendra par surcroît. » Mais comment ? Il ne leur apportait rien du tout.

Chaque fois que Manolo commençait un plaidoyer, ou que Chiquo s'efforçait d'engager une joute politique, l'évêque répondait *vie et commandements du Seigneur et de l'Église*. Manolo l'aurait peut-être suivi sur ce terrain, mais Chiquo, avec son visage intouché par le sourire, faisait peser sur lui un regard méprisant, lui coupait la parole et ramenait sur le tapis la discussion du premier jour — ou s'écartait ostensiblement de lui en enfermant à nouveau Manolo dans une de leurs éternelles parties de cartes. Il semblait avoir besoin de se protéger contre tout ce que l'évêque pourrait dire sur n'importe quel sujet étranger à la révolution, comme s'il avait peur de se laisser entamer sur tout autre terrain que révolutionnaire.

Il ne riait jamais, il ne comprenait pas la plaisanterie et il recherchait inlassablement avec l'évêque une discussion verbale politique, une confrontation doctrinale, un affrontement — ou l'ignorait.

Les lumières s'éteignaient. Julito dormait déjà, roulé en boule sur son matelas.

Le sommeil s'étendait sur la cellule, interrompu seulement par les cauchemars de Manolo.

Le troisième lundi de Carême, les clés avaient tourné dans la serrure de la porte à une heure inhabituelle. Aucun geôlier n'était jamais venu chercher Monseigneur Garcia pour une confession aussi tard dans l'après-midi.

L'évêque lisait son bréviaire. Julito, assis près de lui, le regardait. Manolo et Chiquo jouaient aux cartes. La porte s'était ouverte, et deux geôliers avaient laissé tomber dans la cellule les débris de Juan.

Les deux jambes et les deux bras étaient brisés, le visage tuméfié et sanglant, la bouche une plaie, les ongles arrachés.

Chiquo et Manolo s'étaient levés. Julito s'était roulé en boule sur son matelas et avait disparu.

« Alors, avait dit Chiquo, la fin ne justifie pas les moyens ?

— Aucune fin », avait dit Monseigneur Garcia. Des larmes coulaient sur ses joues. Il avait dominé avec peine une envie de vomir.

« Carlos, avait-il dit à un des geôliers qui quittaient la cellule, fais-moi une faveur : apporte-moi de l'eau propre, très propre — bouillie si tu peux — et des chiffons, quelque chose. On ne peut pas laisser cet homme comme ça. »

Carlos était un de ses pénitents. Il n'avait pas répondu.

« Pour quoi faire ? avait dit l'autre. Demain il sera mort. »

La porte s'était refermée. Monseigneur Garcia avait traîné son matelas près des débris.

« Aidez-moi, avait-il dit à Manolo et Chiquo.

— Pour quoi faire avait dit Chiquo ? Tu as entendu : demain il sera mort. »

Mais lorsque Manolo avait commencé à aider l'évêque, il s'était joint à eux. Ensemble ils avaient disposé Juan sur le matelas et mis de l'ordre dans ses morceaux.

Les clés du judas supérieur avaient tourné, le visage rond et inexpressif de Carlos s'était encadré dans l'ouverture. Il apportait deux seaux d'eau et des linges.

« Tout est propre, avait-il dit. J'ai tout pris à l'infirmerie.

— Dieu te le rendra, avait dit l'évêque. Oui, Dieu te le rendra ! Merci, merci, Carlos. »

Julito, tapi dans son coin, avait cessé de cacher sa tête mais il avait repris son regard terrifié et fuyant d'enfant battu.

« Prends les seaux, Julito, lui avait dit l'évêque, et aide-moi. Tu n'as pas peur du sang ?

— J'ai peur », avait dit Julito sans le regarder, mais il s'était levé et l'avait aidé à porter les seaux à côté du matelas où se trouvait Juan.

Ce soir-là, l'évêque avait lavé les plaies de Juan et fait couler un peu d'eau dans sa gorge, et ils avaient dormi à quatre sur les trois autres matelas réunis.

« Eh, l'évêque, avait dit la voix persiflante de Chiquo dans l'obscurité : la prison, quelle expérience ! Je parie que ça ne t'est encore jamais arrivé, de partager ton matelas !

— Tu perds, avait dit Monseigneur Garcia : trois cent soixante-cinq jours par an pendant mes douze premières années ! Chez ma mère nous étions dix pour quatre matelas. »

Ce n'était pas le partage des matelas qui l'avait empêché de dormir. Ni les cauchemars de Manolo. Mais le corps brisé de Juan.

Le lendemain, Juan vivait toujours.

Lorsque le geôlier de service était passé prendre les seaux sanitaires et distribuer la lavasse qui tenait lieu de café, l'évêque lui avait demandé des planches de bois. Ce n'était pas Carlos.

« Pour quoi faire ? » avait-il demandé, soupçonneux.

Monseigneur Garcia lui avait expliqué qu'il voulait faire des attelles pour les membres disloqués de Juan.

« Pourquoi vous donner cette peine, avait dit le geôlier (ni les policiers, ni le juge, ni le directeur de prison, ni les geôliers ne s'étaient permis de tutoyer l'évêque), ce soir il sera mort. »

Mais, quelques heures plus tard, il avait apporté les planches.

« Il y en a deux, avait-il dit en même temps, qui veulent vous voir.

— Quand j'aurai fini avec les attelles, avait dit l'évêque. Dans une heure, si tu veux. »

Le geôlier avait haussé les épaules.

Avec les planches et les linges qui avaient servi à laver les plaies de Juan et avec l'aide de Chiquo, l'évêque s'était mis à l'œuvre pour immobiliser, en bon ordre, entre les attelles, les os brisés.

Juan était couché de tout son long, à plat, sur le dos,

grelottant de fièvre. Il avait ouvert les yeux et les regardait. Autant que le visage déformé permettait d'en juger, c'était un homme de vingt-six à vingt-huit ans. Avec un grand effort, il avait dit :

« Je n'ai que foutre des prêtres révolutionnaires. »

Monseigneur Garcia, tout en manipulant la jambe gauche qui portait une plaie, béante jusqu'à l'os, lui avait expliqué qu'il n'était pas révolutionnaire. Et pas gouvernemental. Il essayait de ne pas regarder la blancheur écœurante de l'os au fond de la plaie. Rien d'autre que le représentant de l'Église et de Notre Seigneur.

« Eh bien, avait dit Juan, dans la bouillie difficile qui sortait de sa bouche sanglante, ça non plus je n'en ai que foutre. »

Il avait rassemblé toutes ses forces pour ajouter :

« Je suis marxiste-léniniste-athée.

— C'est dommage pour toi », avait dit Monseigneur Garcia. Il lui avait souri. Mais Juan avait perdu connaissance.

Pendant deux heures, à genoux de chaque côté de lui, penchés au-dessus de lui, les deux hommes avaient travaillé ensemble, presque sans paroles, leurs mains se rencontrant parfois. Chiquo, le visage dénué de toute expression, précis et adroit dans ses gestes, rapide à comprendre ce que l'évêque faisait et ce dont il avait besoin. L'évêque tout entier concentré dans le travail de ses mains.

Ce jour-là, Julito était parti. Un geôlier était venu le chercher.

« Viens », avait-il dit.

Julito l'avait regardé sans comprendre, sans bouger.

« Tu n'as pas entendu ? avait dit le geôlier. Tu sors, tu pars, tu rentres chez toi. Tu es libre. Allez, ouste, bouge. On n'a plus de place pour toi ici, alors tu es libre.

— Attends », lui avait dit l'évêque.

Il avait écrit quelques mots sur la page de garde de son bréviaire, l'avait arrachée et la lui avait donnée :

« Va trouver le père Georgio, à l'évêché. Il s'occupera de toi. Et n'oublie pas : cesse d'avoir peur. Bonne chance, Julito ! Tu commences une nouvelle vie ! »

Avec l'arrivée de Juan et le départ de Julito, l'évêque aussi commençait une nouvelle vie. Matin et soir, il lavait et soignait Juan. Trois fois par jour, il le nourrissait. Incessamment, il le faisait boire. Il avait réussi à se faire apporter une paille par Carlos. À genoux près de Juan, il la glissait dans l'orifice édenté, tenant le bol de soupe ou la moque de café ou d'eau d'une main, la tête de Juan de l'autre et l'encourageant à aspirer.

Incessamment revenaient en lui les questions de la première nuit : comment pouvait-on faire des choses pareilles à un homme ? Comment pouvait-on vivre une chose pareille ? Monseigneur Garcia, en le servant, était parfois pris de sueurs froides. L'aurait-il pu lui-même ? Même pour son Seigneur ? — Pour la première fois de sa vie, il doutait de sa force personnelle, du pouvoir de sa volonté.

Manolo était toujours prêt à lui prêter main-forte, même s'il fallait pour cela interrompre une partie de cartes, mais Chiquo, passé le premier jour, s'abstenait presque ostensiblement de toute collaboration. Les deux heures qui les avaient réunis dans le service de Juan n'avaient en rien amélioré leur relation. Au contraire, elles semblaient avoir rendu Chiquo encore plus offensif. Ses assauts oratoires remplissaient l'évêque de lassitude. Inlassablement il revenait à la charge, traînant Manolo avec lui. Inlassablement, l'évêque refusait de se laisser enfermer dans sa dialectique. Chaque jour, plusieurs fois par jour, la discussion était relancée, toujours une variante développée sur un même schéma, celui dont les bases avaient été posées le premier jour.

Le soir, couché sur le matelas de Julito qu'il avait traîné près de la porte, il découvrait que l'amitié de Julito, sa simplicité, leurs promenades naïves dans la vie du Christ lui manquaient, que Julito l'avait conduit à la découverte d'une face ignorée du Seigneur, qu'il avait été un bain de fraîcheur et de paix.

Juan se laissait faire. Sans paroles. Avec des yeux où rien ne se lisait.

La première semaine avec Juan et sans Julito s'était écoulée. Que Chiquo discourût ou que Monseigneur Garcia parlât de son Seigneur, Juan n'intervenait jamais. Personne n'aurait pu dire s'il les entendait. Et il ne disait rien lorsque Monseigneur Garcia lavait ses plaies, serrait ses attelles, le nourrissait, le faisait pisser, nettoyait ses défécations.

Pendant cette première semaine, en dehors de sa proclamation de foi du premier matin, il n'avait parlé qu'une fois : pour demander quel jour on était. Et, lorsque Monseigneur Garcia avait répondu : « C'est la mi-carême aujourd'hui », il avait poussé un soupir et dit : « Bueno. »

Quoique son visage tuméfié se dégonflât, l'état de sa bouche ne se prêtait d'ailleurs guère à la conversation et, malgré l'aspirine et les désinfectants mendiés pour lui par l'évêque, il restait brûlant de fièvre.

Manolo, quand il aidait l'évêque à le soulever pour qu'il puisse nettoyer les fesses de Juan, plaisantai lourdement, l'appelant la Mama ou l'évêque de mes fesses. L'évêque souriait ou ripostait, portant la plaisanterie dans le camp adverse. Par la grâce du service de Juan une camaraderie complice s'établissait entre eux.

Chiquo ne plaisantait ni ne riait.

La nouvelle de l'explosion de trois bombes sur la place des Armes le jour de la mi-carême ne commença à circuler dans la prison que le lundi suivant. Chiquo revenant de la promenade (le règlement de la prison imposait des heures de promenades séparées pour les occupants d'une même cellule) avait rapporté la nouvelle : la voiture du ministre des Affaires étrangères avait sauté. Le ministre était mort. Et, avec lui, ses trois gardes du corps, son chauffeur et des douzaines de femmes, d'hommes et d'enfants déguisés.

Monseigneur Garcia, tenant la tête de Juan et une moque d'eau devant lui, avait rencontré le regard triomphant de Juan. La moque avait tremblé dans sa main et la paille avait glissé.

« La paille », avait dit Juan, parlant pour la première fois depuis le jour de la mi-carême. Il le regardait. Le jaugeait.

« Excuse-moi », avait dit l'évêque. Il avait replacé la paille. Juan avait baissé les yeux et aspiré.

« Si je t'apprenais, avait dit Chiquo — lui aussi le jaugeait du regard — que c'est nous, moi et Manolo, qui avons fait sauter la Via Grande l'an dernier, qu est-ce que tu en dirais, l'évêque ? Qu'en dit ton Christ ?

— Tu sais ce qu'en dit mon Christ », avait répondu l'évêque.

Juan avait fini de boire. L'évêque retira la paille de sa bouche, reposa sa tête sur le matelas, essuya délicatement ses lèvres. Depuis la veille, il ne semblait plus avoir de fièvre.

« Six enfants sont morts ce jour-là, avait-il dit, et combien d'adultes ?

— Vingt-cinq, avait dit Chiquo.

— Je suis arrivé sur la place presque tout de suite, avait dit l'évêque, et j'ai vu avec mes yeux...

— Moi aussi, avait dit Chiquo.

— Et tu es d'accord avec ça, toi ?

— Le maire et un envoyé impérialiste ont été liquidés, avait essayé d'expliquer Manolo.

— Nous n'avons à être ni d'accord, ni pas d'accord, avait tranché Chiquo : l'organisation définit une politique après avoir analysé la réalité de la situation. C'est une ligne objective, qui est le résultat de la confrontation des opinions de nos chefs. Nous, nous exécutons.

— Il fallait jeter une bombe Via Grande, la bombe a été jetée, avait dit Manolo affermi ; c'est notre cause, la cause de la révolution. Nous avons accepté les risques. Tous les risques.

— Et tu ne penses jamais à ces enfants ? » avait demandé l'évêque.

Il ne pensait plus au regard triomphant de Juan. Il ne pensait plus qu'à Manolo.

« Nous avons accepté les risques », avait laissé tomber sèchement Chiquo.

Mais Manolo, passant une énorme main poilue aux doigts noueux dans son épaisse chevelure bouclée, avait dit :

« Quelquefois la nuit, les enfants me réveillent.

— Dieu ordonne : tu ne tueras pas. Et tout ce que

vous avez fait à ceux-là, avait-il ajouté en regardant Manolo, c'est au Seigneur que vous l'avez fait.

— Ce sont nos chefs qui ordonnent, avait dit Chiquo. La révolution triomphera.

— Tu sais bien que je ne crois pas au pouvoir bénéfique de la révolution. Il ne peut y avoir qu'évolution et l'évolution passe par mon domaine : la conversion intérieure de l'homme. Il n'y a aucun salut ailleurs qu'en Jésus-Christ.

— Qu'est-ce que le salut ! avait ironisé Chiquo.

— Le salut nous tire du danger éternel où nous risquons de périr.

— Alors, qu'il nous tire d'ici, avait dit Chiquo.

— Ton danger, Manolo, c'est la violence et la haine. Le Christ sauve ton âme du danger où la violence et la haine risquent de la faire périr.

— Qu'il nous tire d'ici, avait répété Chiquo.

— Il peut aussi te délivrer d'ici, mais combien plus important est le salut de ta vie éternelle.

— Qui me dit que tu as raison et que le Christ n'aime pas ce que je fais ? » avait dit Manolo.

Mais tout de suite, il s'était repris :

« Beaucoup de prêtres sont avec nous. Les prêtres du Tiers-Monde en Argentine, la Golconda Group en Colombie, la jeune Église au Chili. Pourquoi pas toi ?

— En tant que prêtre du Christ je ne peux ni haïr, ni tuer. Jésus me dit : tu aimeras, tu aimeras comme mon Père aime.

— Alors tu es d'accord avec eux, avait dit Manolo. Et d'accord avec ça », avait-il ajouté avec un geste vers Juan.

Manolo, pour une fois, avait pris la direction de la conversation.

« Non, avait dit Monseigneur Garcia en se levant et en s'essuyant les genoux, je ne suis jamais d'accord avec le meurtre, la torture ou l'oppression. Mais chez le Christ, la fin ne justifie pas les moyens. C'est pourquoi, avait-il ajouté fermement, on ne peut pas être communiste et chrétien.

— Manolo est communiste et chrétien, avait affirmé Chiquo. Ne me dis pas que tu ne connais pas la justification théologique de la violence qu'un chrétien peut exercer en agissant temporairement pour éliminer l'injustice ! »

Monseigneur Garcia avait pensé dans le même instant : « Comme il sait bien ce qu'il faut dire pour rassurer Manolo », et : « théologique ! » — et s'était aperçu dans la foulée qu'il y avait longtemps déjà qu'il se demandait si Chiquo n'avait pas été séminariste.

« Justifie tout ce que tu veux théologiquement, moi je te dis que tu ne peux pas exercer la violence en temps de paix pour un idéal politique et humain, sans l'addition de la férocité. Tu me l'as expliqué toi-même le lendemain de mon arrivée ici, en me récitant un texte de votre Che Guevara. C'est tellement vrai que lorsque la férocité n'existe pas chez vos partisans ou est seulement latente, vous êtes obligés de l'enseigner, de l'inculquer à vos militants pour qu'ils puissent vivre avec la violence. Avec les enfants morts et les innocents qui payent, Manolo ! Et même avec vos coupables " exécutés ". On ne vit pas quotidiennement avec la violence sans férocité. Et il n'y a pas de férocité justifiable au nom du Seigneur parce que la férocité contient la haine et pousse la violence jusqu'au point où elle s'arroge le droit de vie et de mort et massacre sans remords enfants et vieillards innocents. Tu parles de violence justifiable, Chiquo ! Moi je te poserai une question : ces enfants, ces femmes, ces hommes, ces gardes du corps, ce chauffeur qui ont été tués, déchiquetés, la semaine dernière, place des Armes, par vos explosifs, est-ce justifiable devant aucun tribunal ? »

Les mots montaient sans effort à ses lèvres. Indépendants presque de sa volonté.

« La fin justifie les moyens, avait dit Chiquo.

— La fin ne justifie pas les moyens », avait dit Monseigneur Garcia.

Manolo n'avait rien dit. Tous trois avaient oublié Juan.

« On ne peut pas faire une révolution sans tuer, avait dit Juan.

— Alors, toi aussi tu as tué ? avait demandé l'évêque.

— Quelle question, avait dit Juan : pour qui me prends-tu ? »

Le lendemain, s'interrompant au milieu d'un de ses éternels jeux de cartes avec Manolo, Chiquo avait attaqué :

« Pourquoi ne dis-tu pas ta messe, l'évêque ? »

Monseigneur Garcia avait abandonné sa Bible.

« Toi, dit-il, tu sais pourquoi je ne dis pas la messe.

— Tu as du pain au moins, même si tu n'as pas le vin.

— Tu sais, avait-il répété, pourquoi je ne dis pas la messe.

— Comment veux-tu qu'un pauvre guérillero sache ça ? avait ironisé Chiquo.

— Un séminariste sait cela, avait dit Monseigneur Garcia.

— Et alors, qu'est-ce que cela a à faire avec moi ? avait raillé Chiquo.

— Je pourrais même te dire où », avait dit Monseigneur Garcia. Au moment où Chiquo avait dit : « Qu'est-ce que cela a à faire avec moi », il avait vu son visage au-dessus d'une aube blanche dans la chorale du séminaire de San Rosa.

« Ne dis rien ! avait dit Chiquo, changeant de ton. Alors, tu rêves, Manolo ? C'est à toi, traînard ! »

Juan avait dit :

« Pourquoi ne peux-tu pas dire ta messe ? Pourquoi ne

demandes-tu pas ce qu'il te faut ? Tu as bien obtenu tout ce que tu voulais pour moi, grâce aux faveurs iniques des geôliers ?

— Le directeur de la prison a des ordres pour l'interdire, avait dit l'évêque. Je suis autorisé à confesser et à circuler dans la prison, c'est déjà beaucoup. Je ne peux pas mettre Carlos ou un des autres en mauvaise position.

— Des sensibleries, comme toujours », avait dit Juan. L'expression de son visage rendait clair que, s'il avait été en état de le faire, il aurait haussé les épaules. « Enfin ! C'est ton affaire ! Moi, grâce à Dieu, je suis marxiste léniniste athée. Ce que j'en dis, c'est pour toi... Et puis ça m'aurait donné l'occasion de voir à quoi ça ressemble, tes superstitions. »

Manolo et Monseigneur Garcia l'asseyaient maintenant, de temps à autre, le dos au mur.

« Parce que tu n'as jamais été à la sainte messe ? » avait demandé Monseigneur Garcia.

Juan avait ri. Son rire ne ressemblait ni aux éclats de dérision de Chiquo, ni aux gros rires bruyants de Manolo. C'était un rire jeune, léger.

« Moi ? avait-il dit. Avant d'avoir l'honneur de te connaître, je n'ai jamais entendu le nom de Dieu autrement que pour jurer. Tu ne te rends pas compte. Tu es un bourgeois. Un nanti. »

Lui, il avait été élevé dans une favela par une voisine et n'avait connu ni son père, ni sa mère. Avant d'entrer dans une cellule communiste, il avait survécu d'expédients et de petits services, vendu des lacets, brossé des chaussures, chapardé. Sans la cellule communiste, il serait devenu un voleur. C'était grâce à la cellule communiste qu'il était devenu un homme, qu'il avait acquis sa dignité, son honneur. Que pouvait-il sortir d'une favela ?

« Moi, avait dit l'évêque quand il s'était arrêté, moi aussi je suis né et j'ai été élevé dans une favela, figure-toi :

la même favela que celle où Julito est né, trente ans après moi !

— Julito ?

— Le gamin qui est sorti d'ici le lendemain de ton arrivée.

— Le petit voleur à la tire, avait dit Juan — mais sans mépris — surprenant à son tour l'évêque.

— Comme tu dis. Mais moi, j'ai eu la chance d'avoir des parents très bons et pleins de foi. »

Juan avait ri de nouveau. Et l'évêque avait pensé que Manolo riait à gorge déployée et Juan à cœur ouvert.

« Alors, avait dit Juan, riant toujours : le voleur, le guérillero, l'évêque : tout ça sort du même endroit.

— Oui, avait dit l'évêque, les voies de Dieu sont très mystérieuses. Et tout ça se retrouve ici.

— Je suis fatigué d'être assis, avait dit Juan, le sourire brusquement effacé de son visage. Descends-moi. »

Juan passait maintenant une grande partie de la journée le dos calé contre le mur. Ses jambes dans leurs attelles, devant lui, et ses bras dans leurs attelles, soutenus par les couvertures des trois autres, il prenait le relais de Chiquo sur le plan dialectique avec une volonté visible de catéchiser l'évêque. Chiquo avait mené un combat pour triompher, pour écraser. Juan pour convertir. Sa démarche n'était pas agressive. Il ne s'adressait pas à un ennemi. Il n'avait pas le côté abrasif de Chiquo. Et il n'avait pas, comme lui, une seule corde à son arc. Sa gamme dialectique était plus riche. Avant d'arriver au moment où la proclamation de la vérité s'imposait, il recherchait le dialogue, s'y attardait. Il souriait facilement, plissant les yeux et se servant de tout son visage, et l'évêque ne remarquait pas qu'il se laissait facilement installer par Juan sur le terrain voulu par lui.

Lorsque Juan parlait, il était séduit par sa dialectique, son intelligence, mais dès qu'il n'était plus sous le feu roulant de la conversation, il était surtout frappé par l'absence de perspective de ses raisonnements. Tout comme Chiquo, sa perception s'exerçait à très courte vue et à très court terme. Il ne semblait pas pouvoir porter son regard au-delà de l'apocalypse de sa violence. Il avait une perception très grande, très bouleversante de la pauvreté, de la misère, et une absence totale de vue ou de plan à long terme. Chaque fois que l'évêque demandait :

« Et après, que ferez-vous ? Que construirez-vous ? »

Exactement comme Chiquo ou Manolo et avec exactement les mêmes mots, il répondait :

« L'avenir dira les tâches qu'il y aura à réaliser. »

Ce jour-là, il avait amené l'évêque à accorder que le gouvernement ne correspondait pas à des normes démocratiques.

« Le devoir de critique permanente du citoyen, avait conclu Juan enchanté, nous impose donc l'élimination d'un gouvernement non démocratique.

— À un certain stade d'évolution, un gouvernement démocratique n'est pas une possibilité réaliste, avait dit l'évêque. Il serait simplement remplacé par une autre forme de gouvernement non démocratique. Il y a beaucoup de choses à faire dans notre pays, avant d'arriver au stade où un gouvernement démocratique serait possible.

— Ton analyse te trompe, avait dit Juan, sortant de la phase de dialogue pour entrer dans la phase de catéchèse : le devoir de critique permanente du citoyen impose l'élimination pure et simple d'un gouvernement non démocratique par tous les moyens.

— Par tous les moyens ? avait demandé l'évêque, abandonnant la possibilité de l'existence d'un gouvernement démocratique en faveur de la condamnation de la violence.

— Par tous les moyens.

— Mon domaine est d'annoncer le Christ et l'amour, et de rejeter toutes les formes de violence.

— Tu parles toujours d'amour et de violence dans le même souffle. Ils ne sont pas situés sur le même terrain. Tu refuses de comprendre que la violence n'est pas le contraire de l'amour. La violence peut même être l'amour. »

Du milieu de sa partie de cartes, Chiquo avait énoncé :

« L'amour concerne le sujet de l'action ; la violence, les modalités et les moyens de l'action. À toi, Manolo. Qu'est-ce que tu attends ? Tu rêves ! »

Même lorsqu'il ne menait pas l'attaque, même en jouant aux cartes ou aux dés avec Manolo, il ne perdait pas un mot de la discussion, venant à coups de définitions dogmatiques au secours de Juan qui n'en avait nul besoin.

« Mais elle s'exerce sur les sujets. C'est là le problème ! Et l'habitude de la violence tue l'amour. Tout amour qui pourrait peut-être au départ l'habiter. Et ce qui est encore plus grave, l'exercice de la violence fausse l'homme et le réduit à devenir ce qu'il combat et même pire. Et après les révolutions, regardez la Russie, le Viêt-nam, la Guinée... Regardez comme il est difficile pour ne pas dire impossible d'éliminer la violence même après la révolution.

— Nous répondons seulement à la violence qui existe, avait dit Juan patiemment. Ton opposition à la violence est une attitude purement émotionnelle, je t'assure.

— Le recours à la violence est un accompagnement secondaire de n'importe quel mouvement révolutionnaire, avait dit la voix de Chiquo.

— Alors, tu joues ou tu causes ? C'est pas possible ! avait gueulé Manolo.

— Très souvent exercée de façon essentielle, lui avait répondu l'évêque. (Puis se tournant vers Juan :) Alors, tu crois que dans ton cas aussi, mon opposition à la violence exercée sur toi est purement émotionnelle ?

— Absolument », avait dit Juan froidement.

Et, tout d'un coup, l'évêque, exprimant en paroles l'interrogation qui le tourmentait depuis l'arrivée de Juan, lui avait demandé :

« Quand on vous torture, à quoi pense-t-on ? Que se passe-t-il dans l'homme ?

— Ah ! avait dit Juan. Dans l'homme, je ne sais pas. Mais moi, moi, avait-il dit en souriant d'un sourire triomphant qui découvrait ses dents cassées, moi je ne pensais qu'à une chose : je me réjouissais de souffrir pour que mes frères deviennent libres. »

Juan avait continué à parler mais l'évêque n'entendait plus. Il contemplait les dimensions de l'amour de Juan pour ses frères. L'amour même du Christ. Et l'amour et la violence se mélangeaient. La violence devenait de l'amour. L'amour de la violence. La mère et son enfant mort sur la Via Grande, l'enfant au ventre ouvert, les victimes de la mi-carême pâlissaient, s'estompaient. Il n'existait plus que l'amour et le sacrifice de Juan. Si on était prêt à vivre ce que Juan avait vécu comme il l'avait vécu, tout ce que Juan disait de la violence n'était-il pas justifié ? La sueur avait perlé à son front. Il avait mis la main dans sa poche pour y chercher un de ses deux mouchoirs et sa main s'était refermée sur sa Bible.

Mais, même quand il s'était dit que le chemin de compassion par la haine était un chemin interdit par les paroles, par la vie, par la personne du Seigneur, il n'avait pas échappé au vertige qui l'entraînait dans le sillage de Juan. Alors il avait essayé de visualiser le Christ jetant, par amour pour le peuple, une bombe sur une place publique un jour de fête, et il avait éclaté de rire.

Chiquo et Manolo avaient interrompu leur éternelle partie de cartes. Manolo et Juan avaient dit :

« Qu'est-ce qui te prend ?

— Tu ne me suivais plus ! avait dit Juan d'une voix pleine de reproches.

— Je suivais la route de Jérusalem à Jéricho, avait dit Monseigneur Garcia.

— Tu te moques, padre !

— Non », avait dit Monseigneur Garcia. Et il s'était mis à lui raconter l'histoire de l'homme abandonné sur la route de Jérusalem à Jéricho, et pourquoi Jésus l'avait racontée.

Chiquo et Manolo n'avaient pas repris leur partie. Juan l'avait écouté, perplexe, sur ses gardes.

« Mais il n'a pas répondu à la question qu'on lui avait posée, avait-il protesté quand l'évêque s'était arrêté.

— Il avait une manière à lui de sembler ne pas répondre aux questions, et qui y répondait bien mieux. Si tu renverses une question, un problème, tu vois beaucoup d'autres choses, plus que ce qui était dans la question au début. Regarde : il lui a dit que son prochain pouvait même être l'ennemi national et religieux et, en même temps, il leur a dit que cet ennemi était capable d'aimer mieux que leurs propres prêtres. »

Le regard de Chiquo était sur lui. Son visage aux pommettes saillantes et à la peau tendue sur les os était, comme toujours, tout entier empreint de tension. Leurs regards s'étaient croisés. Et tout d'un coup, l'évêque s'était entendu dire :

« Ne crains pas, car je suis avec toi. N'aie pas ce regard anxieux, car je suis ton Dieu.

— Toi et ta Bible, avait dit Chiquo. Mais il avait ajouté : je suis comme ça padre », l'appelant ainsi pour la première fois.

Mais cette nuit-là, couché sur le dos, sur son matelas, à même le sol, les paroles de Juan l'avaient investi à nouveau, en lui, autour de lui, le traversant et l'enveloppant, résonnant à ses oreilles, en lettres devant ses yeux, au plus profond de lui : « Dans l'homme, je ne sais pas. Mais moi, moi, je ne pensais qu'à une chose : je me réjouissais de souffrir pour que mes frères deviennent libres. » C'était de cette manière-là que le Christ avait souffert sur la croix. C'était cet amour-là qu'il demandait. Le Christ lui avait parlé par la bouche de ce communiste athée aux mains pleines de sang. Pendant un moment il n'avait entendu que la voix et il n'avait plus vu le sang. La voix de son Seigneur lui avait parlé par la bouche de Juan. Juan s'était identifié au Seigneur, et il n'avait plus vu le sang. La voix de son Seigneur lui avait parlé par le corps martyrisé de Juan et il n'avait plus vu le sang. La voix de son Seigneur lui parlait par la bouche de Juan. Juan s'identifiait à son Seigneur, et, de nouveau, il ne voyait plus le sang. Il voyait l'os brisé, blanc, lépreux, à nu au fond de la plaie de la jambe droite de Juan, sur une longueur de dix centimètres, au fond de la déchirure des chairs, et ressentait de nouveau la nausée qui s'emparait de lui les premiers jours, quand il nettoyait la plaie. Et les mains de Juan, et son visage. Et ses yeux pleins de joie. Et ce sourire heureux et triomphant avec lequel il avait dit : « Je me réjouissais de souffrir pour que mes frères deviennent libres. » Des frissons le parcouraient à l'idée des coups qui avaient cassé, broyé, déchiré, éclaté le corps de Juan et tout son propre corps se rétractait d'horreur et de refus de cette souffrance physique.

Et ceux qui l'exerçaient.

Et ceux qui l'avaient ordonnée.

Et il ne voyait plus le sang sur les mains du terroriste mais seulement la joie et l'amour qui avaient crié par la bouche de Juan. Ce qu'aucun argument de Manolo ou de Chiquo n'avait même pu ébaucher, les paroles et le corps torturé de Juan avaient la puissance de le réaliser. C'étaient le sacrifice et la joie dans le sacrifice de Juan qui donnaient une telle puissance d'attraction à la forme prise par son amour. Le sacrifice tout seul n'aurait pas eu ce pouvoir. C'étaient la joie et l'amour dans le sacrifice qui avaient ce pouvoir.

« Je me réjouissais de souffrir pour que mes frères deviennent libres. » La révolution était sa façon de vivre l'amour. La révolution était donc peut-être une façon de vivre l'amour. Si elle pouvait vous amener à aimer de cette façon, la révolution pouvait peut-être être le lieu de la rencontre avec Dieu, la manière de servir l'amour de Dieu, de Le rencontrer.

Juan. Malgré ses discours politiques, malgré ses professions de foi dans la violence et la révolution, en le servant et en le soignant, il avait découvert le Christ en lui. C'était vrai que Jésus était venu pour apporter la libération et l'espoir aux plus pauvres. « Notre Seigneur est pour les pauvres. » Ça, c'était Manolo. Manolo avait peut-être eu raison quand il avait parlé du devoir pour ceux qui ont été libérés de la violence de participer à une violence de justice au lieu de l'abandonner aux violents (ou était-ce Chiquo ?), d'apporter l'amour dans la révolution.

Une révolution pouvait donc être un lieu pour l'amour. Pour la foi. La foi en Jésus-Christ. Mais la violence pouvait-elle vraiment être un lieu pour la foi en *Jésus-Christ?* Pour la foi tout court, oui. Mais *en Jésus-Christ?* Aussitôt que l'on disait *en Jésus-Christ...* Et de nouveau l'image de Jésus jetant une bombe dans la foule était passée devant ses yeux, l'arrachant de nouveau au vortex dans lequel il était de nouveau aspiré par les paroles de Juan.

À partir du moment où on disait *en Jésus-Christ,* à partir du moment où on essayait de visualiser le Christ jetant une grenade dans une foule d'innocents — ou même abattant d'un coup de 45 un coupable — le ballon crevait et Satan apparaissait.

Car jamais, jamais, le Seigneur n'avait prêché la violence. Et il y avait beaucoup de zélotes au temps de Jésus qui combattaient pour la libération des Juifs avec les armes de la violence. Aucun n'avait été le Messie. La situation avait été explosive en Palestine. Une guérilla incessante avait sévi, où les résistants liquidaient avec aussi peu d'hésitation que les guérilleros, ennemis et collaborateurs, au poignard. Il n'y avait point de lois qu'Hérode n'eût violées. Mais jamais Jésus n'avait appelé à la lutte contre l'occupant, à la lutte contre les gouvernants. Il y avait des riches et des puissants, dont la richesse et la puissance passaient l'imagination, et des pauvres et des esclaves, et jamais Jésus n'avait appelé à la lutte des classes. Il avait refusé net d'attiser l'esprit anti-romain quand on lui avait demandé s'il était juste de payer leurs taxes. Il n'avait pas polémiqué, il n'avait pas fait d'agitation, il avait accueilli les païens qui étaient venus le trouver. Il avait proclamé le royaume de Dieu, la grâce et le pardon pour tous. Pas seulement pour les bons, ni pour les pauvres. Pour tous. Tous étaient appelés à se convertir. Il s'était laissé inviter à la table des pires collaborateurs. Il avait donné en exemple un Samaritain, un homme du peuple ennemi entre tous.

Satan drapait la haine dans l'amour.

L'engagement révolutionnaire de Juan s'enracinait dans un amour. Mais aussi dans la haine. Dans le rejet. La condamnation. Et il s'exerçait dans la violence. Dans le sang. Malgré son sacrifice, malgré son amour, tout comme Manolo, tout comme Chiquo, il avait tué. Il s'en était vanté. Tué sans discrimination. Et même s'il avait tué avec discrimination, ce n'en aurait pas moins été tuer.

La violence de Juan avait donné la preuve de sa sincérité et les dimensions de son amour par le sacrifice de sa vie. Mais la sincérité justifie-t-elle n'importe quoi ? Que restait-il d'humain dans ce terrorisme tel que Juan et ses camarades le pratiquaient ? Derrière toutes les protestations idéologiques de Chiquo, de Manolo, de Juan, derrière le sacrifice et l'amour mêmes de Juan, il y avait la constante sanction ultime de la force, la mise en action de la force nue. Ils s'arrogeaient le droit du jugement, le droit de vie et de mort, et érigeaient leur idéologie en idole.

D'autres images surgissaient. Celles de la Via Grande un an auparavant. Et toute la violence matérialisée écrite dans les murailles soufflées, les vitrines béantes, la voiture-piège carbonisée et éclatée. Et cette mère qui tenait dans ses bras ce qui restait de son enfant. Et les yeux de la femme. Les yeux de la femme. Ne fallait-il pas mettre Juan en face de l'horreur de tout ce à quoi il avait peut-être participé ? Dont il était en tout cas solidaire. N'était-ce pas son devoir de l'appeler au repentir et à la confession ? Et comment se faisait-il qu'il ne l'eût pas encore fait ? Quand les images de la Via Grande défilaient devant les yeux de sa mémoire, il n'entendait plus dans les paroles de Juan la voix du Seigneur, il ne voyait plus que le sang sur ses mains.

Mais il n'y avait pas que le sang. Il y avait aussi l'amour de Juan. L'amour du Seigneur.

Et d'ailleurs que comprendrait Juan de ce qu'il pourrait lui dire ? Péché, repentir, confession... Laisser à son tour tomber sur Juan le couperet du jugement meurtrier... Seul le jugement de Dieu est libérateur. « *Nous te louons pour tes jugements libérateurs* », disait le psaume. « *Seigneur délivre-moi du jugement meurtrier.* »

Il avait ressenti profondément, jusqu'au fond de lui-même, comme il ne l'avait jamais fait auparavant, jamais de sa vie, combien son propre jugement pouvait être meurtrier.

Et cet amour de Juan. Cet amour existait. Et le prix qu'il avait payé, et la joie dans sa voix, dans ses yeux, dans son visage tout entier. « Je me réjouissais... » Je me réjouissais. Comment lui, qui n'avait rien souffert, rien donné, pourrait-il se permettre non seulement de juger, mais même de catéchiser Juan ? Qu'a-t-on le droit de dire, si on n'a pas vécu ce que l'autre a vécu ? Qu'y avait-il en lui qui pouvait donner le moindre poids à ce qu'il pouvait dire à un homme qui avait souffert la torture, en se réjouissant de la souffrir pour la libération de ses frères ?

Ainsi, pendant des heures s'étaient battues en lui la tentation d'être avec ceux qui pouvaient aimer de cette façon et celle du jugement et de l'appel ex cathedra à la conversion, le sentiment de son inadéquation, la tentation du renoncement au témoignage.

À un moment donné, dans l'obscurité, il avait vu le visage du Seigneur lui souriant comme il avait souri à Pierre après son reniement. Il était impossible de ne pas reconnaître ce sourire. Était-il donc en train de le renier par toutes les voies possibles ? L'amour brûlant de Juan. Le sang et les enfants déchiquetés. Et il ne pouvait oublier que Jésus avait interdit toute violence et il ne pouvait oublier que Jésus avait livré son corps pour notre libération et il ne pouvait oublier le corps torturé de Juan.

Et l'amour de Juan. Et la joie de Juan. Mais la libération pour laquelle Jésus était mort sur la croix était celle de notre salut. Mais le salut est libération. Il était pris entre ce que Dieu avait exigé de Juan et ce que Juan exigeait des hommes et il ne comprenait plus comment il avait pu penser qu'il était le Christ parmi les hommes. Ni même presque que le Christ marchait parmi les hommes. Sa raison ne lui était d'aucun secours. Sa raison sombrait. Comment pouvait-il aimer un homme aux mains pleines de sang ? Comment pouvait-il croire que le Christ lui parlait par la bouche de cet homme ? Car le Christ lui avait parlé par la bouche de cet homme. Dès le premier jour. Oui, dès le premier jour. Et cette découverte lui avait fait découvrir le visage du Christ dans les autres prisonniers qui l'appelaient pour se confesser et lui parler. Et dans ses voisins de promenade. Mais n'était-ce donc pas lui, l'évêque, qui était le Christ parmi les hommes ? Et Juan pouvait-il devenir le Christ parmi les hommes ? Juan, en état de péché mortel ? Le Christ pouvait-il parler par la bouche d'un assassin ? Le Christ ne l'avait-il pas fait ? N'était-ce pas en le servant et en le soignant qu'il avait découvert, malgré les discours politiques et malgré les professions de foi dans la violence et la révolution et même le meurtre, le visage du Christ en lui ? « Sois conséquent avec toi-même », lui avait dit Chiquo. Comment peut-on être conséquent ?

Et lui qui avait marché d'un pas si sûr sur le chemin puissamment pavé de sa foi et de sa raison coulait sur une mer d'incohérences, de souffrances et de contradictions inconciliables.

Et tout d'un coup les paroles qu'il avait dites à Chiquo étaient sorties du bourdonnement qui tourbillonnait : « Ne crains pas, car je suis avec toi. N'aie pas ce regard anxieux, car je suis ton Dieu » — et le Christ marchant parmi la violence et les souffrances du premier siècle de notre salut était venu au-devant de lui, surgissant de toute cette horreur, de tout ce tourment, et lui avait dit : « Pourquoi as-tu peur ? N'as-tu pas encore la foi ? Laisse ta raison et fais-moi confiance. » Le bourdonnement s'était tu et il avait ressenti une grande paix. Le Seigneur était là. « *Qui donc est-il pour que même le vent et la mer lui obéissent ?* » Il n'y avait qu'à le laisser faire. Il lui avait dit : « *Passons sur l'autre rive.* » Il lui disait : « *Laisse-moi faire. Oublie ton propre savoir. Laisse là ta raison. Reçois. N'aie pas peur. Je te donne ma paix. Je te donne ma force.* »

Manolo ronflait. Juan, qui ne laissait jamais échapper une plainte à l'état de veille, mais qui se plaignait souvent doucement dans le sommeil, reposait en silence. La respiration si régulière de Chiquo montait et descendait, à peine perceptible.

Le Christ n'avait jamais quitté sa barque. C'était lui, Geronimo Garcia, qui avait cessé de regarder vers Lui.

Juan s'était endormi en pensant à ce qui s'était passé cet après-midi-là. Quand l'évêque avait cessé de soutenir la discussion, d'avancer ses arguments et ceux de son Église, il avait vraiment cru qu'il l'avait enfin accroché, que l'évêque commençait enfin à se rendre à la vérité, à comprendre — et l'évêque s'était au contraire tout simplement arrêté de discuter parce que cela ne l'intéressait pas. Pourquoi avait-il ri de cette manière ? Pourquoi avait-il tout d'un coup raconté cette histoire de Jérusalem et de l'autre ville à ce moment-là ? Pourquoi il la racontait était évident, mais pourquoi à ce moment-là ? Fuyant lui aussi, comme son Église...

Il s'était réveillé au milieu de la nuit, et les questions s'étaient réveillées avec lui.

« Padre, avait-il murmuré, j'ai soif. »

L'évêque, arraché à son premier sommeil, avait roulé de son matelas à terre, trouvé, en tâtonnant à quatre pattes, le verre près du seau, et l'avait fait boire.

« Camillo Torrès, avait dit Juan à voix basse, le prêtre colombien, il était guérillero, lui, et il a été assassiné. Pourquoi n'es-tu pas avec nous, toi aussi ? De lui que penses-tu ? »

Une heure auparavant, il aurait atteint un homme en plein désarroi. Maintenant, les yeux sur le Christ, l'évêque marchait sur les eaux.

« Que penses-tu d'une main consacrée qui consacre chaque jour le corps du Christ, l'amour du Christ pour tous — tous, entends-tu ? avait dit l'évêque de la même voix basse, à genoux dans l'obscurité près de Juan. Peut-elle jamais avoir le droit de toucher, de tirer, d'actionner la détente ? Si cette main a tué, comment un catholique pourrait-il recevoir de cette main le corps du Christ ?

— Moi je suis athée, avait dit Juan, mais on m'a appris qu'il y avait des situations historiques qui obligeaient les catholiques, n'importe quels catholiques, n'importe qui — et pourquoi pas un prêtre aussi ? —, à se rendre compte que la seule manière d'aimer les autres était d'arrêter la violence et les meurtres et la torture par la force.

— Tu parles de force et vous employez la violence. La force et la violence, ce n'est pas la même chose. Elles ne diffèrent pas seulement par la quantité mais par la qualité morale.

— Tu n'as pas répondu.

— Arrêter la violence, les meurtres et la torture par d'autres violences, d'autres meurtres et d'autres tortures ? Mon Seigneur m'a libéré de la violence.

— Eh bien, avait dit Juan, reprenant sans le savoir, mais dans un registre très différent, les paroles de Chiquo, puisque tu es pour la justice et pour le peuple, sûrement c'est justement ceux qui ont été libérés de la violence que tu devrais vouloir voir avec nous, pour participer à une violence de justice au lieu d'en laisser l'usage nécessaire à ceux qui transforment comme tu dis violence en férocité. »

Tout d'un coup, il désirait, non plus redresser les idées fausses de l'évêque, mais l'avoir avec lui.

« Ne récite pas ton manuel. Il n'y a pas moyen de ne pas transformer la destruction pour la destruction en férocité. Tu dois obéir à la loi d'amour : tu ne tueras pas. Défends le pauvre. Mets-toi entre lui et celui qui l'opprime, mais sans violence et sans haine. Chaque fois que tu hais, chaque fois que tu n'aimes pas, tu te sépares de Dieu. Rien ne peut justifier le terrorisme.

— Tu es fou ! Regarde où ça t'a mené ! Qu'as-tu obtenu avec ton amour ?

— Eh bien, d'abord des attelles et de quoi soigner tes plaies.

— Foutez-nous la paix ! avait hurlé sauvagement la voix de Manolo.

— Fous-nous la paix toi-même ! avait sifflé la voix de Chiquo.

— Bonne nuit, fils, avait dit l'évêque. Dors. »

Et il était retourné à quatre pattes sur son matelas.

« Et toi, Seigneur, avait-il dit en s'allongeant, tu nous donnes pour force l'amour et pour seule puissance ton Esprit. Loué sois-tu ! » Une paix, une joie, une tendresse, qu'il n'avait jamais connues l'envahissaient. La gloire de Dieu remplissait la cellule. Il s'était retourné contre le mur et s'était rendormi aussitôt.

Mais cette nuit-là ne devait pas être une nuit de sommeil. Deux heures plus tard, au petit matin, une main avait touché son épaule. C'était Chiquo.

« Sh... Ne fais pas de bruit, ils dorment, avait-il dit. Demain je pars. Dans une autre prison, ou... quien sabe ?... Confesse-moi. »

L'évêque s'était assis, dos au mur. À Dieu rien n'était impossible. « Fais-moi confiance. J'aplanirai les chemins. » « Tu me surprendras toujours », avait-il pensé, et ce n'était pas à Chiquo qu'il s'adressait en lui-même.

« Depuis combien de temps ne t'es-tu pas confessé ?

avait-il demandé dans un murmure à Chiquo qu'il ne voyait pas mais qui était là, dans la nuit, à côté de lui, avec lui devant le Seigneur.

— Depuis dix ans », avait dit Chiquo.

Le jour après le départ de Chiquo, Juan était revenu à la charge.

« Je ne comprends pas qu'un homme intelligent comme toi ne comprenne pas qu'il y a des impératifs supérieurs qui imposent l'élimination d'un gouvernement non démocratique pour le bien de tous.

— Par tous les moyens ?

— Par tous les moyens. En t'opposant à nous, tu couvres des intérêts réactionnaires. Sûrement, un chrétien ne peut pas couvrir des intérêts réactionnaires !

— Que l'on juge en chrétien ou en réaliste, dans notre pays il ne peut être question d'un vrai changement que par évolution.

— Ton refus de la révolution et de la violence est une hypocrisie. Si un autre pays nous attaquait tu ne refuserais pas la violence de la guerre.

— L'Église reconnaît le droit de se défendre dans des circonstances extrêmes.

— Et elle le refuse pour défendre son prochain dans des circonstances extrêmes de misère et d'asservissement ?

— Tu sais que je ne crois pas que ce soit le bon moyen de le défendre, et d'ailleurs, tu sais bien que, dans notre pays, il n'y a pas d'attaque contre la vie du peuple. J'ai toujours défendu les petits contre les gros là où c'était nécessaire, mais je n'ai ni le besoin, ni le droit, pour cela, de pécher contre l'amour. Tous les gros ne sont pas méchants et tous les petits ne sont pas bons. Et personne n'est tout bon, ni tout méchant. Et ce n'est pas à moi de juger. Seulement d'aimer.

— Avec ton bien tu fais plus de mal que quiconque. Ton bien est une folie dangereuse. Dangereuse pour toi : regarde où ça t'a mené. Et dangereuse pour nous, pour le peuple : tu l'endors, tu le rends passif, avec ton bien. L'ennemi est l'ennemi : un criminel de guerre.

— Et toutes vos victimes innocentes ?

— La fin justifie les moyens. Faire ce que toi tu appelles le mal est le vrai bien. » La voix de Juan était devenue tranchante.

« Tous ces morts ?

— Ils ne comptent pas.

— Alors, il y a pour toi des hommes de seconde classe qui ne comptent pas ?

— De quoi te plains-tu ? Qu'importe que ce soit ceux-ci ou ceux-là qui ne comptent pas ? Mes camarades continuent le combat. Notre force c'est notre solidarité et notre indestructibilité.

— Combien de temps ? Combien de morts ?

— Quien sabe ? C'est sans importance. Nous lutterons jusqu'au bout. Nous sommes le peuple sous les armes et nous continuerons même si une vraie démocratie est organisée, pour être toujours prêts à intervenir, si c'est la volonté du peuple que nous le fassions.

— Comment savez-vous que c'est la volonté du peuple ?

— Nous savons.

— De moi et de toi, Juan, le seul prisonnier ici, c'est toi. Moi, je suis libre. Toi, tu es enfermé dans ta lutte, dans tes armes, dans tes tueries, dans ta haine — tu es enfermé à vie puisque tu dis que vous ne cesserez jamais de vous battre.

— C'est un juste combat et un combat de liberté. Nous ne sommes pas des prisonniers, nous sommes les soldats d'une guerre pour la liberté.

— Le soldat d'une guerre accepte la mort — la sienne et celle de l'ennemi. Vous dès le départ et jusqu'à la fin vous n'acceptez pas, vous choisissez la mort. Toujours la mort. Et pour tous. Vous ne croyez même pas à la possibilité de voir ce pour quoi vous combattez.

— Qu'importe ! Le peuple le verra un jour !

— Quel peuple ? Celui qui survivra à vos bombes et à vos exécutions ?

— Nous sommes prêts à nous battre, à être torturés, à mourir pour que le peuple en bénéficie.

— Je sais. Mais tous ces innocents qui sont massacrés dans vos combats ?

— Ils font partie du combat, même s'ils ne le savent pas. Leurs vies ne comptent pas. Leur mort est nécessaire pour faire pression sur nos oppresseurs.

— Tu te bats pour un règne du peuple que ni toi ni personne, ni surtout tous ces innocents massacrés ne verrez jamais. Jésus t'offre de te battre pour quelque chose que tu verras grandir à chaque instant, en toi et autour de toi : le règne de Dieu. Dieu nous offre de choisir de nous battre pour le règne de l'amour. Il nous dit : “ Voici, je mets devant toi et la mort et la vie. Que choisiras-tu ? ” Dieu t'aime, il veut te sauver. Il te dit : “ Demande et tu recevras. Cherche et tu trouveras. Fais-le maintenant. ” Jésus est là. Il est prêt à te rencontrer. Il donne la force, la vie et l'amour. La paix et la joie.

— Tu représentes tout ce qui est le plus dangereux pour le peuple, avait dit Juan. Tout ce que nous haïssons le plus. »

Il avait vidé le bol de café que Monseigneur Garcia portait à ses lèvres — depuis que Juan passait une bonne partie de la journée assis, la paille avait été abandonnée — puis il avait dit :

« Mais en tant que personne tu as des qualités qui méritent le respect. »

L'évêque avait ri et avait dit avec un sourire de tendresse dans les yeux :

« Merci. Je pourrais, à ma grande surprise et une certaine désapprobation, te dire quelque chose d'approchant. »

Après la nuit de tempête de l'évêque et le départ de Chiquo, la vie avait repris dans la cellule. Apparemment la même, et pourtant une fois de plus changée.

Les proclamations de foi de Juan et de l'évêque continuaient à se croiser mais, dans ce mouvement de va-et-vient entre le règne de la révolution et celui de Dieu, le dogme révolutionnaire, qui s'était d'abord efforcé d'occuper tout le terrain, laissait de plus en plus de champ à l'adversaire. Il arrivait même à Juan de porter lui-même, directement, l'attaque sur le terrain de l'évêque. Il restait cependant fidèle à sa dialectique : la révolution était un devoir ; le capitalisme faisait peser un fardeau insoutenable sur toute l'Amérique latine et le Tiers-Monde, et les vouait à l'esclavage économique ; il y avait une manière criminelle, cachée, insidieuse, parfaitement légale d'utiliser les biens d'un pays au bénéfice de l'impérialisme ; Marx disait... Engels avait prévu... Lénine... À certains moments, il discourait sur le mode d'un moralisme tel que l'évêque avait envie de lui crier :

« Toi et tes petits copains, vous vous prenez pour la vérité même ! »

Mais tantôt il se taisait et laissait s'épuiser le flot du discours, se contentant de dire de temps à autre : « Cesse de réciter tes leçons. Lorsque tu me dis ce que tu penses, toi, tu m'accroches beaucoup plus que lorsque tu récites ton manuel du parfait marxiste-léniniste », tantôt il acceptait le dialogue que cherchait Juan pour le ramener sur son terrain.

Depuis la nuit de sa tentation, l'image de son Seigneur une bombe à la main le préservait de tout nouveau vertige, et chaque discussion n'était plus pour lui que l'occasion d'une replongée dans l'Évangile pour y chercher la réponse spécifique du Seigneur.

Il s'était produit comme un glissement dans leur relation. Au départ, deux hommes, face à face, s'étaient efforcés de se catéchiser l'un l'autre. Maintenant l'évêque, depuis cette nuit, savait qu'il n'avait pas à choisir entre catéchiser et s'abstenir, mais que son chemin était un chemin de témoignage de la vie du Christ en lui, de son propre amour, de sa propre joie. Il avait d'ailleurs lui-même, depuis cette nuit, une relation changée à son Seigneur. Et quant à Juan, s'il continuait à catéchiser l'évêque, il lui arrivait d'oublier que son devoir était de le convertir.

Leurs conversations étaient étranges. Elles se passaient presque toujours en parallèle avec les soins et l'aide incessante que l'évêque était appelé à prodiguer à Juan : pansements, nourriture, évacuation intestinale, propreté. Depuis le départ de Chiquo, Manolo aidait peu, et seulement à la demande expresse de l'évêque. Il avait traîné son matelas dans le fond de la cellule et avait remplacé les interminables parties de cartes et de dés par d'interminables réussites. Il ne cherchait pas la discussion avec l'évêque. Barricadé dans ses réussites, il ne plaisantait plus, riait de moins en moins et presque malgré lui, ne parlait presque plus, s'assombrissait de jour en jour. Si Monseigneur Garcia essayait de lui parler ou lui posait quelque question sur une de ses patiences, il répondait par quelque monosyllabe ou ne répondait pas. Jamais il n'intervenait dans le dialogue entre Juan et l'évêque mais lorsque Monseigneur Garcia regardait vers lui, il surprenait presque toujours le regard, maintenant lourd et triste, de Manolo fixé sur lui. Le poids de son écoute était presque tangible.

Avec Juan aussi, les échanges de Manolo étaient réduits à des monosyllabes. Ses cauchemars ponctuaient la nuit.

« Les enfants morts lui parlent », pensait l'évêque, et, au lieu de le conforter ou de l'enseigner comme il l'aurait fait il y avait si peu de temps, il attendait le moment du Seigneur, attentif à la fois à cette attente muette et à une voix intérieure qu'il apprenait à écouter, au lieu de se fier à sa propre intelligence ou à sa psychologie.

Juan immobilisé dans ses attelles avec seule la tête mobile et son visage étonnamment animé. L'évêque accroupi à quatre pattes à côté de lui. Manolo en tailleur sur son matelas dans le coin extrême de la cellule, un grand Caravage sombre, à profil perdu, en toile de fond, leur tournant presque le dos et pourtant tendu vers eux.

Un matin où l'évêque revenait d'une tournée de confession, Juan, au lieu de railler l'évêque sur ses privilèges, l'avait pour la première fois interrogé sur ces sorties :

« Qu'est-ce que tu fais ?

— Il y avait deux hommes qui voulaient se confesser.

— Se confesser ? Pour quoi faire ?

— Pour se réconcilier avec Dieu. Ils voulaient dire leurs péchés pour que Dieu leur pardonne, pour être réconciliés avec Dieu.

— Qu'est-ce que tu appelles péchés ?

— Toutes nos actions ou nos sentiments qui nous séparent des autres. Toutes nos actions ou nos sentiments qui nous séparent de Dieu. Tout ce qui est haine d'un homme, mal fait à son prochain, qu'il soit coupable ou innocent, ami ou ennemi.

— Même à des coupables ?

— Même à des coupables.

— Tu ne vas pas me dire que ton Christ interdit de punir les coupables ?

— La rétribution ne nous appartient pas.

— Tu ne vas pas me dire qu'il faut que j'aime ceux qui m'ont mis dans cet état ?

— Moi ? Je ne te dis rien. De quel droit est-ce que moi je pourrais ? Ce n'est pas moi qui dis.

— Je ne crois pas à ton péché. C'est votre morale, tout ça.

— Jésus-Christ est mort pour que nos péchés soient pardonnés, pour que nous puissions être libérés du péché en nous tournant vers Dieu. Nous sommes tous pécheurs. Si tu dis que tu n'as pas de péché, tu te trompes toi-même.

— Je n'ai pas dit ça, avait dit Juan, je dis : ça, moi, connais pas. Et à eux, à ceux qui t'appellent, que leur dis-tu, toi ?

— Je leur dis : Dieu vous aime, il vous pardonne si vous lui ouvrez votre cœur, si vous vous convertissez et que vous revenez à lui. C'est dans l'ignorance que vous avez agi, afin que vos péchés soient pardonnés, soient effacés, et le sang sur vos mains lavé dans le sang du Christ qui nous sauve.

— Ne récite pas ton catéchisme, et explique-moi ce que veut dire “ convertissez-vous ”. »

L'évêque avait expliqué :

« Ça veut dire : tourne-toi vers Dieu, tourne toute ta vie vers Dieu, tourne le dos au mal, et va dans la direction de Dieu. »

Mais tout en expliquant pour Juan, il savait que ces paroles, il les disait pour Manolo qui leur tournait le dos.

Un autre jour, Juan lui avait demandé pourquoi il priait, ce qu'il demandait et à quoi ça servait.

« Je contemple le visage de mon Dieu. Je l'adore, je le remercie.

— Tu le remercies ! De t'avoir amené ici peut-être ?

— Oui, si je suis ici, c'est qu'il est bon pour moi et pour son service que j'y sois. Et peut-être pour toi ! avait-il ajouté en riant. Tout concourt au bien de ceux qui aiment Dieu.

— Tout ? »

L'évêque était en train de resserrer une attelle après avoir nettoyé une plaie qui suppurait depuis la veille sur la jambe gauche... Il n'avait pas répondu. Après un temps de silence, Juan avait repris :

« Et à quoi cela te sert-il de le regarder, de le remercier ? »

L'évêque, maintenant à genoux de l'autre côté de Juan, défaisait le linge de la jambe droite. La plaie était maintenant très belle, très nette, et l'os, en passe de se ressouder, disparaissait dans une chair miraculeusement renaissante. Il avait hésité. Jamais de sa vie il n'avait été mis en demeure par une de ses ouailles — et Juan n'était-il pas une de ses brebis par excellence ? — de mettre à nu sa vie la plus intime. Puis il s'était rappelé les paroles du Seigneur : « Tu dois être témoin parmi les hommes de ce que *tu* auras vu, entendu... », et il avait dit :

« Les plaies sont belles de ce côté. Plus l'ombre d'une infection. Et on ne voit presque plus ton os. On peut dire que tu as une sacrée constitution ! Il me met dans sa paix, il renouvelle ma force, il me remplit de joie et c'est dans la prière et l'adoration qu'il m'apprend à marcher selon l'Esprit-Saint et qu'il dirige ma vie.

— L'Esprit-Saint ! Autre chose encore ! Qu'est-ce que c'est, ça ?

— La force et le défenseur que Dieu nous donne, depuis que Jésus est mort et ressuscité. C'est la force de Dieu en nous.

— Ah ! avait dit Juan, visiblement très peu éclairé. Alors, tu pries comme ça sans rien demander. Je croyais que les gens qui priaient demandaient des choses ?

Comme ça, au moins tu es sûr d'avoir ce que tu demandes !

— Je demande beaucoup de choses. Mais d'abord j'écoute pour pouvoir demander ce que le Seigneur me dit de demander...

— Et il te parle, ton Seigneur !

— ... et une des choses que je demande c'est son règne, sa volonté et son amour ici dans cette prison, et en toi, et en Manolo, et dans les autres. »

Il avait refermé le linge sur la deuxième jambe. Il s'était assis sur ses talons.

« Le Saint-Esprit, avait-il dit, c'est la troisième personne de la Sainte Trinité.

— Ne me récite pas ton catéchisme. Tu avais beaucoup mieux expliqué avant. Dis-moi plutôt qui est ton Christ et comment tu l'as trouvé. Tu ne vas pas me dire que c'est ton catéchisme qui te l'a fait trouver ! Qu'est-ce qu'il t'a dit, ton Christ, pour que tu le croies ?

— Qui est Jésus ? avait dit l'évêque. Tu le sais. Il a vécu en Palestine, il y a presque deux mille ans. Il a vécu trente-trois ans. Pendant trois ans, il a enseigné l'amour. Il a enseigné, il a aimé, il a pardonné et guéri, il a formé des apôtres pour continuer son travail, il a dit de beaucoup de façons différentes qui il était : le Fils de Dieu ; et ce que son Père nous demandait : de nous aimer les uns les autres. Et puis on l'a tué en le clouant sur une croix.

— Tu vois où ça mène ! C'est ce que les hommes font aux faibles qui n'attaquent pas, qui ne se battent pas.

— Et même aux forts, à ceux qui se battent, lui avait fait remarquer l'évêque. Et, en mourant sur une croix, il nous a sauvés, et a rendu l'amour capable de répandre toujours plus d'amour. Et Dieu l'a ressuscité des morts. Pierre et Jean, deux de ses apôtres et plus de cinq cents des premiers chrétiens l'ont attesté. Et il est avec nous. Il est vivant. Il est ici.

— Ça, c'est ce que les livres disent. Mais toi, pourquoi est-ce que ça compte pour toi ? Pourquoi l'écoutes-tu ? Pourquoi lui obéis-tu ? Tu ne vas pas me dire que c'est à cause de ton catéchisme que tu sais qu'il est vivant ? Pourquoi dis-tu qu'il est vivant ? Comment le sais-tu ?

— Eh bien, avait dit l'évêque (il se sentait pris au dépourvu, inadéquat, de nouveau sommé de se mettre à nu ; et que répondre à une pareille question de tout ce qui avait fait, faisait, avait été — conversion après conversion — sa rencontre, sa découverte du Christ, depuis ce premier jour lointain de son enfance, où il avait entendu le premier appel, jusqu'à ce temps de prison où le Seigneur le menait de dépouillement en dépouillement, de découverte en découverte ? Et il était conscient en même temps que toute la vie, la vraie vie de Juan, et peut-être celle de Manolo, enfoncé chaque jour plus loin dans ses ténèbres, étaient en jeu dans sa réponse), tout à fait au début, le premier pas — c'était un soir, j'avais douze ans, ma mère nous racontait la passion de Jésus-Christ et ce qu'il avait souffert avant de mourir, puis sur la croix, par amour pour nous, pour nous sauver du péché. Et j'ai été saisi par son amour et je me suis dit que dorénavant, je ne pécherais plus. Si lui m'avait aimé comme cela, moi je ne pouvais pas faire moins. J'étais un enfant, je parlais comme un enfant. Mais cela a été le premier pas. Et je lisais et relisais les Évangiles, et il y avait des phrases et des mots qui me parlaient directement. Et puis, un peu plus tard je me suis trouvé dans une situation où je pouvais obéir ou désobéir à une de ces phrases qui s'adressaient si directement à moi, et j'ai obéi. Et à partir de ce jour je me suis aperçu que chaque fois que j'essayais d'obéir aux phrases qui devenaient les unes après les autres des phrases qui s'adressaient à moi, le Seigneur devenait plus vivant pour moi et me donnait plus de force et me parlait chaque fois davantage, et aussi que j'étais plus heureux. »

Au fur et à mesure qu'il parlait, en mots maladroits, l'évêque avait découvert, d'une certaine manière, comment il avait rencontré le Seigneur.

« Et qu'est-ce qu'il te disait, ton Christ ?

— Cette première fois, il s'agissait de ne pas voler quelque chose dont j'avais envie. Une autre fois, de ne pas mentir. Aider un voisin que je détestais. Puis l'aimer. D'être plus joyeux, de ne pas avoir peur, de lui faire confiance. »

Tout en parlant, l'évêque s'était émerveillé de découvrir combien de fois le Seigneur lui avait recommandé d'être plein de joie, d'être en paix, de ne se soucier de rien, et à quel point, jusqu'à ce temps de prison, il avait négligé ces ordres en faveur de réalisations matérielles, de tâches à accomplir. Et il s'était mis à raconter le sermon sur la montagne. Quand il s'était arrêté, Juan avait dit :

« Bon, eh bien, il est d'accord avec nous, ton Christ.

— Tu oublies que tu ne peux pas choisir qui tu aimes. Tu oublies qui est ton prochain.

— La route de Jérusalem à Jéricho.

— Exactement.

— Pourquoi as-tu tellement ri, ce jour-là ? »

L'évêque avait tenté de lui expliquer comment il avait essayé de s'imaginer le Seigneur Jésus-Christ une grenade à la main, ou plaçant une bombe à retardement sur la place des Armes par amour du peuple.

— Et c'était si drôle que ça ? avait demandé Juan, perplexe.

— Plus, avait dit l'évêque.

— Ton Christ dit les mêmes choses que le Che, et en même temps exactement le contraire. Comment expliques-tu cela ? »

Et, au moment où l'évêque regardait Juan avec tendresse et pensait qu'il n'était peut-être pas si loin de la rencontre du Seigneur, Juan avait ajouté :

« La place des Armes, le jour de la mi-carême, c'était moi. C'est moi qui ai tout organisé. »

Sa voix était pleine du même triomphe qui avait brillé dans son regard le jour où Chiquo avait rapporté dans leur cellule la nouvelle de l'explosion.

Le regard de Manolo était passé de l'évêque à Juan, puis était revenu sur l'évêque. Celui de l'évêque restait fixé sur Juan, mais la tendresse avait fait place à un mélange d'horreur et de colère.

Si Juan avait parlé sous la torture, il n'y aurait pas eu de morts sur la place des Armes. Si Juan avait parlé, une fête populaire n'aurait pas été transformée en tuerie. Il revoyait la Via Grande. Les blessés et les mourants. Le visage de la mère devant le corps de son enfant. Un petit garçon noir et dodu au ventre béant. La colère montait en lui. L'étouffait. Juan faisait corps avec l'attentat, avec l'horreur qu'il avait déchaînée sur cette place, avec celle de la Via Grande. Un nuage de ténèbres se formait devant ses yeux. Son visage avait changé, crispé, figé, dur. Il était devenu blanc de colère.

« Qu'est-ce que tu as ? avait dit Juan, l'expression de triomphe effacée de sa voix, de son visage. Tu te sens mal ? Tu n'es pas bien ? Pourquoi me regardes-tu comme ça ?

— Je ne te regardais pas », avait dit l'évêque. Il s'était levé : « Je suis resté trop longtemps sur mes talons. »

Il lui avait tourné le dos et était allé s'étendre sur son matelas. Le regard de Manolo l'avait suivi.

Si Juan avait parlé sous la torture, il n'y aurait pas eu de morts sur la place des Armes, pas de réédition de la Via Grande. Tout un côté de lui comprenait tout d'un coup, admettait que l'on eût voulu arracher à Juan le détail de ses plans pendant qu'il était temps de tout empêcher. Pour empêcher une réédition de cette horreur de la Via Grande, il aurait pu le faire lui-même. Oui, il aurait pu cogner sur Juan jusqu'à le tuer. Il était rempli de la colère de Dieu.

« La colère ne réalise pas la justice de Dieu. »

Mais comment ne pas haïr ceux qui haïssent, ceux qui tuent ? Comment ne pas essayer d'empêcher de pareilles horreurs ? Comment ne pas essayer ? À tout prix. À tout prix ? « Je ne suis jamais d'accord avec le meurtre et la torture », avait-il dit à Manolo. La torture d'un homme dans la balance avec le massacre des innocents ? Oui, peut-être aurait-il lui-même, avec l'image de cette mère et de cet enfant dans les yeux, porté la main sur Juan pour lui arracher à temps le lieu, le moment, pour éviter une boucherie ? La théologie pouvait justifier ce qu'elle voulait, il n'y avait pas de violence justifiable.

Mais celle des bourreaux ne l'était pas non plus.

La haine remplissait son cœur, à tour de rôle pour les bourreaux de Juan et pour Juan. Mais lui-même se trouvait du côté des bourreaux. Quand il entendait la note de triomphe dans la voix de Juan revendiquant l'attentat de la place des Armes, il étouffait d'horreur. Il aurait voulu le prendre par la peau du cou comme on saisit un chien, pour plonger son visage dans les plaies de ses victimes. Il n'y a pas de violence justifiable.

Mais celle du bourreau ne l'est pas non plus.

Mais les enfants ? Mais les victimes ? Mais la mère ? Oui, pour empêcher toute cette horreur, il aurait pu le torturer lui-même.

La férocité pour éviter le meurtre ? Le fin ne justifie pas les moyens. Jamais.

Tu ne tueras pas. Tu ne tortureras pas. Tu aimeras. La colère ne réalisera pas la justice de Dieu.

Il était pris au piège dans un cercle infernal. Enfermé. Coincé. Jamais il n'avait senti le poids du mal de cette façon. Non, même pas le jour de la Via Grande. Car ici, il était face à la volonté qui avait déchaîné ce mal, voulu et organisé ce mal. Et jamais il ne l'avait senti peser sur lui-même — sur lui-même — de cette façon. Car ici, il était d'accord, lui, avec les bourreaux. Mais comment ne pas essayer d'empêcher cette horreur ? Mais il avait toujours su, depuis le premier jour, que Juan avait du sang sur les mains ; alors pourquoi cette soudaine horreur ? Tout un côté de lui regardait Juan avec admiration et tendresse, et tout un côté de lui le considérait avec horreur, avec haine ! Et cette horreur rejaillissait sur lui-même. Jamais il n'avait accepté la torture, et voici qu'au pied du mur il aurait été capable, tout à fait capable, lui-même, de torturer. « *Dieu lui-même, disait le psaume, ne hait-il pas l'homme de violence ?* » L'horreur des horreurs était de se découvrir lui-même en accord avec les bourreaux. « *Dieu ne veut pas la mort de l'homme de violence, mais qu'il se convertisse et qu'il vive.* » Comme cela avait été facile, dans la sécurité de l'évêché, de décider ce qu'il fallait et ne fallait pas faire, croire, penser. Ici, son jugement, son intelligence, son équilibre, sa force même semblaient lui faire constamment défaut. Son intelligence, son équilibre, sa force l'abandonnaient.

« Je ne peux pas porter ce problème », avait-il dit.

Et il avait entendu la voix du Christ, clairement, au fond de lui :

« Donne-le-moi. Fais-moi confiance. Aime. »

Et il avait compris que ce qui lui était demandé était d'abandonner sa propre raison, sa propre force, et de rouler tout le problème, toute la tentation, tout le nœud inextricable sur les épaules du Christ. Et, avec un effort presque au-delà de ses moyens, du fond des profondeurs de son cœur, il avait rendu les armes au Seigneur et donné son accord :

« Tu as les paroles de la vie éternelle. Purifie mon cœur. Pardonne-moi. »

Il s'était fait tout d'un coup un grand calme en lui, et il avait compris ce que les Apôtres avaient ressenti dans la barque, quand la tempête s'était apaisée. Et il avait vu tout d'un coup, presque comme une bande dessinée déroulée devant ses yeux, le chemin que Dieu lui faisait parcourir. « Je me tiens à la porte et je frappe. » Les questions de Juan. Les rebuffades de Juan. Les confessions. Le visage triste et fermé de Manolo. Ses propres tentations : de rejoindre Juan dans sa lutte lorsque Juan parlait de ce que lui-même connaissait de pauvreté, de misère, de vie sans espoir ; de juger ; de se taire ; et maintenant, d'admettre, de justifier la torture... Tout ici le ramenait incessamment à la parole du Christ.

Il était constamment acculé à rechercher sa parole, son regard, à demander à une parole connue des réponses qu'il n'avait pas auparavant sollicitées et à y trouver un amour, une tendresse, une humilité et une force qui ne l'avaient jamais saisi de cette manière. Oui, Dieu le guidait sur un chemin nouveau.

Car en aucune manière, son intelligence, son savoir,

le catéchisme ou la doctrine de l'Église n'auraient pu lui donner les paroles pour les terroristes, les bandits, les petits gueux et les geôliers qui étaient devenus, depuis trois semaines, les étranges brebis de son troupeau. Et il avait pu donner à chacun la parole qui convenait, dans le langage qui convenait. Le Seigneur avait mis sa parole dans sa bouche, dans les mots voulus pour chacun. Le Seigneur lui apprenait à dépendre comme les apôtres de l'Esprit et non de ses propres forces.

Il s'était souvenu de ce premier jour dans cette prison, où il avait considéré, par rapport à la force physique de Manolo, la faiblesse de Julito, masquée en invisibilité, et celle de Chiquo, travestie en violence, et remercié Dieu de sa propre force physique et spirituelle. Et il L'avait remercié de cette faiblesse dont parlait Paul, au cœur de laquelle grandit la force de Dieu. Ecartelé entre l'horreur de cette double violence, celle des terroristes et celle des bourreaux, Dieu mettait en lui une puissance nouvelle d'amour et de témoignage. Juan, plongé dans le péché mortel, Manolo, en proie à un tourment si visible, le Christ les aimait, les attendait — et lui, il lui était donné d'aimer ces hommes sans accepter ce qu'ils avaient fait. Ce Juan, plongé dans le péché mortel, était déjà, par avance, le temple du Christ. Et lui-même se retrouvait frère, et petit frère, de Juan et de Manolo, des hommes qu'il confessait, des gardiens de prison, ramené à une égalité — élevé à une égalité — qu'il n'avait peut-être pas connue depuis qu'il avait quitté le séminaire... De serviteur et représentant de Dieu, il devenait ami et familier de Dieu et d'un étrange assortiment d'hommes, dont chacun devenait chaque jour pour lui davantage le Christ. Dieu lui donnait son amour. Et c'était un amour immense. Une jubilation montait en lui.

Que de choses il avait apprises de chacune de ses brebis, si inattendue fût-elle ! Il avait, en effet, apporté la parole à quelques-uns de ses frères de captivité et de ses geôliers. Il espérait avec la grâce de Dieu que Dieu s'était servi de lui pour être présent ici. Mais il voyait surtout tout ce qu'un chacun lui avait apporté de présence de Dieu, de parole de Dieu, d'éclairage de la parole de Dieu.

La parole était sortie des livres, des manuels de catéchisme et avait dû, pour les atteindre, devenir vivante, et, en devenant vivante pour eux, elle l'était devenue pour lui. Chacun avait éclairé pour lui la parole d'une autre manière. Et jusqu'à Julito qui lui avait appris à parler du Seigneur avec des mots d'une syllabe. Et Juan... oui, jusqu'à l'arrivée de Juan, il avait été le chef de l'Église, le détenteur du Christ. D'une certaine manière, c'est par Juan qu'il avait cessé d'être le détenteur pour devenir le cohéritier. Et chacun d'eux était devenu pour lui le Christ. Et l'humour de la situation était que le Seigneur s'était servi de Juan pour lui révéler dans les geôliers eux-mêmes sa présence. L'humour de Dieu était une chose merveilleuse ! L'évêque avait commencé à sourire, et son sourire s'était épanoui en rire.

« Ça va mieux, avait constaté la voix de Juan. Puisque ça va mieux, explique-moi maintenant pourquoi ton Christ, avec une bombe à la main, c'était si drôle. »

Sans changer de position, l'évêque avait répondu :

« Mais parce que c'est impensable. Jésus tuant, c'est tellement impensable que si on essaye de l'imaginer, on ne peut pas faire autre chose que rire. Tu comprends, une image comme celle-là ça crève toutes les bulles, tous les doutes.

— Alors tu as eu des doutes ?

— Son arme, c'était l'amour. Il n'a pas aimé une partie des hommes contre les autres. Alors, nous non plus nous ne pouvons pas aimer une partie des hommes contre les autres. Dieu jugera tous les hommes, riches et pauvres, selon leur comportement caché. Il connaît le fond de nos cœurs comme nous ne le connaissons pas nous-mêmes.

— Bon, je suis la main de Dieu contre les riches.

— Si tu es avec lui, tu dois aimer comme le Christ aime : tous les hommes. C'est pour toi, toi personnellement, que Dieu a envoyé son Fils. Pour te bénir si tu te détournes de la violence.

— Je n'en ai que foutre de ton Dieu. Dieu ! J'essaye seulement de comprendre ce qui se passe chez toi. Moi, je suis marxiste-léniniste athée.

— Tu crois vraiment que Dieu n'existe pas ? Que tu es un hasard ? Sorti de rien ?

— Évidemment non. Si tu le dis de cette manière. Mais ça n'a rien à voir et ça ne m'intéresse pas.

— Alors tu n'es pas un athée. Si tu ne crois pas que tu es un hasard, tu crois que tu as été créé. Il n'y a pas d'autre alternative. Et si tu crois que tu as été créé, tu sais que Dieu existe. Jésus nous apprend que Dieu est notre Père et qu'il est amour et qu'il t'aime, toi, Juan, moi, Geronimo Garcia, et Manolo, et qu'il a envoyé son Fils Jésus nous apprendre le chemin de son amour et nous donner la vie. Oui, il t'aime. Et, que tu le croies ou non, que tu le veuilles ou non, Jésus a vécu il y a près de deux mille ans en Galilée, et il est mort pour nous sauver et pour que nos péchés soient lavés, pardonnés, effacés dans son sang, et Dieu l'a ressuscité le troisième jour.

— Tu vois ces pauvres, cette oppression, ces injustices, et tu peux dire sans rire que Dieu nous aime !

— C'est le mal de l'homme que tu vois. C'est le refus de l'homme d'aimer et d'obéir à la loi de Dieu — ton refus, le mien — dont tu vois les fruits.

— S'il est si puissant, s'il a vraiment fait tout ça : l'homme, le ciel, la terre, le chien que j'avais, pourquoi permet-il tout ça ? Pourquoi n'écrase-t-il pas le méchant, l'injuste ?

— Son amour nous a faits libres. Tu refuses cette liberté, toi qui tues pour elle ? À chacun de nous de refuser ou d'accepter d'obéir à Dieu.

— Et qu'est-ce qu'il veut, ton Dieu, alors ?

— Que les hommes choisissent librement de faire sa volonté, et sa volonté c'est que nous aimions notre prochain. Celui de Jérusalem à Jéricho. Chaque fois que tu obéis à sa volonté et que tu aimes au lieu de haïr, tu entres un peu plus dans son amour et tu apprends un peu plus à Le connaître.

— Alors, tu Le connais, toi, depuis le temps que tu Lui obéis ?

— Chaque fois que je Lui obéis, je Le connais mieux. Si tu crois en Jésus, venu nous apprendre à aimer par sa vie et sa mort, et nous donner par sa mort le salut et la puissance pour aimer, si tu crois en Lui, alors ici, maintenant, tu es déjà ressuscité et tu es assis à la droite de Dieu en Jésus-Christ.

— Alors toi, ici, tu es assis — ou plutôt couché ! — à la droite de Dieu ? s'était esclaffé Juan, son rire remplissant la cellule.

— Oui, avait dit l'évêque, riant avec lui et s'asseyant du coup le dos au mur, oui, je suis assis à la droite de Dieu. Le royaume de Dieu est ici. Et je suis ressuscité.

— En tout cas, tu es bien vivant, avait concédé Juan. Et moi aussi — ressuscité, si tu veux — grâce à tes bons soins. Et grâce à tes bons soins dès que je serai sorti d'ici, je pourrai poursuivre le combat pour la liberté. Tac-tac-tac-tac, avait-il fait, en balayant de la tête un demi-cercle d'ennemis du peuple. La possibilité de la voie pacifique est totalement exclue. Il faudra verser des fleuves de sang.

— Ne te fais pas d'illusions. Dieu ne se laisse pas narguer. Ce que l'homme sème, il le récoltera.

— Ah ouiche ? Alors ce que tu es en train de me dire, c'est que j'ai récolté ce que j'ai semé ?

— Je ne pensais pas à ça », avait dit l'évêque.

Juan avait de nouveau rempli la cellule de son rire : « Je sais. Pardonne-moi. Je t'ai bien accroché, hein ? avait-il dit entre deux éclats de rire. — (“ Oui, mais il y a seulement une heure, se disait l'évêque pensant à la colère et à la haine qui l'avaient envahi, lorsque Juan avait revendiqué l'organisation de l'attentat de la place des Armes, je n'étais pas loin de le penser. ") Pardonne-moi. La tête que tu as faite ! Mais tu as tort : nous récolterons le triomphe de la justice. Tout à l'heure quand je t'ai dit que la place des Armes, c'était moi, tu as failli tourner de l'œil. Si tu crois que je n'ai pas remarqué ! Alors, tu n'avais pas encore compris que je suis une machine à tuer ? Tu n'as pas encore compris ? Le Che dit que le triomphe de la justice ne peut venir que de l'accroissement de la haine et de la violence. Et le Che, padre, c'est mon Christ à moi ! Toi, avec le tien tu coupes les bras et les jambes des combattants plus sûrement que la milice.

— Qui n'aime pas demeure dans la mort.

— Il importe peu que le guérillero meure en tant qu'individu au combat, si la révolution et la liberté triomphent.

— Je ne parlais pas de cette mort-là, mais de notre mort intérieure. Qui hait son frère est un meurtrier.

— Alors, tu vois bien, moi, je suis deux fois meurtrier : parce que j'ai beaucoup tué — beaucoup tu entends, padre ? Tout le sang de ton Christ ne suffirait pas à me laver.

— Rien n'est impossible au sang de mon Christ...

— ... Et puis parce que je hais, avait presque crié Juan avec une violence que l'évêque ne lui avait jamais connue, parce que je cultive la haine, parce que la haine est le levier de notre lutte. Alors fous-moi la paix avec ton Dieu, tu vois bien qu'il n'est pas pour moi ! »

Le regard de Manolo ne le quittait pas.

La première pensée de l'évêque, le lendemain matin au réveil, avait été de se demander combien de temps maintenant Juan allait confiner leur conversation à la propagande marxiste-léniniste et à l'apologie de la violence. Sa seconde avait été de constater qu'une odeur nauséabonde remplissait la cellule — constatation confirmée par une explosion de Manolo :

« Qui est le fils de pute qui nous empoisonne avec sa merde ? »

Juan, en proie à une diarrhée violente, reposait dans une mer verdâtre. Le nettoyage avait pris plus d'une heure. Manolo avait catégoriquement refusé d'aider. Il était d'une humeur particulièrement sauvage.

Heureusement, dès le premier jour, l'évêque avait pris l'habitude, pour protéger son matelas et faciliter la toilette de Juan, de glisser sous les fesses de Juan plusieurs épaisseurs de vieux journaux — encore une des grâces iniques dues à la faveur des geôliers. Mais malgré les journaux, le matelas était souillé. Il avait été difficile de décider par quel bout commencer l'opération.

Après mûre réflexion, l'évêque avait garni son propre matelas de journaux propres, fait glisser Juan dessus, sommairement débarrassé du gros de sa chiasse, et ce n'est qu'après avoir récuré le matelas de Juan, l'avoir retourné, face mouillée au sol, et regarni de journaux propres, qu'il avait convenablement nettoyé Juan. Les linges qui serraient le haut des attelles étaient souillés et il avait dû les laver aussi, du mieux possible, avant de réajuster les attelles. Enfin, il avait pu faire repasser sur son matelas regarni un Juan immaculé. Il ne restait plus qu'à nettoyer son propre matelas et attendre l'heure des seaux pour se débarrasser d'une partie de la puanteur qui pesait sur la pièce.

Manolo avait suivi toute l'opération du regard, sans bouger, sans proférer une parole, et sans revenir sur son refus d'aider.

Juan n'avait pas desserré les lèvres.

Après avoir encore frotté son matelas et l'avoir poussé dans son coin, l'évêque s'était enfin redressé.

« Tu as encore de la merde sur ta manche et sur ton devant », avait dit Manolo.

Il s'était levé et s'était approché de l'évêque.

« Laisse-moi faire », avait-il dit.

L'évêque était grand, mais Manolo avait une demi-tête de plus que lui. Il avait trempé son mouchoir à carreaux rouges et blancs dans le bidon d'eau potable et s'était mis à frotter la manche de l'évêque. Des larmes roulaient sur ses joues.

— Est-ce que tu crois que son sang peut laver tout le sang des enfants ? avait-il demandé, frottant toujours la manche de l'évêque, la tête baissée.

— Il en a lavé bien d'autres, Manolito, avait répondu l'évêque le cœur battant. Tu sais bien qu'il t'attend. »

Manolo avait fini de nettoyer l'évêque. Puis il avait dit de son ancienne voix :

« Bon, moi, c'est fini, padre. Je ne peux plus rester avec ces enfants. Tu me confesses. Il faut qu'Il me pardonne. »

Ils s'étaient assis tous les deux sur le matelas de Manolo. Manolo n'avait pas parlé dans la nuit, ni à voix basse comme Chiquo l'avait fait. Il faisait grand jour dans la cellule et Manolo, les larmes coulant librement sur son visage, avait parlé avec son verbe résonnant, sans se soucier de la présence de Juan, ni des interruptions causées par la collecte des seaux dont il s'était chargé et l'arrivée du café. Maintenant qu'il avait pris sa décision, et malgré ses larmes, il était complètement lui-même de nouveau, complètement extraverti. À la fin, il avait dit :

« Et n'oublie pas, Monseigneur, je demande pardon de tout ce que j'ai dit et de tout ce que j'ai oublié. Qu'est-ce qu'il faut encore ?

— N'oublie pas que Dieu te demande de pardonner, toi aussi : ne pas pardonner sépare autant de Dieu que de ne pas lui demander pardon.

— Oh moi !..., avait dit Manolo. J'en ai vraiment jamais voulu à personne ! »

Il avait ri de son vieux rire bruyant :

« Je vais te dire une chose, Monseigneur, c'est même ce qui m'a toujours gêné le plus avec mes camarades.

— Alors, avait dit l'évêque, puisque tu demandes pardon de tout cœur et que tu pardonnes de tout cœur, prends la ferme résolution de ne plus recommencer, je vais te donner l'absolution. »

L'absolution donnée, Manolo s'était relevé et avait flanqué une grande claque sur l'épaule de l'évêque :

« Le café va être froid, avait-il dit. Déjà qu'il n'est jamais bien chaud ! »

Pendant toute l'opération de nettoyage et jusqu'à ce moment où Manolo avait dit : « Le café va être froid », Juan n'avait pas desserré les lèvres.

Monseigneur Garcia avait pris une des trois moques et s'était agenouillé de nouveau auprès de Juan et, pour la première fois depuis son arrivée dans la cellule, Juan, qui n'avait jamais ni remercié l'évêque ni commenté les soins dont il était l'objet, Juan avait dit :

« Comment as-tu pu faire ce travail dégueulasse pour moi ?

— Je t'aime, avait dit l'évêque. Et Dieu t'aime infiniment plus. Plus que ta mère ne t'a jamais aimé.

— Ça, ce n'est pas difficile ! avait dit Juan. Je n'ai jamais connu ma mère. Pas plus que mon père ! Mais tu dois avoir raison. Si Dieu ne m'aimait pas, tu ne pourrais pas m'aimer comme ça. Ça, c'est sûr. Et qu'est-ce qu'Il demande encore, ton Dieu ? »

Et, alors que l'évêque se demandait ce que Juan voulait dire par son : « Et qu'est-ce qu'Il demande encore ? », alors qu'il se disait que ce que le Seigneur demandait à Juan était de se repentir et de demander pardon pour tout le sang qu'il avait versé, il s'était entendu prononcer de nouveau les mêmes paroles qu'il avait dites pour Manolo :

« De pardonner.

— Pourtant... », avait dit Juan, avec un regard vers ses avant-bras et ses jambes.

Il y avait eu un silence. L'évêque s'était senti comme interdit d'aller plus loin. Quand ces paroles étaient sorties de ses lèvres, elles n'avaient pas évoqué pour lui le martyre de Juan, mais le pardon à ceux que Juan appelait ses ennemis, les ennemis du peuple. Ce n'était d'ailleurs pas lui qui avait dit ces paroles à Juan. Et pourtant ces paroles avaient été dites.

« Tu vois, avait dit Juan.

— Sur la croix, Jésus a prié : pardonne-leur car ils ne savent pas ce qu'ils font. »

Dire ces paroles à Juan avait été une des choses les plus difficiles qu'il eût jamais faites, et, au moment où il les avait dites, il s'était rendu compte que lui, lui qui avait ressenti si violemment dans sa propre chair la justification de la torture, ne leur pardonnait pas ce qu'ils avaient fait à Juan et qu'il avait besoin, pour pouvoir leur pardonner —

et peut-être pour pouvoir se pardonner ? — du pardon de Juan.

« Tu as dit toi-même que les souffrances du temps présent sont sans proportion avec la gloire qui doit être révélée en nous. »

Juan s'était esclaffé :

« Je t'ai dit ça, moi ! Tu rigoles !

— Rappelle-toi, lorsque je t'ai demandé, l'autre jour, à quoi tu pensais quand on te mettait dans cet état, tu m'as répondu que tu te réjouissais de souffrir pour que tes frères soient libres. Alors pourquoi ne veux-tu pas que je le dise aussi — surtout moi, qui n'ai rien souffert d'autre que d'être ici ?

— Écoute, avait dit Juan, remplissant une fois de plus l'évêque d'étonnement et d'admiration, je vais te dire une chose, si je réfléchis bien à ceux-là : je n'ai rien contre eux, vraiment. Ils ont fait leur travail, comme moi j'ai fait le mien. J'en aurais fait autant à leur place. »

Il les avait écartés avec un nouveau :

« ... Ceux-là... Ce n'est pas à ceux-là que j'en ai... Et alors le Christ, Il a pardonné, Lui ? Il pardonne tout ?

— Tu as entendu ce que j'ai dit à Manolo : tout. Si tu te confesses avec la ferme intention de ne pas recommencer, si tu renonces au mal et à la haine, si tu pardonnes, Il te pardonne par ma bouche et tu Le reçois dans le sacrement de la confession.

— Et sans confession, pas de pardon, et je ne reçois pas ton Christ ?

— Tu ne peux pas communiquer au corps du Christ, séparé de Dieu par le péché. Sans repentir et sans pardon, comment veux-tu qu'Il puisse te pardonner ? Si tu ne te confesses pas, moi je ne peux pas donner le pardon de Dieu et tu ne peux pas recevoir le corps du Christ.

— Haw, l'évêque... Personne ne va s'amuser à te demander le corps du Christ sans se repentir, voyons !

— L'Église ordonne qu'il y ait confession. La confession est un sacrement. J'obéis à l'Église.

— Tu passes ton temps à obéir, avait protesté Juan. Quand ce n'est pas à ton Christ, c'est à ton Église. Et tu appelles ça être libre !

— Si tu crois en Dieu, avait dit l'évêque, si tu crois en la parole du Seigneur, si tu reconnais le Christ pour Seigneur, qu'est-ce qui t'empêche de confesser tes péchés ?

— Je ne sais même pas si j'ai été baptisé et tu veux que je me confesse !

— Eh bien, de confesser tes péchés et de recevoir le baptême ?

— Et qui te dit que je reconnais ton Christ pour Seigneur ? Je reconnais que tu m'aimes, un point c'est tout ! Tu es trop pressé. Je n'en suis pas encore là. Tu ne te rends pas compte des problèmes que ça pose ! Tu m'as expliqué toi-même les problèmes que ça pose.

— Il n'y a pas de problèmes. L'apôtre Pierre a dit : "Si de ta bouche tu reconnais que Jésus est Seigneur et si dans ton cœur tu crois que Dieu l'a ressuscité des morts, tu seras sauvé." Il te donnera la force d'aimer et d'obéir.

— Eh ! Dis donc, l'évêque ! Ton apôtre Pierre, il n'a pas l'air d'en faire un plat comme toi, de la confession, hein ? Si tu me donnais mon café tout de même, hein ? »

La Semaine sainte avait commencé. Le dimanche des Rameaux, après l'évacuation des seaux et la distribution du café, Manolo avait demandé à l'évêque de lire les textes du jour à haute voix. L'évêque avait jeté un regard interrogateur vers Juan. Celui-ci n'ayant manifesté ni accord, ni refus, l'évêque avait ouvert son bréviaire :

« Voici que mon serviteur triomphera. De même que les foules ont été horrifiées à son sujet — à ce point détruite, son apparence n'était plus celle d'un homme —, de même à son sujet des foules de nations vont être émerveillées... Il n'avait ni aspect, ni prestance tels que nous le remarquions, ni apparence telle que nous le recherchions... Homme de douleurs, familier de la souffrance, tel celui devant qui l'on cache son visage... Ce sont nos souffrances qu'il a portées, nos douleurs qu'il a supportées... déshonoré à cause de nos révoltes, broyé à cause de nos perversités : la sanction gage de paix était sur lui et dans ses plaies se trouvait notre guérison... A la suite de l'épreuve de son âme, mon serviteur verra la lumière. Il justifiera la multitude en s'accablant lui-même de leurs fautes... et c'est avec des myriades qu'il constituera sa part de butin. » « ... Où veux-tu que nous allions faire les préparatifs de la Pâque ?... Un de vous va me livrer, un qui mange avec moi... Prenez : ceci est mon corps. Ceci est mon sang, le sang de l'alliance versé pour la multitude… A toi, tout est possible. Pourtant non pas ce que je veux, mais ce que tu veux… Chaque jour j'étais parmi vous… Et tous l'abandonnèrent… Es-tu le Messie, le Fils du Dieu béni ?… Je ne connais pas l'homme dont vous parlez… Crucifie !… Vraiment, cet homme était Fils de Dieu. »

Pendant la lecture, Juan avait gardé les yeux fermés, et rien sur son visage n'avait laissé deviner s'il dormait ou s'il écoutait. Manolo n'avait pas quitté l'évêque du regard, écoutant autant avec ses yeux sur les lèvres de l'évêque qu'avec ses oreilles. Son visage était détendu, heureux. Plusieurs fois, il avait interrompu l'évêque : pour une explication, pour demander qu'un passage ou une phrase soient relus.

À la fin de la lecture de la Passion, l'évêque avait fait la toilette et les pansements de Juan. Manolo l'avait aidé. Juan n'était pas sorti de son silence.

Le lundi, c'était l'évêque qui avait proposé à Manolo de continuer.

« Voici mon serviteur que je soutiens, mon élu en qui j'ai mis toute ma joie. J'ai fait reposer sur lui mon Esprit… Moi, le Seigneur, je t'ai appelé selon la justice, je t'ai pris par la main, je t'ai formé, j'ai fait de toi mon alliance avec le peuple et la lumière des nations… Tu ouvriras les yeux des aveugles, tu feras sortir les captifs de leur prison, et de leurs cachots ceux qui habitent dans les ténèbres… »

Chaque parole qu'il lisait prenait une résonance nouvelle, maintenant, ici. C'était comme s'il avait toujours lu la Parole à travers le voile de son propre jugement et de sa propre intelligence et que, maintenant, ici, aujourd'hui, il en était délivré. À l'écoute de cette parole nouvelle, il oubliait Manolo et même Juan. Deux fois, Juan avait dit :

« Vous me cassez les oreilles. »

Mais, chaque fois, quand Monseigneur Garcia s'était tu, avant même que Manolo n'ait eu le temps de protester, il avait dit :

« Continue. Ne t'arrête pas. »

Mardi, d'un commun accord avec Manolo, aussitôt le café bu, l'évêque avait recommencé.

Dimanche, lundi, mardi, il avait pratiquement passé le reste de la journée hors de la cellule. En ce temps de Pâques, on l'appelait de tous côtés.

Et le Mercredi saint, il avait été remis en liberté, aussi soudainement et avec aussi peu d'explications qu'il avait été incarcéré. Au milieu de la première lecture, Carlos était arrivé, avec un des pénitents de l'évêque, un homme du nom de Gustavo. Gustavo avait posé sur le matelas de l'évêque un mouchoir noué autour de ses possessions.

« Monseigneur part, avait dit Carlos.

— Quand ? Où ? avait demandé l'évêque.

— Maintenant, avait dit Carlos. Le Señor Directeur attend Monseigneur pour lui dire qu'il est libre et que c'était une erreur. Que Monseigneur prenne ses livres avec lui. »

L'évêque s'était levé.

« Il y a les pansements de Juan, avait-il dit.

— Le Señor Directeur a dit maintenant.

— N'aie pas peur, avait dit Manolo, je m'en occuperai. »

Un journaliste étranger l'attendait déjà à l'éveche. « Monseigneur, vos impressions ? Vos impressions de la prison ? Avez-vous été maltraité ? Torturé ? Vos impressions de la libération ? »

Monseigneur Garcia l'avait écarté sans répondre. Que pouvait comprendre cet étranger surexcité ? Comment Manolo allait-il se tirer des soins de Juan ? Qui allait parcourir les cellules en confessant les uns et en écoutant les autres ? L'important, l'important était de profiter de l' « erreur » dont s'était excusé le directeur pour faire pression sur le gouvernement afin d'en obtenir l'autorisation de se rendre régulièrement dans la prison.

Ses prêtres et ses vicaires l'entouraient, l'accueillaient, s'exclamaient.

L'évêque avait maigri, l'évêque était très pâle. L'évêque devait être fatigué. Le père Georgio les écartait : d'abord un bain et des habits décents.

« Julito ? » lui avait demandé l'évêque.

Julito avait un travail. Le père Georgio le suivait personnellement. Le père Georgio voulait seulement savoir si l'évêque n'était pas trop fatigué pour le lavement des pieds et la traditionnelle procession du chemin de croix le vendredi, afin de prendre les mesures nécessaires dans un sens ou dans l'autre.

L'évêque lui avait dit qu'il n'avait jamais été aussi bien et lui avait demandé de se débrouiller, grâce à la « petite erreur », pour lui obtenir l'autorisation, dans un premier temps de porter la communion à la prison à ceux qui le désireraient le jour de Pâques — et dans un deuxième temps, celle d'y affecter un aumônier. Le père Georgio avait compris que l'évêque avait trouvé en prison une nouvelle force, un nouvel amour et un nouvel apostolat.

Le Jeudi saint, l'évêque avait donc, comme d'habitude, lui-même lavé les pieds des douze, mais il avait fait asseoir cinq riches et un de ses curés parmi les pauvres et il avait prêché à partir des chapitres quatorze et quinze de Jean sur l'amour et le service. Le père Georgio avait compris qu'il n'avait, en effet, souffert ni physiquement ni moralement de son séjour en prison.

Après la cérémonie, en l'aidant à ôter son surplis, le père Georgio lui avait tout de même de nouveau demandé s'il était sûr de ne pas être trop fatigué pour la procession : fallait-il l'écourter ? Prévoir de l'aide ?

« Laisse, lui avait dit l'évêque, je n'ai jamais été aussi bien. Où en est l'autorisation pour porter la communion au *Carcel* dimanche ?

— En bonne voie, en excellente voie, l'avait rassuré le père Georgio. Ils ont très bien compris... Je crois que nous n'aurons aucun problème, même pour l'aumônier »

Mais le vendredi, à la grande surprise de son clerge il avait fait chercher Julito pour porter la croix à sa place, et le père Georgio avait pensé qu'il était peut-être plus touché au physique et au moral qu'il n'y paraissait. Dans son clergé il y avait eu une certaine indignation — non exprimée. Si l'évêque avait été trop fatigué par son séjour en prison pour porter la croix lui-même, lui, le représentant du Christ, il ne manquait pas de prêtres, eux aussi représentants du Christ parmi les hommes, pour prendre sa place au lieu de faire tenir par un laïc — et quel minable petit laïc à peine sorti de prison et de délinquance — la place de Notre-Seigneur et Sauveur.

Et quand, à la messe des présanctifiés, il avait, au risque de choquer ses fidèles, fait tenir le rôle du Christ dans le récit de la Passion par un inconnu qu'il était allé chercher lui-même, au hasard, dans la nef de la cathédrale, le père Georgio n'avait plus rien compris du tout et s'était promis de lui demander le plus rapidement possible ce que tout cela voulait dire. Qui donc pouvait tenir le rôle du Christ, lorsque l'évêque et ses prêtres étaient là pour le faire ?

Le samedi toute la journée, Monseigneur Garcia avait confessé et reçu ceux qui voulaient le voir. Le soir, il avait trouvé sur son bureau les autorisations demandées. Le dimanche, après la grand-messe, il avait proposé au père Georgio de l'accompagner comme enfant de chœur et futur aumônier au *Carcel de la Libertad*.

Ils étaient passés de cellule en cellule, le père Georgio agitant la sonnette devant lui et Carlos ouvrant et fermant les portes. À chaque station, regardant le visage rayonnant de tendresse de son évêque, le père Georgio comprenait de nouveau que l'évêque avait reçu de grandes grâces en prison. Dans son ancienne cellule, Manolo et Gustavio l'attendaient à genoux. Juan était assis sur son matelas, le dos au mur. En passant devant lui, Monseigneur Garcia lui sourit.

« Manolo, le corps du Christ !

— Amen », avait dit Manolo. Comme le jour de sa confession, de grosses larmes allaient se perdre dans sa barbe.

« Gustavo, le corps du Christ !

— Amen », avait dit Gustavo, le visage épanoui de joie.

En se dirigeant vers la porte, Monseigneur Garcia avait de nouveau souri à Juan. Il était déjà sur le seuil de la cellule, quand Juan l'avait hélé :

« Eh, l'évêque, avait dit Juan, donne-moi ton Christ. »

Carlos ne bougea pas. Le père Georgio se retourna. Manolo et Gustavo, toujours à genoux, levèrent la tête. Monseigneur Garcia s'immobilisa. La phrase de Juan éclatait comme un hymne de gloire. Il fit un pas vers Juan et s'agenouilla devant lui — lui qui hier encore ne connaissait pas le Seigneur, qui n'était peut-être pas baptisé, qui ne s'était pas confessé dans les règles —, il s'agenouilla devant Juan et son corps en morceaux et dit :

« Tu es le Christ. »

Et il posa le corps de son Seigneur dans la bouche encore marquée de coups.

Palimpseste

(En marge de Kierkegaard)

Si, lorsqu'il avait connu et servi Juan, l'évêque avait succombé à cette voix qui lui avait demandé de quel droit, lui qui n'avait rien souffert de la souffrance physique de Juan, il pouvait l'évangéliser, et si, par respect pour lui, par crainte de le blesser, de sembler le juger, il avait renoncé à témoigner auprès de lui du Christ son Seigneur, Juan lui aurait dit, le jour où il était retourné dans la prison : « Eh, l'évêque, merci ! » Mais il ne lui aurait pas demandé son Christ dont il ne lui aurait jamais parlé, et, rentré à l'évêché, tous les soirs de sa vie, l'évêque aurait demandé pardon à Dieu de n'avoir su proclamer ni sa loi, ni son amour, et d'avoir ainsi trahi les deux, et il n'aurait jamais trouvé le repos, car y a-t-il de plus terrible péché pour un évêque que de renoncer à être le Christ parmi les hommes ?

Lorsque Juan avait dit : « Je ne sais pas ce que pense l'homme, mais moi je ne pensais qu'à une chose : je me réjouissais de souffrir pour que mes frères deviennent libres », et qu'une douleur aiguë qui était un amour avait traversé comme un glaive le cœur de l'évêque, et qu'il avait compris que c'était de cette manière-là que le Christ avait souffert sur la croix, et que c'était cet amour-là qu'Il lui demandait — lorsque dans cette prison, le Christ lui avait parlé par la bouche de ce communiste athée aux mains couvertes de sang, s'il avait tellement entendu la voix qu'il en avait oublié le sang, le jour où il était sorti de cette prison, il serait parti avec les guérilleros, et Juan, ou un autre, lui aurait mis une mitrailleuse entre les mains et la haine aurait grandi dans son cœur, et il n'aurait plus jamais été le Christ parmi les hommes. Et le fruit de sa vie, sanctifié dans la prière, mûri dans la lutte, serait mort à chaque combat. Et il n'aurait plus témoigné ni de foi, ni d'amour, ni de la grâce de Dieu, mais seulement qu'il est terrible de gravir la montagne où Dieu met à l'épreuve.

Mais s'il n'avait vu que le sang sur ces mains et si le sang l'avait empêché d'entendre la voix du Christ qui lui parlait par la bouche de Juan, si, au lieu de l'aimer, il avait mis Juan en face de l'horreur de ses crimes et l'avait appelé au repentir et à la confession, si, au lieu de l'aimer, il avait laissé tomber sur lui le couperet du jugement meurtrier, Juan n'aurait jamais entendu la voix du Christ. Et, le jour où l'évêque était passé dans la prison, portant le corps du Christ, Juan ne lui aurait pas demandé son Christ. Et il aurait porté tout le reste de sa vie le poids du refus de Juan, et il n'aurait plus jamais pu croire qu'il représentait le Christ parmi les hommes.

Et si, entendant la voix et voyant le sang et les enfants déchiquetés, et toute la violence matérielle matérialisée dans les murs soufflés, les vitrines béantes, la voiture-piège carbonisée et éclatée, s'il était resté pris au piège de contradictions déchirantes, ne pouvant oublier que le Christ interdit toute violence et toute haine, que Pierre avait appelé Barrabas un meurtrier, ne pouvant oublier que le Christ avait livré sa vie pour notre libération, ni le corps torturé et livré de Juan, s'il était resté prisonnier de ces contradictions déchirantes que sa raison était impuissante à dépasser, il ne serait pas retourné à la prison. Broyé et écrasé, il aurait repris son service d'évêque dans l'obéissance. Mais depuis ce jour, il serait devenu vieux. Il n'aurait pas pu oublier ce que Dieu avait exigé de Juan et ce que Juan exigeait des hommes. Il aurait marché dans le tourment sur une obéissance sans espoir, et il n'aurait plus compris comment il avait pu penser qu'il était le Christ parmi les hommes, ni que le Christ marchait parmi les hommes.

Mais par la grâce de Dieu, les choses ne s'étaient passées d'aucune de ces façons.

L'évêque avait appris qu'il pouvait aimer un homme aux mains pleines de sang, sans cesser de voir le sang. Il avait appris que le Christ pouvait lui parler par la bouche d'un homme en état de péché mortel, sans que le péché cesse d'être péché. Il ne s'était pas converti à la violence. Il n'était pas parti, avec ou sans Juan, chez les guérilleros. Appuyé sur le Christ, il n'avait offert à Juan ni un jugement meurtrier, ni un catéchisme indigérable. Il n'avait pas été anéanti par des loyalismes irréconciliables. Il n'avait ni renoncé à être le témoin du Christ, ni à être le serviteur. Il n'avait pas renoncé à être celui qui apporte le Christ et il avait appris à être celui qui Le reçoit. Il n'avait renoncé ni au Christ, ni à l'homme, ni à l'espoir. Il avait connu la peine humaine et partagé la torture du torturé sans cesser de croire et de voir à travers Juan l'amour du crucifié. Il avait découvert le Christ dans son frère le plus inattendu sans que le Christ devienne pour lui un guérillero.

Si l'évêque avait considéré ce que Juan avait vécu, ses violences, ses meurtres, la férocité qui avait été allumée en lui, sa haine et ses refus et l'horreur de ce qu'il avait souffert, l'espérance aurait été absurde. Mais l'évêque n'avait pas regardé Juan d'un œil inquiet pour savoir s'il s'endurcissait ; pour apaiser sa souffrance, il n'avait pas chanté une lamentation, ni, pour la partager, une imprécation. Il s'en était remis à la force de Dieu, et Dieu, dans la nuit de ses tentations, lui avait donné la force et la lumière, et empêché son cœur de s'enténébrer au point de ne plus savoir ce que le Christ enseignait.

L'évêque avait quitté la religion et les formes de sa religion pour la foi, l'espérance et l'amour, et, appuyé sur la foi, l'espérance et l'amour, il avait été ancré dans le Christ et avait appris à ne renoncer à aucune de ses paroles.

Ainsi, dans cette prison, l'évêque était né à nouveau Il avait quitté sa propre force pour l'amour et la force de Dieu, et, étroitement attaché au Christ, Dieu avait fait de lui ce chemin par lequel le Christ pouvait atteindre Juan et Juan le trouver, et, par la foi, il avait reçu la promesse pour Juan et ainsi il avait tout gagné et Juan avait gagné le Christ.

TABLE DES MATIÈRES

Cet ouvrage a été composé
par l'Imprimerie BUSSIÈRE
et imprimé sur presse CAMERON
par Bussière Camedan Imprimeries
à Saint-Amand-Montrond (Cher)
en mars 1996

35-28-8258-06/2

ISBN : 2-213-02486-3

N° d'édit. : 4780. N° d'imp. : 1/674.
Dépôt légal : mars 1996.
Imprimé en France